쓰웨이가 1번지

양쏭쯔 지음 · 윤지산 옮김

Copyright © 2023 by SpringHill Publishing
Korean translation copyright © 2025 by Yun Jisan
Originally published as 四維街一號 by SpringHill Publishing, Taipei City, Taiwan

이 책의 한국어판 저작권은 SpringHill Publishing사와의 독점계약으로 마르코폴로 출판사에 있습니다. 저작권법에 따라 한국 내에서 보호를 받는 저작물이므로 무단 전재와 복제를 금합니다.

**이 책은 쌍둥이 동생
양뤄후이(楊若暉)에게 바친다.**

쓰웨이가 1번지 평면도

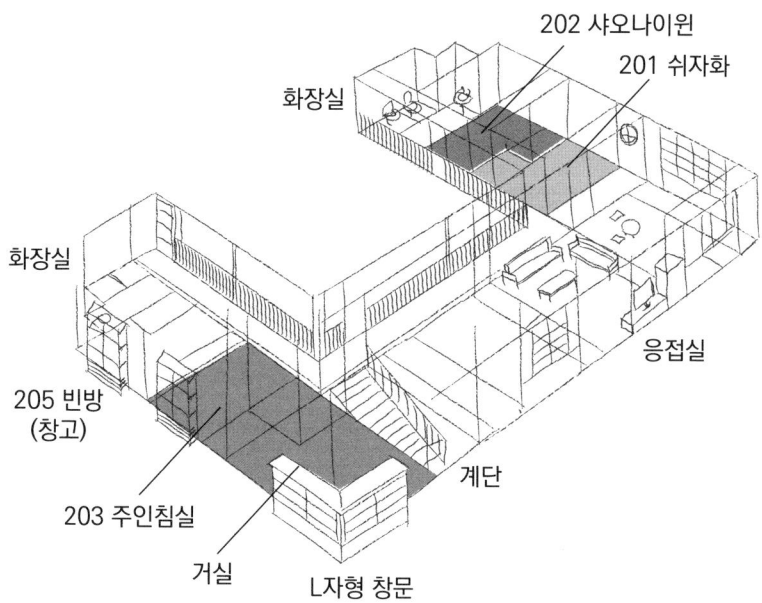

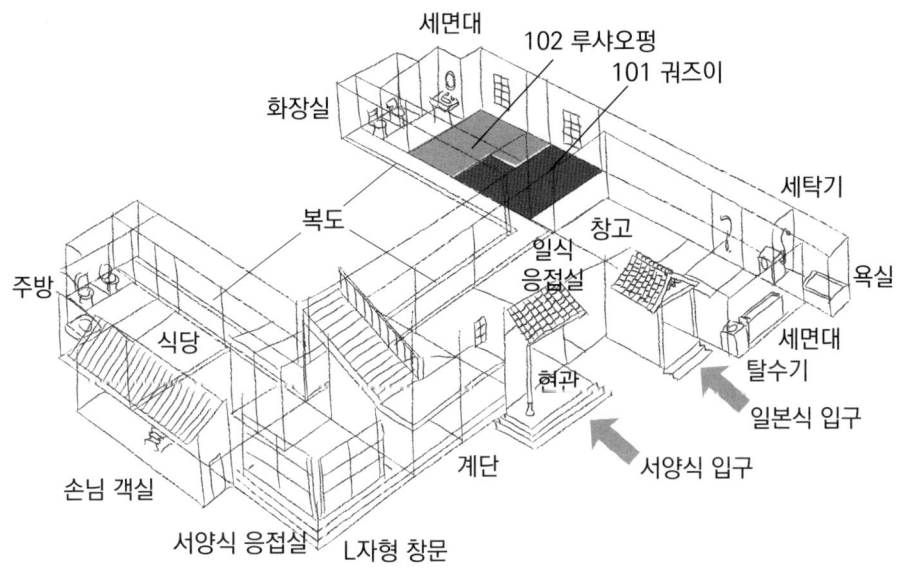

목차

한국어판 서문
• 8

1막 · 샤오나이윈(蕭乃雲)
• 13

2막 · 쉬자화(徐家樺)
• 63

3막 · 루샤오펑(盧小鳳)
• 113

4막 · 궈즈이(郭知衣)
• 165

5막 · 안슈이(安修儀)
• 217

작가 후기
• 274

역자 후기
• 281

한국어판 서문

일본 강점기 옛집에서 차리는 현대 타이완 식탁

2011년 겨울, 나는 국제 학술대회에 참가하려고 서울을 처음 방문했다. 당시 나는 타이완 대중문화와 중화권 문화에 열정이 깊었던 대학원생이었다. 한국에 대한 이해는 깊지 않았는데, 타이완에서 유행하는 한국 드라마를 보는 정도였다. 영화도 〈엽기적인 그녀〉, 〈친절한 금자씨〉 이외에 달리 찾아보지 않았고, 한국 만화와 한국 문학과는 거리가 더욱 멀었다. 그해 겨울 한국에서 가장 인상 깊었던 것은 문학이 아니라 다른 것, 즉 역사적 건물이었다. 학술 교류에서 만난 한국 대학원생이 나에게 이렇게 말했다. "서울 도심에 있는 일본 강점기 시대 건물은 조만간 모두 철거될 것이다."

  지금도 여전히 한국을 잘 모른다. 한국인은 일제 강점기 건물 철거를 어떻게 받아들이지는 이 글에서 묻고자 하는 것이 아니다. 타이완에서 만약 한국처럼 한다면, 제일 먼저 철거해야 할 건물은 총통부(總統府)라고 생각한다. 그러나 총통부 철거는 현재 타이완의 정치적, 문화적 상황을 고려하면 불가능하다. 지금 거론하는 총통부의 정식 명칭은 '중화민국 총통부(中華民國總統府)'이다. 전신은 일본제국의 '타이완 총독부(台灣總督府)'로, 이 건물은 정체성이 삼중으로 실타래처럼 얽혀 있어 풀기가 쉽지 않다. '타이완 총통부'만이 문제가 아니라, 타이완의 역사적 건물은 대부분 이처럼 식민지 이후의 문제를 품고 있다. 그래서 십여 년 전 한국에서 문화적 충격을 받았던 것이다. 일본 강점기를 같이 겪으면서도, 2차 대전 후 한국과 타이완은 가는 길이 완전히 달랐기 때문이다.

문학 연구자의 신분에서 벗어나서 소설가가 된 지금, 나는 일상적 시각에서 '전후 타이완'이 어떻게 '현재 타이완'으로 이어졌는가를 사유하면서 쓰려고 했다. 소설을 여러 편 쓰면서도 이 문제에 대한 답을 구하는 것이 주요 주제였다. 『쓰웨이가 1번지』는 이러한 사고 과정에서 탄생하는 퍼즐 중 하나이다.

이 소설의 주요 무대인 '쓰웨이가 1번지'는 현재 실재하는 건물이다. 이 2층짜리 일본식 목조 건물은 1938년 일본 강점기에 준공되었고, '쓰웨이(四維)'라는 도로명은 중화민국 정부가 추앙하는 전통 미덕인 '四維八德'에서 유래했다. 책을 쓸 당시 이 건물은 폐허 같았다. 아무도 살지 않는 이 일본식 옛 가옥을 소설이라는 매체를 통해 그렸다. 일본제국의 자산이 전후 사유 재산이 되면서, 젊은 여성 다섯 명이 이 집에 살면 어떻게 생활할까? 현실과 다른 평행 세계를 상상한 것이었다.

한국의 국토 면적은 타이완보다 세 배 크고, 인구도 두 배나 많다. 민족을 따지자면 한국인이 90% 이상인 단일 민족이다. 타이완은 본래 원주민의 땅이었으나, 17세기 이후 푸젠에서 한족이 이주해왔고, 2차 대전 이후 대륙에서 외성인이 건너왔다. 20세기 말에는 결혼과 노동자 유입으로 새 주민이 생겨났다. 이처럼 타이완은 섬나라 특유의 다양성을 지니고 있다.

타이완의 문화적 다양성을 구체적으로 압축한다면, 곳곳에서 차리는 식탁이 아닐까 한다. '쓰웨이가 1번지'라는 일본식 옛집에서 현대 여성들이 식탁을 차린다면 과연 어떤 모습일까? 그녀들은 어떤 음식을 먹으며, 무슨 대화를 나눌까? 이 여성들의 일상을 통해, 현재 타이완이 다양한 민족과 문화를 어떻게 포용했는지 그 흔적을 그리고자 했다. 나아가 현대 타이완이 왜 그렇게 사고하고 행동했는지도 탐색하고자 했다.

구구절절 이야기해서 무겁게 들린다면 사과의 말씀을 전한다. 한국 독자분께 '염려 마시라'고 말씀드리고 싶다. 이 소설은 매우 가볍다는 사실을 우선 강조하고자 한다.

타이완의 독자분들은 "양쌍쯔 소설은 절대 밤에 읽지 마라. 배가 고파진다."라고 이구동성으로 감상을 남기신다. 또한 이 소설을 읽고 커피숍이나 우육면 식당을 탐방하려고 타이중시 구시가지인 쓰웨이가 1번지를 찾는 분들이 많다고 들었다. 타이완을 잘 모르시는 한국인 독자분께서도, 이 책에 등장하는 타이완 식탁의 아름다운 광경을 향유하실 수 있으리라 믿는다. 즐겁게 읽어주시길 부탁드린다.

2025년 4월, 영허에서 양솽쯔

1막
샤오나이윈(蕭乃雲)

✲

나이원은 망고 계절을 놓치고 말았다.

　집주인의 말에 따르면 뜰의 망고나무는 2차 대전 이전에 심은 것으로, 족히 80년이 넘었을 것이라고 한다. 새해가 밝아오면 그때에 맞춰 정확하게 꽃을 피우고, 장마철 끝자락에 '파파파파(啪啪啪啪)' 열매 맺는 소리를 낸다고 한다.

　왜 의성어가 '파파파파'인가?

　나이원은 물어보고 싶었지만, 참았다.

　"진짜야. 파파파파!"

　201호에 사는 자자(家家)가 제일 먼저 찬성했다.

　식탁 끝자리에 앉아 있는 202호실 샤오펑(小鳳) 선배가 콧소리로 말했다.

　"그래? 파파파파!"

　자자가 샤오펑의 말을 받았다. "7월 내내 망고를 먹으니, 손톱 선이 늘 노랗게 물들어, 깨끗한 날이 없어. 아! 그래도 망고 계절이 좀 더 길었으면 좋겠어."

자자는 손톱이 물드는 것은 싫었지만, 망고 계절이 좀 더 길었으면 하는데, 이는 무슨 이치인가? 나이윈은 말을 잇지 못하고, 또 위리훙더우(玉裏紅豆) 양갱을 포크에 꽂고도 입안에 넣지 못했다.

여덟 명이 충분히 앉을 수 있는 식탁에, 나이윈과 대각선 맞은편에 앉은 집주인은 '아주 달아'라면서 양갱을 입안에 가득 채웠다. 나이윈도 그녀를 따라했다. 양갱은 입안에서 달콤하게 퍼졌고, 차라리 나이윈은 씹는 척하며 말을 하지 않기로 했다.

자자와 샤오펑은 마치 탁구를 치듯 말을 주고받았는데, 한쪽이 공격하면 다른 한쪽이 되받았다.

"망고는 6월이면 다 익어. 즈이(知衣)는 손으로 망고 먹는 걸 싫어해. 이 무렵 나는 망고를 두 번 삶아서 망고 잼을 만들어. 맛이 아주 좋아. 투(土)망고가 신맛도 나고 단맛도 나. 그래서 아이먼(愛文)망고나 진황(金煌)망고보다 잼 만들기에 좋아! 이맘때 즈이는 야식으로 늘 망고 잼이랑 요구르트를 먹어."

"아아! 중화로 야시장 룽촨(龍川) 아이스크림 가게에서 파는 특제 토스트 잼에서 망고 맛이 나는 것 같네?"

"룽촨의 잼 레시피는 잘 모르겠지만, 그때 나랑 즈이는 아침에 구운 토스트에 망고 잼을 발라 먹었어."

"와와! 좋아! 그런데, 나는 왜 7월에 망고 잼을 못 먹었지?"

집주인이 '파아' 웃으면서 말했다.

"너는 그냥 먹어도 모자라는데, 잼을 만들 겨를이 있어?"

자자는 고개를 젖히며 웃었고, 집주인의 힐난에 조금도 개의치 않았다.

이제야 비로소 나이윈은 샤오펑이 자신을 보고 있다는 것을 깨달았다.

"나이윈은 아직 이 집 망고 못 먹었지?"

"아…… 음, 정말…… 정말 아쉬워요."

샤오펑의 다정한 물음에도 나이윈은 말을 더듬거렸다.

사오펑은 웃으면서 다시 공을 건넸다.

"어쩔 수 없지. 이 집, 늙은 투망고는 매년 6월에만 열매를 맺어. 올해는 시즌이 지났어. 내년도 있으니, 나이윈은 투망고 좋아해?"

"아. 음, 좋아해요." 나이윈은 말을 끝내고 손을 휘저었는데, 그걸로 화제가 끊어졌다.

사방이 고요해졌다.

"이 양갱, 즈이 언니 주려고 가져가는 거야. 언니는 지금 먹을 시간도 없을 만큼 바빠. 내가 도와주어야겠어."

자자가 공을 다시 보내듯 말을 꺼냈다.

샤오펑이 공을 받았다.

"네가 대신 수고할 필요는 없어!"

"아니, 아니. 수고로울 게 뭐 있나요?"

복도에서 힘없는 발소리가 나자 자자는 말을 끊었다.

몹시 마른 사람이 걸어오면서, 아주 작은 발소리를 냈다.

101호실 즈이 선배다. 발소리는 식당과 점점 가까워졌고, 즈이 선배는 나이윈을 쳐다보지도 않았다.

아니, 샤오펑 선배 이외에는 아무도 상대하지 않으려는 것 같았다.

"머리가 타 버릴 것 같아. 단것 좀 먹어야겠어."

"우롱차 맛이 나는 무가당 양갱 어때?"

"좋아!"

"나이윈이 가져온 선물이야?"

"고마워."

즈이는 아무도 쳐다보지 않고, 양갱을 들고 세 걸음 정도 걷더니, 다시 돌아왔다.

"고마워, 나이윈. 내가 고맙다고 인사했어?"

샤오펑이 웃으면서 이야기했다.

"했어. 너 지금 많이 피곤해 보이는데?"

즈이는 관자놀이의 태양혈을 지그시 눌렀다.

"커피 좀 갖다 줄 수 있어?"

"내가 방으로 갖다 줄게."

"좋아."

즈이가 식당을 빠져나갔다. 가벼운 발소리가 다시 멈췄다.

"샤오펑, 내가 고맙다고 했어?"

"아니."

"그럼, 고마워!"

복도에서 가볍고 느리게 걷는 소리가 들렸다가, 점점 멀어져 갔다.

샤오펑이 바깥으로 귀를 기울이자, 식탁에 앉은 사람은 모두 입을 닫았다. 발소리는 복도 끝에서 멈췄다. 미닫이문인 장지문 아래 바퀴가 낡은 나무 틀에 긁히는 소리가 나더니, 장지문이 열리고 닫히는 소리가 희미하게 들렸다.

샤오펑은 살짝 웃으면서 식탁을 돌아나가, 답탈석(遝脫石)*에서 게다를 신었다. 이 집은 일본식으로 지었지만 도마(土間)**를 흙 대신 시멘트 포장을 했고, 이 집 전체에서 불을 피울 수 있는 곳은 주방밖에 없었다. 일본식 건축은 모두 나무로 짓는데, '도마'만 지면과 직접 닿아 있다. 부뚜막에서 불이 번져나가는 것을 막으려고 이렇게 만든 것이다. 전통 주방에는 항상 '도마'가 있었는데, 요즘은 점점 사라지고 있다. 나이원은 이 집 구조를 잠시 생각했다. 본래 일식 가옥에 있는 '도마'를 메워서 식당 공간의 일부로 만들었고, 그래서 당연히 있어야 할 소테구치(勝手口)***도 없다.

"커피 타올게. 마실 사람?" 자자는 바로 손들면서 말했다.

"나, 나, 나. 뜨거운 라떼. 우유 넣는 건, 내가 도와줄 수 있어!"

"난, 커피 안 마셔."

나이원은 반 박자 늦게, '저도요'라고 우물거렸으나, 아무도 듣

---

*   마루 바로 아래 큰돌—이하 각주는 옮긴이 주.
** 일본 가옥 내부에서 마루를 깔지 않고 흙이나 타일 등을 깔아 만든 실내와 실외 사이의 공간.
*** 주방이나 다실(茶室)에 주인이 드나드는 문.

지 못한 것 같았다.

　주방에서 샤오펑이 다시 물었다.

　"나이윈은 커피 안 마셔?"

　나이윈은 얼굴이 화끈거릴 정도로 부끄러워서 황급히 일어나면서 '괜찮다'라는 말조차 하지 못했다.

　"저는 방으로 돌아갈래요."

　"샤오펑 언니 커피 잘 타. 다음에 마셔 봐!" 자자가 말했다.

　"남의 걸로 생색내기는!" 집주인이 웃으며 말했다.

　자자는 대꾸하지 않고 웃으면서 나이윈을 바라보았다.

　"너, 양갱 안 먹으면, 내가 가져갈게!"

　나이윈은 4분 1만 먹은 양갱 나머지를, 황망하게 자자 얼굴로 내밀었다.

　"자자. 사람 놀래키지마!" 샤오펑이 말했다.

　"제가 언제요?" 자자가 반문했다.

　나이윈은 입꼬리를 살짝 올리며 웃었다. 식당에서 도망치듯 빠져나와 복도를 올라가니, 널빤지를 밟을 때마다 끼익끼익 소리가 났다.

　일층에서 이층으로 소리가 퍼져 나갔다.

　"나이윈."

　집주인이 목소리를 높여 나이윈을 불렀는데, 그렇게 크게 부르지 않아도 소리는 층 전체로 울려 퍼져 나간다.

"이층 화장실 문제가 약간 있어. 앞으로 며칠은 일층 화장실을 써!"

나이원은 몹시 당황한 나머지, 허둥지둥 이층 난간에서 몸을 숙이고 대답했다.

"알겠어요."

"뭐라고?" 식당에서 집주인의 목소리가 들려왔다.

"나이원이 알았다고 하네요!"

아래층에서 즈이의 음성이 들려왔다.

나이원은 더 당황해서 황급히 '감사합니다'라고 소리쳤다. 곧장 202호 자기 방으로 들어갔다. 문은 잠그지 않았는데, 이 건물에서는 문을 잠글 필요가 없기 때문이다. 방에 들어서자마자, 맥이 풀린 나이원은 다다미에 털썩 주저앉았다.

"나는 커피가 필요해! 내가 말하지 않았어."

즈이가 맑은 목소리로 말했다.

"샤오펑 언니가 물 끓이고 있어요!"

자자는 더할 나위 없는 청량한 목소리로 대답했다.

아아아아아아… 나이원은 속으로 탄식했다.

이 의성어를 말로 풀면, '내가 왜 하필 쓰웨이가 1번지에 살게 된 거야?'가 될 것이다.

※

'쓰웨이가 1번지'라는 명칭에서 중화민족 분위기가 물씬 풍기지만, 이 주소에 자리한 가옥은 1938년에 완공된 일본식 건축물이다. 2차 대전 이전에는 일제의 타이완총독부 초대소(招待所)로 쓰였다. 전쟁이 끝나고, 어떤 이유에서인지 모르지만, 지금 집주인의 가문이 소유하게 되었다고 한다. 지금은 타이중시 정부가 이 건물을 역사 건축물로 지정해 보존하고 있다.

나이윈이 문화자산처 공식 사이트를 검색했는데, 「서구 쓰웨이가 일식 초대소(西區四維街日式招待所)」라는 제목으로 간단한 소개 글이 있었다. 감정이 조금도 개입되지 않은 메마른 글이었다.

역사적 건축물인 '서구 쓰웨이가 일식 초대소'는 'ㄇ'자형 구조로, 일층 입구에 있는 현관을 통해 뜰로 들어서면 좌우 대칭으로 갈라진다. 내부 공간 역시 좌우 대칭 구조이다. 'ㄇ'자형 회랑으로 내부의 방들이 연결되어 있으며, 목재나 형태는 일제 강점기 원형을 대체로 유지하고 있다. 타이중시에 드물게 남아 있는 비늘판* 건물로, 지극히 희소한 만큼 앞으로 재활용 잠재력도 풍부하다.

웹사이트에 기록된 창건 연대는 1938년(소와 13년)이어서, 나

---

* 雨淋板: 비늘처럼 널의 한 옆을 다른 널에 조금씩 겹쳐 붙이는 공법.

이원은 쓰웨이가 1번지가 언제 완공된 건물인지 알게 되었다. 집주인에게 물었더니, "어릴 때 할머니가 적어도 백 년은 넘었다더라."라고 답했는데, 구전으로 전하는 역사는 늘 틀리게 마련이다.

웹사이트에서 "재활용 잠재력"이라고 한 표현은 도대체 무슨 의미일까? 쓰웨이가 1번지는 현재 집주인의 사유 재산이고, 인근 여학교 학생들에게만 세를 놓고 있다. BOT* 방식으로 민간 업체에 넘겨 문학청년을 위한 글 쓰는 카페나 혹은 인스타그램용 포토 스팟으로 만드는 것보다 세를 주는 것이 더 실용적이지 않을까?

웹사이트를 보자마자 나이원에게 든 생각은 이랬다.

나중에 옛집은 방 여섯 개만 겨우 세놓을 수 있고, 현재 주인을 포함해 다섯 명이 입주하고 있다는 것을 알고 난 후에 나이원의 그런 생각도 흔들리기 시작했다.

아! 진짜 '처음부터' 다시 이야기해보자.

금년 봄에 나이원은 국립대학교 역사과 석사 시험에 추가로 입학했다.

등록 당일 오전에는 행정 절차를 마치고, 오후에는 '자전거로 소소한 역사 여행'을 자신에게 선물하기로 했다. 공유 자전거로 갈 수 있는 범위, 이를테면 한곳에 모여 있는 타이중 형무소, 타이완

---

* 'Build-Operate-Transfer'의 약자. 시설의 준공 후 일정기간 동안 사업 시행자에게 해당 시설의 소유권이 인정되며 그 기간이 만료되면 시설의 소유권이 국가 또는 지방자치단체에 귀속되는 방식이다.

과거 시험장, 장화(彰化) 은행 초대소를 둘러보았다. 세 곳을 모두 돌고, 마지막에 쓰웨이가에 있는 춘수이(春水)당 본점을 둘러보았다. 쩐주나이차(珍珠奶茶)*에다 우롱더우간(烏龍豆幹)을 먹을 심산이었다.

　춘수이당으로 가는 길은 일방통행으로 마치 지옥의 미로처럼 복잡했는데, 그 골목에서 나이원은 쓰웨이가 1번지를 발견했다. 길모퉁이에 일본식 건물이 있었고, 그 건물보다 더 큰 망고나무가 있었다. 늙은 망고나무는 가느다란 꽃을 잔뜩 피우고 있었다.

　나이원은 그 광경에 바로 빠지고 말았다.

　이 낡은 가옥은 나이원의 뇌리에 깊이 박혔다. 졸업 후 어느 여름날, 나이원은 타이중에서 자취할 곳을 찾느라 자료를 많이 뒤졌고, 방 보려고 집주인과 약속하면서까지 여러 차례 발품을 팔았다. 뭔가가 마음에 안 들어 결정을 내리지 못한 채 자전거 페달을 밟으면서 고민하다 보니, 결국 이 낡은 가옥에 당도한 것이었다.

　쓰웨이가 1번지에서 시청로와 쓰웨이가 3항으로 길이 나 있었다. 인도에서 자전거를 슬쩍 무단 정차하고, 나이원은 'ㄇ'자형 담장을 따라 천천히 걸으면서, 마치 유적지나 역사 건물을 둘러보듯이 가옥을 찬찬히 둘러보았다. 목조 건물의 벽체는 시멘트로 둘러쳤고, 지붕에는 흑기와를 얹었으며, 외장은 흑기와와 구색을 갖춰

---

*　타피오카 펄이 들어간 버블티.

1막 • 샤오나이윈(蕭乃雲)　25

비늘판으로 마감했다. 'ㄇ'자형 이층 양쪽에는 밖으로 살짝 튀어나온 창문이 세 개 있었다. 햇빛을 받아 창문이 반짝거렸다.

보존도, 관리도 잘된 것 같았다. 자그마한 2층 건물이 온통 활기가 넘쳐났다. 넋을 잃고 세 바퀴째 돌았지만, 나이원은 담장 너머 현관 안으로 발을 디딜 용기를 내지 못했다.

그러던 찰나, 안에서 누군가가 걸어 나왔다.

민소매 상의에 짧은 반바지를 입었고, 헝클어진 머리를 뒤로 헐렁하게 묶었는데, 이불에서 막 일어난 것 같은 모습이었다. 서른 살이 채 되지 않은 여인이었다.

그녀는 나이원을 향해 느릿느릿 말을 걸었다.

"아이고! 방을 보려고?"

바로 집주인이었다.

나이원은 늘 과감하지 못했는데, 이날은 어쩐 일로 현관을 바로 들어가서 층층이 둘러보았다. 방이 모두 여섯 칸이었는데, 집주인은 빈방을 나이원에게 보여주었다. 깨끗하게 청소한 다다미에서 좋은 냄새가 났다. 나이원은 바로 그 자리에서 계약서에 서명했다.

석사 수업은 9월 9일에 시작하는데, 9월 1일에 이 집으로 입주했다.

입주 후 얼마 지나지 않아, 나이원은 문제점 몇 가지를 알게 되었다. 두 층 모두 지나치게 좁았다. 앞서 말했던 문화자산처 홈페이지에는 '건물 총면적은 209㎡(약 63평)'이라고 적혀 있었다. 각도를 바꿔서 생각해보자. 'ㄇ'자형 집을 카메라로 하늘에서 내려다본다면, 각 채는 대략 스무 평 남짓할 것이다.

카메라를 좀 더 가까이 당겨보면, 방마다 다다미 8첩 깔려 있으니, 평수로 환산하면 네 평 반이 된다.

다다미 1첩 위에 벽장(도라에몽이 잠자는 스타일의 벽장)이 있으니, 개인 공간은 겨우 네 평 남짓이다. 이렇게 작은 방에 옷가지 등 개인 물품을 벽장에 넣더라도 침대나 책상을 놓고 나면 움직일 공간이 거의 남지 않는다. 화장실, 욕실, 식당, 주방 등은 모두 바깥에 위치할 수밖에 없다.

'ㄇ'자형 건물 내부 복도(웹사이트에는 'ㄇ'자형 회랑이라고 함)는 마당을 끼고 돌고 있으며, 'ㄇ'자형이 열린 쪽으로 5층짜리 구식 사무실 건물 벽면이 가로막고 있어, 소리가 빠져나가지 않고 건물 안에서 메아리처럼 울린다. 앞쪽 사무실 건물에 사는 사람과는 큰 소리가 아니더라도 대화를 나눌 수 있었다.

좀 과장해서 말하면, 건물 전체가 마치 한 방처럼 소리가 잘 통한다. 동서 대각선이 제일 먼 거리인 셈인데, 이를테면 1층 동쪽 주방 '도마'에서 물 끓이는 소리가 2층 서쪽에 있는 201호실 나이윈 방에서 또렷이 들릴 정도였다.

게다가 나이윈을 괴롭힌 것은 층간 소음도, 매일 부딪혀야 하는 다른 세입자도 아니었다.

나이윈이 내성적인 편이지만, 사실 '내성적'이라는 말로 그녀를

다 표현할 수 없다. 나이원은 부끄러움도 잘 타고, 낯을 가리며, 어딘가 모르게 무뎌서 결정이 느렸다. 상황 파악도 늘 반 박자 늦어 인간관계를 늘 힘들어했다.

그런데 쓰웨이가 1번지에 살아야 한다니, 여기는 사교성이 더욱 필요한 공간이 아닌가!

쓰웨이가 1번지는 셋방이 총 여섯 개 있었고, 지금은 나이원을 포함해 네 명이 세 들어 살고 있다.

101호 즈이 선배, 102호 샤오펑 선배, 201호 자자, 202호 나이원. 그리고 집주인은 혼자 동쪽 큰방 203호에 살고 있다. 방 번호를 '4'는 쓰지 않았기 때문에 그다음 205호실은 현재 비어 있다. 집주인 방과 자자 방은 정원을 사이에 두고 마주보고 있고, 자자 방에서 눈을 조금만 돌리면 나이원 방이다.

입주자는 모두 국립대학 연구생들이다. 고등 직업학교 학생과 남자 대학생에게 방을 세놓은 적이 있는데, 썩 좋지 않은 일을 겪고서는 이 건물에 살 자격이 있는 학생에게만 세놓겠다고 집주인은 다짐했다고 말했다. 어느 순간 자기도 모르게 국립대학 문학원의 연구생으로 입주자가 모두 바뀌어 있었다고 했다.

구성원이 이렇다면, 나이원은 이 역사적 고택과 자신에게 잘 맞으리라 생각했다.

하지만 투망고 시즌도 놓쳤고, 그녀는 마치 탈영병처럼 이 집단에 끼어들지도 못했다.

샤오펑 선배와 즈이 선배는 2학년으로, 이곳에서 같이 2년을 보냈다. 자자는 1학년인데도, 7월에 입주해서 선배 둘과 마치 1년을 함께 산 것처럼 친하게 지냈다. 주방에서 요리하거나, 식당에서 같이 밥 먹거나, 욕실에서 씻으면서도 편하게 수다를 떨었다. 2층 응접실에서는 TV를 인터넷과 연결해 드라마를 함께 보는데, 모두 자기 집 거실처럼 편하게 행동했다.

문제는 나이윈만 자기 집처럼 생각하지 못한다는 것이었다.

나이윈은 고민이 깊어졌다. 사회적 동물로서 사회생활을 해야 하므로, 하루라도 빨리 이 환경에 녹아들고 싶었다. 그래서 주방이나 식당, 응접실을 배회하면서, 마치 소심한 고양이처럼 '냄새'를 남기며 자기 영역을 넓혀 가려고 했다.

무리에서 벗어난 나이윈, 입주한 지 2주가 지났지만, 여전히 다른 사람과 어떻게 어울려야 할지 몰랐다. 하지만 소득이 전혀 없었던 것도 아니다. 모든 입주자가 생활하면서 내는 '소리'를 들을 수 있었다.

기상, 양치질, 요리, 식사, 일, 오락, 걷는 소리, 대화, TV 프로그램, 에어컨 켜는 시간. 사생활이 단 하나도 없는 쓰웨이가 1번지. 나이윈은 가벼운 소리만으로 각각의 생활 습관을 짐작할 수 있었다.

늦게 자고 일찍 일어나는 자자, 일찍 자고 늦게 일어나는 샤오펑 언니, 늦게 자고 늦게 일어나는 즈이 선배, 도대체 언제 자고 언제 일어나는지 알 수 없는 집주인.

학교 안팎에서 아르바이트하는 자자, 오로지 공부만 하는 샤오펑 선배, 정부 창작기금으로 소설을 쓰는 즈이 선배, 생활비 걱정 없이 때때로 우쿨렐레를 연주하는 집주인.

자기 전에 반드시 씻는 자자, 하루에 두 번 씻는 샤오펑 언니, 시간 날 때 겨우 씻는 즈이 선배, 마음 내킬 때만 씻는 집주인…….

마트에서 폐기처리 직전인 식품이나 간단히 요리해서 먹는 자자, 늘 2인분 요리를 하는 샤오펑 언니, 세 끼 모두 샤오펑 언니에게 얻어먹는 즈이 선배, 내키는 대로 외식했다가 가끔 집에서 술을 홀짝이는 집주인.

이런 소리를 자주 듣다 보니, 나이윈은 서로 조금 친해졌다는 착각에 빠지곤 했다. 그러나 실제 다른 사람과 마주치게 되면, 바로 본래 성격이 살아나 놀란 겁쟁이 고양이처럼 방으로 숨고 싶어졌다.

나아갈 수도 물러날 수도 없었다. 인생이란 참으로 어려웠다.

나이윈은 울고 싶었지만, 눈물조차 나오지 않아 속으로 절규하며, 머리를 쥐어뜯으며 자신에게 물었다.

'나는 누구인가? 여기 어디야? 나는 여기서 도대체 뭐 하는 거야!'

✳

"너 거기서 뭐해?" 자자의 목소리였다.

나이윈은 머리를 번쩍 들었다.

자자는 응접실 바깥 복도에 서 있었다. 주말 오후 세 시 반, 아마도 도서관에서 막 오는 길인지, 책들로 볼록한 가방을 메고 있었다. 발소리가 울려서 자자가 오는 줄 알았지만, 자기 방인 201호실로 곧장 가지 않을 것이라곤 예상하지 못했다. 눈이 마주치자 자자는 바로 나이윈 쪽으로 왔다.

"어……, 저거…….."

나이윈은 반 박자 늦게 손을 내밀면서, 한마디 더 덧붙였다.

"여기서 이걸 찾았어!"

"타이완 요리의…… 음, 마지막 글자는 어떻게 읽어?"

"칸(ㄎㄢ)이라고 읽어. 일본 한자야. 중국어에도 이 글자가 있어. '栞'은 '메모'와 의미가 비슷해."

"그럼 책 이름이 '타이안 요리에 대한 메모'라는 뜻이네."

자자는 책을 받아들면서 고개를 끄덕였다. 응접실은 맹장지문*으로 세 칸이 나누어져 있는데, 평소에는 모두 열어 두어서 공기가 잘 통하고 볕도 잘 든다. 가장 안쪽은 처음에는 자시키(ざしき)**였을 것이다. 나중에 개조했지만, 여전히 칸과 칸을 구획했던 자리에 흔적이 남아 있다. 지금은 그 자리를 싸구려 이케아 책장이 대신 차지하고 있는데, 학교 도서관 서가처럼 책을 가지런히 꽂아 두었다.

---

* 장지문은 통상 살대 안팎에 창호지를 두껍게 발라 외부 공기를 차단시키는 맹장지와 살의 한쪽에만 창호지를 바르는 명장지로 구분된다.
** 座敷: 다다미방, 특히 손님 객실을 뜻한다.

바로 옆은 벽장으로 개조한 뒤 옛 서적을 마구 쌓아놓아서 마치 중고 서점을 방불하게 했다. 나이원은 응접실에 들리면, 짐짓 할 일 있는 척하면서 벽장을 뒤졌는데, 그때마다 숨은 보물찾기라도 하는 것 같은 재미가 있었다.

『(재판) 타이완요리지침서(再版臺灣料理之栞)』는 벽장에서 막 발굴한 책이었다. 책을 원래 소유했던 사람이 미황색 갱지로 책 꺼풀을 입히고, 그 위에다 검은색 만년필로 제목을 써놓았다. 책 표지를 넘기면 첫 페이지 중앙에 앞의 여덟 자가 그대로 쓰여 있다.

자세히 보면 서명 오른쪽에는 "臺灣總督府法院通譯, 林久三君著述"라고, 왼쪽에는 "臺灣打狗新濱, 裏村榮發行"라고 쓰여 있다. 분명히 요리책인데, 작가가 왜 타이완 총독부 출신일까? 나이원은 의아해하면서, 오른쪽 아래 모퉁이에 찍힌 이중 원형 도장에 시선이 끌렸다. 안쪽 원에는 정삼각형과 역삼각형이 합쳐져 있었는데, 이는 일본 강점기 시대에 썼던 옛 타이완식 휘장이었다. 바깥 원에는 "大正三, 十二 . 廿二(다이쇼 3년, 12월 20일)"이라고 찍혀 있었다.

다이쇼 3년?

나이원은 '다이쇼 원년은 민국 원년과 같은데, 그럼 서기 몇 년이지?'라고 속으로 계산했다. 환산이 끝나지 않았는데, 마침 자자가 복도에서 '거기서 뭐 하냐'라고 물었던 것이다.

자자는 몇 페이지 넘기더니, 다시 첫 페이지로 돌아왔다.

"어라! 다이쇼 3년이면 1914년 아닌가? 이것 완전 골동품이네. 네 장서야?"

"아, 아냐! 여기서 찾은 거야!"

"맞다. 아까 그렇게 말했지."

자자가 깔깔 웃더니 책을 돌려주었다.

나이윈은 벌떡 일어나 두 손으로 책을 받았다.

"부끄럼을 잘 타서 숨어 있는 줄 알았는데, 보물찾기하고 있었구나. 음음, 이 책이라면, 인터넷에서 만 달러(환화 약 46만원) 정도 부를 수 있겠는데?"

"어, 나, 보물 찾던 것이 아니고, 벽장 책들이 좀 특이해서…… 음, 가격 말인데, 보존 상태도 좋지 않고, 만 달러는 좀 어렵지 않을까……. 미안, 난 이런 책 가격은 잘 몰라서."

자자는 나이윈을 빤히 쳐다보고 웃으면서 말했다.

"너, 진짜 재미있다!"

저 말은 칭찬인가? 나이윈의 얼굴은 점점 빨개졌다.

자자는 웃으면서 손을 흔들었다. 인사하는 셈이었다.

"저기, 자자."

"응, 왜?"

"오늘 저녁 같이 먹을래? 근처 식당에서 우육면 같은 거……."

나이윈은 억지로 용기를 내 대화의 공을 넘겼다.

"아! 미안. 나는 외식할 돈이 없어. 하하하."

자자는 일격에 스파이크를 꽂았다.

나이윈 마음속에 있는 작은 나이윈은 그대로 나자빠졌다. 눈물을 머금고 '으으아아우우' 같은 알 수 없는 비명을 지르고 있다. 이 비명을 문자로 옮기면, '애초에 왜 쓰웨이가 1번지에 살기로 했었지'라는 뜻일 것이다. 순간 핸드폰 게임에서 날 만한 높고 경쾌한 소리가 들리는 것 같았다.

"콤보! 콤보! 콤보!"

우육면 파는 가게에서, 나이윈은 샤오펑과 즈이 두 선배를 우연히 만난 적이 있다. 가게 안으로 들어가면 흰 탁자와 나무 의자가 좌우로 한 줄씩 놓여 있고, 사람이 많았지만 앉기만 하면 누가 누구인지 금방 눈에 띄었다. 즈이와 샤오펑 두 선배는 마주 앉아서 농담하며 웃고 있었다. 나이윈은 주춤했는데, 그 짧은 순간 샤오펑 언니가 젓가락으로 땅콩을 집더니 물 흐르듯 자연스럽게 즈이 선배 입 앞으로 대령하자, 즈이 선배도 아무렇지 않다는 듯 그걸 받아먹었다.

나이윈은 얼굴이 달아올랐다. 마치 부모님이 사랑을 나누는 장면을 본 것 같아서, 몸을 돌려 달아나고 싶었다. 아차, 그런데 이미 늦었다. 점원이 메뉴판을 내밀며, 우렁차게 인사했다.

"친구인가요? 한 자리로 모실게요."

그 순간, 샤오펑과 나이윈은 눈이 마주쳤다.

테이블은 네 명이 앉을 수 있는 자리였다. 어쩔 수 없이 가야 하는 짧은 거리 동안, 나이윈의 머릿속은 매우 복잡했다. '어쩌지? 이 때는 어디에 앉아야 하지. 샤오펑 선배 옆에? 그렇다면 즈이 선배랑 마주 앉아야 하는데. 즈이 선배는 모든 게 완벽하지만, 잘 안 웃잖아. 감정을 헤아릴 수 없는 얼굴을 마주할 용기는 없어. 그렇다면 즈이 선배 옆에 앉는 것은? 그럼 즈이 선배랑 어깨를 나란히 해야 하는데, 그것도 무서워!'

"저……." 나이윈은 우물쭈물 말을 제대로 꺼내지 못했다.

"앉아." 즈이 선배가 말했다.

나이윈은 샤오펑 옆에 바로 주저앉고 말았다.

"나이윈과 처음 밖에서 밥 먹는 거야?"

나이윈을 편하게 해 주려는 듯, 샤오펑이 먼저 화제를 꺼냈다.

나이윈은 바로 말을 받았다. "그렇네요."

나이윈은 조용히 숨을 들이쉬면서 이 공을 받아내야겠다고 생각했다. 대화를 끝내지 않으려면 질문하는 것이 제일 좋을 것 같았다.

"아, 여긴 처음이라, 우육면을 먹어야 할지 아니면 물만두를 먹어야 할지, 모르……."

"처음 왔다면, 닭다리덮밥 먹어!"

즈이가 한방에 대화를 끊어버렸다.

콤보! 나이윈은 연속 공격을 당하고 휘청거렸다.

'안 돼! 이대로 쓰러질 순 없어.'

주문이 끝나고 마땅히 할 게 없는 짧은 시간. 나이윈은 정신을 바짝 차렸다. 매복한 고양이처럼 조용히 타이밍을 기다렸다.

우선 현장을 관찰했다.

남은 음식을 보니, 메인 메뉴는 소고기파볶음(蔥爆牛肉), 마른넙치튀김(乾煎虱目魚肚), 계란굴전(蚵仔煎蛋), 공심채볶음(熱炒空心菜)이고, 국은 소고기맑은국(牛肉淸湯)과 김계란국(紫菜蛋花湯)이고 한 사람당 공깃밥 한 그릇씩에, 반찬은 정향땅콩, 오이무침, 건두부무침을 곁들인 것 같다.

닭다리덮밥이나 물만두, 우육면은 보이지 않는다. 그렇다면 왜 닭다리덮밥을 추천했단 말인가? 이 가게는 분명 우육면 전문점이 아닌가? 그런데 테이블 위에 온통 볶음 요리밖에 없지 않은가?

나이원은 찰나 당황했다. 딴죽걸기 딱 좋은 타이밍인 것은 알겠으나, 과연 이 두 선배들이 딴지를 걸 만큼 친한 사이일까? 이 문제는 논문보다 더 어려운 것 같았다. 나이원은 머릿속을 빨리 굴리다가, 바로 상황을 파악했다. 한 2초 정도 망설이는 사이에 이미 딴지 걸 타이밍이 지나가 버렸다. 대화할 때 박자를 맞추는 것은 얼마나 어려운가!

"나이원, 같이 먹어. 사양하지마. 넙치 요리 좋아해?"

여전히 샤오펑이 먼저 화제를 꺼냈다.

"좋아해요. 넙치 내장은 맛이 아주 좋아요. 하지……, 하지만, 타이중에서 파는 가게를 본 적이 없어요."

나이원은 다급하게 대답했다. 어쩌지? 질문을 만들 수 없다. 연구소에서 토론하기보다 더 어렵다.

샤오펑은 도리어 웃었다. 세상을 밝게 하는 미소였다. 나이윈은 울음이 터지기 일보 직전이었다. 샤오펑이 대화를 이어갔다.

"내 추측으론, 나이윈은 남쪽에서 온 것 같은데?"

"네. 고향이 자이(嘉義)에요."

"난 관먀오(關廟) 출신이야. 어릴 때 나도 넙치 내장을 자주 먹긴 먹었는데, 정말 일찍 일어나야 했어! 조금만 늦어도 못 먹어. 나이윈이 미식가인 줄 몰랐어. 즈이도 늘 말했어. 타이중에서 제대로 된 생선 요리를 못 먹었다고. 그런데 여기 넙치 요리는 꽤 괜찮아."

이때 즈이가 젓가락으로 땅콩 한 알을 집었다.

나이윈은 멍하니 젓가락을 바라보았는데, 땅콩처럼 자기 마음도 저절로 들려지는 것 같았다. 아니, 그럴 순 없어. 설마?

즈이는 땅콩을 샤오펑에게 먹여주려고 했다.

나이윈은 시선을 어디 둘지 몰라, 고개를 푹 숙였다.

나이윈 곁에 앉은 샤오펑이 '즈이, 뭐하는 거야?'라고 나지막하게 말했다.

"아까, 너도 그랬잖아!" 즈이가 담담하게 말했다.

"나이윈이 있잖아!"

"아까도 있었어!"

즈이 말은 틀리지 않았다. 사실 그대로였다.

나이윈은 재빨리 샤오펑의 눈치를 살폈다. 그녀 뺨은 붉게 물들었다. 여기에서 순정 만화 같은 일이 실제 일어나고 있는가? 만약 만화처럼 섬광탄이 터진다면, 나이원은 바로 실명했을 것이다. 하지만 즈이는 미동도 없이 태연했다. 웃는 듯 마는 듯 입꼬리가 살짝 움직였다.

두 선배는 사귀는 걸까?

망했다. 이런 것 물어봐도 될까? 나이원은 어쩔 줄 몰랐다.

순조롭게 시작했지만, 대화는 곧 끊겼다. 기름칠하지 않은 자전거가 삐걱거리듯, 진도가 나가지 않았다. 샤오펑은 어육과 달걀 부침을 반 이상 작은 접시에 담아 나이원에게 건네주었다. 그러고는 자연스럽게 화제를 바꾸면서 영화 보러 간다고 했다. 두 선배는 어깨를 나란히 하고 걸어 나갔다.

이때야 비로소 닭다리덮밥이 나왔다.

나이원는 머리를 푹 숙이고 밥 먹었다. 계산하려고 보니. 선배가 이미 계산한 것을 알게 되었다.

설마, 이것이 전설로만 듣던 입막음용인가?

아니, 이 정도 일로 밥 한 끼 사면서까지 입을 막아야 할까?

하지만 선배가 계산한 것도 사실 말이 안 되잖아?

가만가만, 영화 보러 간다는 말도 빠져나가려는 핑계가 아닐까? 그렇다면 계산은 일종의 보상……?

날씨는 더운데, 나이원은 의문의 미궁에 빠져 한기가 드는 것 같았다. 혹시, 이러면 싫어할까? 아니면 되레 좋아할까? 이런 식으로 관계를 맺으면, 관계는 좋아지는 걸까? 아니면 나빠지는 걸까? 나이원을 답을 찾지 못했다. 하지만 마음속 어딘가에서 게임의 효과음이 작지만 뚜렷하게 들려왔다.

콤보! 콤보!

✳

두려워하지도 무서워하지도 말자. 사람을 못 사귀는 것은 충분히 극복할 수 있어.

나이원은 하루에 세 번 자신을 되돌아보았다.

샤오나이원, 23세, 석사 1년 차. 불경을 외우듯, 나이원은 같은 말을 수십 번 반복했다. 샤오나이원, 23세, 석사 1년 차. 석사 과정이 비록 돈 버는 직업은 아니지만, 고등학생이나 대학 학부생과는 분명 다르다. 굳이 분류하자면 학생이 아니라 사회인이다. 사회인답게 숙소 내 인간관계를 그렇게까지 고민하지 말아야 한다. 맞으면 받아들이고, 안 맞으면 보내면 된다. 평상심이 최고다.

나이원은 열심히 자기 최면을 걸었지만, 마음속 깊은 곳에서 울려오는 소리를 지울 수 없었다.

'못하는 것은 그저 못하는 것일 뿐이야!'

나이원은 자신을 속일 수는 없었다. 하지만 인간관계가 서툴더라도 다른 사람과 잘 지내고 싶었다. 다른 입주자와 같이 응접실을 사기 거실처럼 사용하고 싶기도 했다. 하루하루가 빠르게 흘러갔고 9월의 끝자락으로 달려가고 있지만, 나이원과 쓰웨이가 1번지 입주민들과의 관계는 여전히 그대로였고 나아갈 기미가 보이질 않았다. '제자리걸음'이라고 해야 하나…….

어느 날 오후, 자자가 나이원의 방문을 두드렸다. 편의점에서 산 볼로빵을 손에 들고 있었다.

"저번 양갱에 대한 답례야. 볼로빵과 플로스빵을 두고 약간 고민했어. 양갱을 산 걸 보면, 네가 단것을 좋아할 것 같아서."

자자는 상냥하고 다정하게 말했다.

나이원은 수없이 연습한 말을 자연스러운 척하며 꺼냈다.

"다음에 같이 밥 먹자. 너 진쉐루(金鶴樓) 돼지갈비덮밥 좋아해?"

"아휴, 외식할 돈 없다고 저번에도 말했잖아!"

자자라는 사람도 참, 타이완 사람이 상투적으로 쓰는 인사조차 받아주지 않는다.

반면, 샤오펑은 완전 반대다.

점심 먹고 버스 타고 수업에 가려다, 나이원은 공교롭게 집 입구에서 샤오펑과 부딪혔다. 샤오펑은 곧장 택시를 불렀다. 학교에 도착했는데, 저번 우육면 가게에서처럼 이번에도 돈을 못 내게 했다.

"너, 이런 거로 나랑 실랑이하려 들지 마. 화난다!"

샤오펑은 얼굴에 웃음이 가득했는데, 이는 거절한다는 뜻이다.

즈이 선배는 어떤가?

용기를 짜내 나이윈은 여러 번 '헬로우'라고 인사하려고 했지만, 말은 늘 입안에서만 맴돌다 결국 삼켜지고 말았다. 어느 날 우연히 냉장고 앞에서 마주쳤는데, 나이윈이 '헬'이라고 말하려는 순간, 즈이의 눈길이 자신에게 닿자, 곧장 '하'하고 억지로 하품하는 척했다. 즈이가 자리를 떠나자 나이윈은 화끈 열나는 머리를 냉장고 안으로 쑤셔 넣었다.

아! 그녀는 정말 어쩔 수 없는 사람이었다.

석양이 아름다운 어느 휴일 저녁, 노을은 불꽃이 구름을 태우는 듯 곱고 화려했다. 나이윈은 혼자 저녁을 먹으러 갔다. 물만두 열 개, 두붓국 한 그릇을 휴대폰으로 게임하면서 묵묵히 먹었다. 세계는 이렇게 큰데, 오직 이어폰만 시끄러웠다. 나이윈은 자신이 조금 불쌍했다. 하지만 어쩔 수도 없었다. 23세, 석사 1년 차, 반쯤 사회인 샤오나이윈. 한 번 아웃사이더는 영원히 아웃사이더였다. 아웃사이더가 할 수 있는 일이란, 고작 '다음에 더 노력하자' 같은 다짐뿐이었다.

늦은 밤, 나이윈은 자기 방에서 반성도 가계부 정리도 끝냈다. 핸드폰으로 시간을 확인해 보니, 새벽 1시 20분이었다.

씻고 자야겠다고 생각한 찰나.

복도에서 저벅저벅 발소리가 났다. 나이윈의 방은 2층 서쪽 끝자락에 있었고, 방보다 더 끝에 화장실이 있었는데 최근 고장이 나서 사용하지 않는다. 계단과 응접실은 모두 방향이 반대였다. 만약 누가 이쪽으로 걸어온다면, 반드시 어떤 목적이 있어 오는 것이 틀림없다. 쓰웨이가 1번지에서 자기 방에 놀러 올 사람이 있던가? 생각이 여기까지 미치자, 나이원은 심장이 요동치기 시작했다.

쓰웨이가 1번지에 귀신이 출몰한다는 소문을 들은 적이 있다.

나이원은 숨을 죽이고 벌떡 일어났다. 작은 자기 방을 눈을 부릅뜨고 둘러보아도 다다미 바닥 이외에 숨을 곳이 없다. 벽장! 나이원은 날듯이 벽장문을 열었다. 아직 펴지 못한 요와 옷가지로 꽉 차서 도무지 들어갈 틈이 없었다.

"나이원, 자?"

나이원은 바로 울음을 터뜨렸다.

문을 열자 거기에 자자가 서 있었다.

"어……, 너 지금 울고 있어?" 자자는 의아해하는 표정이었다.

나이원은 겸연쩍어 코를 훌쩍거렸다.

"울었어. 좀 울었어."

"아앙, 근데 왜 울었는데?"

"나, 나도 몰라. 아까, 이렇게 늦은 시간에, 아무 일도 없는데, 누가 이쪽으로 오는 것 같아서. 귀신일 수도 있잖아. 네가 올 줄 몰랐어."

"무슨 말이야. 내가 귀신보다 무서워?"

"아니, 아니야. 반대야. 이제 마음이 놓였어…….''

참았던 눈물이 코로 흘러나오자, 나이원은 다시 코를 훌쩍거렸다. 부끄러워서 얼굴이 홍당무가 되었다.

자자는 조용히 나이윈을 바라보았다. 웃는 얼굴에서 장난기가 묻어났다.

"너 진짜 재미있어."

자자는 단호하게 말했고, 마치 확신하는 것 같았다.

"전에도 그렇게 말했잖아. 칭찬이야 뭐야?"

자자가 크게 웃자, 눈꼬리가 살짝 올라갔다.

이건 긍정의 뜻일까?

자자는 긍정도 부정도 하지 않고, '입주자 총동원'이라는 본론을 꺼냈다. 어제까지 약했던 태풍이 오늘 밤 11시부터 중급으로 격상되었다는 것이다.

나이윈은 상황을 파악했다. 짐작한 대로, 이 시간에 누가 찾아올 리 없었다. 쓰웨이가 1번지는 일본식 건축물이다. 'ㄷ'자형 건물 내부에 있는 복도는 실내와 실외를 연결해 주는 곳으로 반쯤 외부 공산이었다. 평소에는 늘 개방되어 있어 부지런히 청소해야 청결을 유지할 수 있었다. 비도 조금 많이 온다면 '빈지문(雨戶)'을 설치해야 했다. 비가 복도를 직접 치는 것을 막기 위한 장치였다. 타이중 날씨는 비교적 평온해서, 빈지문을 쓸 일이 거의 없었다. 하지만 어쩌다 상황이 발생하기라도 한다면, 건물 전체에 설치해야 하므로 전원이 출동해야 했다.

---

* 한 짝씩 끼웠다 뗐다 하게 만든 문. 주로 비바람을 막기 위해 덧댄다.

"샤오펑, 즈이, 두 언니가 1층, 우리가 2층을 맡기로 했어."

자자가 설명을 마치자, 나이원은 재빨리 방을 나와 자자를 따라갔다.

나이원으로서는 입주 이래 처음 맞는 태풍이다. 저번에 비가 내린 적이 있었는데, 강우량이 적어서 빈지문을 쓸 기회가 없었다.

2층은 안전을 고려해서, 복도 위에 허리 높이 정도 오는 난간을 둘러놓았지만, 난간으로는 비를 막을 수 없다. 비를 막으려면 빈지문이 필요했다. 빈지문을 사용하지 않을 때는 '두껍닫이(戸袋=とぶくろ, 토부쿠루)'라는 건물 내부 공간에 보관했고, 사용할 때는 '두껍닫이'에서 하나씩 꺼내, 복도 위에 깔린 레일에 끼워 복도 끝까지 모두 설치해야 했다. 설명만 들으면 별로 어렵지 않을 것 같지만, 막상 묵직한 나무문과 녹슨 레일을 물리적으로 결합하는 것은 힘깨나 드는 일이었다.

나이원은 앞에서 끌고 자자는 뒤에서 밀면서, 무거운 나무문을 레일 위에서 이동시켰다. 밤중이라 소리가 매우 커서, 덜컹거리는 소리가 마치 지진이라도 난 것 같았다. 이들보다 노련한 1층 두 선배는 빈지문을 순조롭게 설치해서 2층보다 일찍 끝냈다. 1층에서 나던 시끄러운 소음도 잦아들었다. 건물이 'ㄷ'자형이므로, 복도도 세 개다. 세 번째 복도에 이르러서야, 나이원과 자자는 요령이 생겨 수월하게 마쳤다.

나이원은 이마에 맺힌 땀을 닦아냈다. 이렇게 공동생활하면서,

두 선배는 서로 마음이 통했겠지? 그렇다면, 어쩌면……, 시간이 좀 더 흐르면, 나이윈도 다른 입주자와 좀 더 잘 지낼 수 있겠지?

"아이고. 봐봐."

나이윈은 자자의 목소리에 따라 돌아보았다. 자자는 두 팔을 죽 뻗어 늘어선 빈지문을 가리켰다.

"요새 같지 않아. 안 그래?"

나이윈은 주위를 둘러보았다. 빈지문이 바깥 가로등을 막아서 실내는 한층 어두워졌다. 복도 황색등이 마치 따스한 필터로 덮은 것처럼 실내를 감싸고 있었다. 부드러우면서 견실한 분위기를 연출했다.

"확실히, 그래!" 나이윈이 말을 하자, 자자는 활짝 웃었다.

나이윈은 이때 처음으로 자자의 얼굴을 제대로 보았다. 따스한 황색등 아래에서 희고 고운 얼굴이 어슴푸레 빛났고, 깊고 검은 눈동자가 흰 피부보다 더 밝게 불빛을 반사하고 있었다.

나이윈은 다시 얼굴이 달아오르는 것을 느꼈다.

"다음에, 우리가 아래층보다 빨리 끝내자."

"아. 좋아. 좋아!"

"어서 내려와." 집주인의 목소리다.

집주인은 '나이윈, 자자'라고 좀 더 큰소리로 한 번 더 불렀다. 빈지문 때문에 걱정했던 주인이 주방에서 부르고 있었다.

"맞다. 주인장께서 야식 끓여주신다고 해서!"

자자는 좋아하면서 웃었다.

아래층으로 내려가 식당에 도착하니 다들 모여 있었다.

집주인이 라면 한 솥을 삶았고, 샤오펑과 즈이가 그릇에 나눠 담고 있었다.

큰 솥에 라면을 끓이고 있었다. 냄새가 옛날 총소우육면(蔥燒牛肉麵) 같았다. 가서 직접 보니, 반 자른 완자, 선지 조금, 절인 돼지편육, 팽이버섯, 죽순이 재료였다.

"이건, 지난 추석 때 구워 먹다 남은 돼지고기 아닌가요? 돼지고기를 이렇게 오래 절여놔도 안 상해요?" 즈이가 말했다.

"누구랑 고기 구워 먹은 줄 모르겠지만?" 샤오펑이 웃으며 말했다.

"잔소리 말고. 절대 배 안 아파!" 집주인이 말했다.

"근데, 고기 구울 수도 있잖아요. 화로에 불만 피우면 금방인데." 자자가 말했다. 자자는 앞발은 식당 안에, 또 뒷발은 식당 밖에 딛고 있으면서도 자연스럽게 대화에 녹아들었다. 이 정도 사교성은 초능력이 아닌가?

잠시 나이원은 아무 말도 못 하고 잠자코 있었다. 일순간, 모두가 동시에 그녀를 쳐다보았다.

"음. 태풍 부는 날엔, 꼭 라면을 먹어야 할 것 같은……."

나이원이 이렇게 말하자, 집주인 '헛'하고 웃었다.

"나를 알아주는 이는 나이원이야!"

나이원은 뜻밖에 칭찬을 받고 매우 놀랐다. 평생 이런 말을 들어

본 적이 없었다. 입안에서 몇 마디 맴돌았는데, 결국 "감사합니다"라고 작은 소리로 나지막하게 말했다. 집주인은 듣지 못했는지, 나이윈이 늘 앉던 자리에 그릇을 놓고는 돌아섰다.

"자자는 젓가락과 숟가락 놓고, 나이윈은 마실 것 따라 줘. 냉장고에 보리차 있어." 샤오펑이 말했다.

샤오펑이 할 일을 정해 주자, 손 둘 곳이 없었던 나이윈은 그제야 풀려난 것 같았다.

냉장고 안에 유리병이 두 개가 있었는데, 모두 티백이 잠겨 있었다. 하나는 색이 짙었고, 다른 하나는 색이 옅었다. 모두 샤오펑이 만든 냉차였다. 우롱차와 홍차일 것이다. 나이윈은 짙은 색을 꺼냈다. 뚜껑을 열어 냄새를 맡아 볼까 하다, 혹시 비위생적이라고 여기는 사람이 있을 것 같아 그만두었다.

누군가 나이윈의 어깨 뒤에서 손을 뻗더니, 유리병을 낚아채 갔다. 고개를 돌려 쳐다보니, 날렵한 턱선이 눈에 들어왔다.

"이건 콜드브루 커피야. 넌 다른 것 마셔." 즈이가 말했다.

"아, 좋아요, 좋아." 나이윈은 온몸이 굳는 것 같았다.

"긴장할 필요 없어."

"좋아요, 좋아. 알겠습니다."

즈이가 '푸하' 하고 웃으면서 말했다.

"됐어. 말 안 시킬게."

나이윈은 순간적으로 멍해졌다. 즈이 선배도 본래 웃을 줄 아는

구나…….

커피를 선택한 한 사람은 즈이뿐이었다. 나머지 사람에게 나이원은 보리차를 따랐다. 상을 차리고 나이원이 제자리로 돌아오니, 다른 사람은 이미 모두 자리를 잡고 있었다. 아무도 젓가락을 들고 있지 않아서, 나이원은 급하게 빈자리를 채웠다.

"여러분! 시작." 집주인이 말했다.

"언제 구호를 외치는 거야?" 즈이가 툭 던지듯 말했다.

"선배님 맛있게 드시고, 주인 언니도 맛있게 드십시오, 모두 맛있게 먹읍시다!" 자자가 외쳤다.

샤오펑은 입을 가리고 웃었다.

나이원은 고개를 푹 숙였다. 눈앞 큰 사발에서 김이 모락모락 피어올랐고, 연갈색 뜨거운 국물 위로 붉은 기름이 떠다녔다. 라면 위에 고명 여러 가지가 제멋대로 얹혀 있었다. 나이원이 이 집에 온 이래, 처음으로 다 같이 모여 밥 먹는 자리였다.

"라면에 죽순 넣을 생각을 누가 했겠어. 너무 맛있는데!"

"역시, 자자가 맛을 알아."

"라면 너무 삶았어. 난 꼬들꼬들한 게 좋단 말이야."

"요리 안 했으면 지적하지 마."

"다음엔 좀 꼬들꼬들하게 끓여 줄게. 다음부턴 이렇게 늦게 먹지 말자. 내일 얼굴 붓는단 말이야."

"너나 그렇지."

식탁에 둘러앉아, 라면을 먹으면서, 다들 이야기꽃을 피웠다. 나이원을 면을 씹으면서, 주변 사람을 차분히 살폈다. 머리를 대충 핀으로 꽂은 주인 언니, 계란형 긴 얼굴에, 콧등이 길어 자못 엄격해 보였다. 눈꼬리가 살짝 처졌지만, 눈이 가느다래 묘하게 나른한 느낌을 주었다. 또래보다 대략 열 살 많아 보인다고 하지만, 정확한 나이를 가늠하기 어려웠다.

즈이 선배는 검고 가느다란 뿔테 안경을 썼고, 쌍꺼풀에다 속눈썹도 길었고 눈동자도 컸다. 얼굴이 창백해서, 광대뼈 위의 작은 주근깨가 더 두드러져 보였다. 들쑥날쑥한 짧은 머리도 잘 어울렸다. 몸매도 날씬하니, 모델이라고 해도 이상한 것이 없을 정도였다.

기질이 부드럽고 자태가 우아한 샤오펑 선배, 어깨까지 내려온 장발은 막 빗은 것처럼 항상 가지런했고, 연한 갈색으로 염색한 머릿결도 흠잡을 데가 없었다. 화장을 지우더라도, 일본 드라마에 나오는 정결한 여성 같았다.

자자…… 그녀 역시 미인이다. 늘 내키는 대로 말총머리로 묶고 다니지만, 얼굴 윤곽도 좋고 이목구비도 뚜렷하다. 자자는 즈이 선배보다 머리 하나가 더 크고, 운동선수처럼 건강미가 넘친다. 존재감이 강렬하고 뚜렷하다.

식탁 위 수다는 계속되었다.

"혹시 집에서 '탕츠(湯匙, 국 숟가락)'를 '탸오겅(調羹)'이라고 부른 사람 있냐?" 집주인이 말했다.

"탸오겅?" 자자가 되물었다.

"객가 사람들이 그렇게 부르는 것 들은 적이 있어요." 샤오펑이 말했다.

"우리 집에서 그렇게 불러!" 즈이가 말을 받았다.

"장쑤, 저장 사람들이 그렇게 말해. 우리 집도 그래." 집주인이 맞장구쳤다.

"대학 와서야, 탕츠라고 부른다는 것을 알게 되었어요." 즈이가 말했다.

집주인은 고개를 끄덕였다.

"맞아. 밖에서는 나도 탕츠라고 해. 집에서는 아직도 탸오겅이라고 하지만."

"고향 사람만 봐도 눈물이 난다고들 하잖아요." 샤오펑이 웃으면서 말했다.

"아이고나! 지금이 어떤 시대인데." 집주인은 부르르 떠는 시늉을 했다.

"나이원은?" 자자가 물었다.

"나, 나는 들은 적이 없어요."

늘 그렇듯, 나이원은 반 박자 늦었지만, 잠깐 고민하다 말을 이어 갔다. "탸오겅이라는 말, 문헌에서 읽었어요. '재상이 군주를 보좌하고 백성을 다스린다'라는 의미로 사용해요. 이런 말을 '국 숟가락'이라는 의미로 쓰다니, 우아한 느낌이 들어요."

"과연, 역사 전공자." 샤오펑이 웃으면서 말했다.
"나이윈이 이렇게 말 많이 하는 것, 처음 듣네." 즈이가 받았다.
"나이윈, 목소리 꾀꼬리 같다." 자자가 웃으면서 덧붙였다.
"말투가 왜 그래. 나이윈이 네 아이야?" 집주인이 농담을 건넸다.
"아, 제가 어떻게 키워요." 자자도 농담으로 받았다.
나이윈은 묵묵히 사람들 표정을 살폈다.

평소 야식을 잘 먹지 않는 샤오펑 선배는 벌써 젓가락을 놓았다. 습관처럼 손바닥을 턱 아래를 받치고 있었는데, 절대 뺨을 만지지 않았다. 나이윈은 나중에 알게 되지만, 샤오펑은 화장이 지워질까 그랬다.

즈이 언니가 말할 때면, 샤오펑 언니는 즈이 언니에게 시선을 집중했다. 말하는 사람을 쳐다보는 것은 자연스러운 일이다. 하지만 즈이 언니도 말할 때 꼭 샤오펑 언니만 쳐다보았다.

자유분방해 보이는 집주인은 모두를 공평하게 바라보았다. 대인이라고 해야 하지 않을까?

자자가 나이윈에게 귓속말을 했다.

"부끄러워서 한 그릇 더 못 뜨면, 내가 도와줄게."

"다 들려. 그럴 거면, 뭐 하러 귓속말을 해." 즈이가 태클을 걸었다.

"너희들은 아직 크는 중이야. 많이 먹어." 집주인이 정색하고 말했다.

"어른이 되면, 다 옆으로 가요." 샤오펑이 장난스럽게 푸념했다. 나이윈은 그저 웃고만 있었다.

※

그날 밤, 나이윈은 꿈을 꿨다.

아득하고 끝없는 밤하늘을 나이윈 혼자 날고 있었다. 밤하늘 가장자리에서 불꽃이 일더니 구름으로 번져나갔다. 밤하늘에는 따스한 귤홍빛 노을이 가득했다. 옆에 자자가 있었고, 저 멀리 샤오펑 선배와 즈이 선배, 주인 언니가 있었다.

나이윈은 눈가가 뜨거워졌고 코끝이 찡했다.

여전히 꿈속에서, 노을은 갑자기 흩어졌고 모두 한순간에 지상으로 추락하면서 방으로 돌아왔다. 바닥은 푹신해서 구름 같았다. 집주인은 음식을 정리하고 설거지하던 어제처럼, 나이윈에게 특별히 다가왔다.

"다른 사람과 어울리고 싶다면, 부담 없는 질문을 자주 해 봐."

"그, 그런데. 뭘 물어봐야 할지 모르겠어요."

"상대에 호기심이 있어야 해."

"호기심?"

"늘 관심을 두면, 물어볼 게 생기게 마련이야. 가까운 데서 소재를 찾아. 알아들었어?"

나이윈은 알 듯 말 듯했다.

그런데 하늘 저 멀리서 비행기가 지나가고 있었다. 빈자문을 이동할 때처럼 '끼익끼익' 소리가 났다.

누군가가 복도를 걷는 소리가 났다. 삐꺽삐꺽, 느리지만 일정했다. 이건 샤오펑 언니의 발소리다.

곧바로, 가볍게 방문을 노크하는 소리가 저 멀리서 들려왔다.

"즈이, 흰 쌀죽에다 무슨 차 마실래?"

"파 넣은 계란 프라이, 두부 구운 것, 농어 튀긴 것 있어?"

"마침 샀어."

이어서 동동거리는 발소리가 가까이에서 났고, 바로 장지문이 열리는 소리와 방충망을 여는 소리가 났다.

"저도 밥 먹을래요. 저에게 절인 오리알이랑 말린 양배추 있어요!"

나이윈은 완전히 잠에서 깼다. 눈을 뜨자, 창문을 통과한 햇살이 방 안에 가득했다. 커튼으로 타이중의 햇볕을 막을 수 없다. 어제 태풍은 아무것도 아닌 것 마냥, 햇살 받은 방 안에서 다다미 향이 풍겨 나왔다. 얼마 전인 어느 여름날 오후, 나이윈이 처음 쓰웨이가 1번지에 처음 왔을 때, 집주인이 나이윈에게 빈방을 보여준 적 있었는데, 그때도 지금처럼 다다미 향이 났다. 그 빈방에 서서, 멀리 주방에서 물 끓이는 소리를 나이윈은 그때도 들었다.

딸깍하고 가스레인지 불 켜는 소리가 나고, 부드럽고 다정한 목소리가 들려왔다.

"커피 마실 사람, 소리 질러!"

그러자 아래층에서 청량한 목소리가 대답했다.

"오늘은 커피에 설탕 좀 넣어 줘."

옆방에서 누군가 쿵쿵쿵 뛰어나오더니, 아래층 주방을 향해 목청껏 외쳤다.

"저도 커피 마실래요. 우유 추가요."

바로 그 순간이었다. 바로 그 몇 분 몇 초 동안, 나이원은 생각했다. '여기서 산다면, 나도 용감하게 아웃사이더에서 벗어나는 한 걸음을 내디딜 수 있을 거야.'

나이원은 날짱날짱 몸을 일으키더니, 느릿느릿 장지문을 열고, 착착 소리 내며 방충망을 밀어젖혔다.

언제 그랬는지, 빈자문은 이미 사라져 있었다. 자자가 난간에서 앞쪽을 바라보고 서 있었다.

"나, 나는 위니(芋泥)로 점심 만들려고 해. 같이 먹을 사람."

자자가 웃었다. 그 웃는 얼굴은 햇살보다 더 찬란했다.

※

'늘 관심을 두면, 물어볼 게 생기게 마련이야. 가까운 데서 소재를 찾아. 알아들었어?'

나이원을 이 말을 완전히 이해하지는 못했다. 그녀는 부끄럼도 잘 탔고, 겁이 많았으며, 느린 데다가 과감하지도 못했다. 상황 파악도 늘 반 박자 늦었다. 하지만 자기 자신에게는 진실했다. 그녀는 자신을 바꿔 나갈 생각이다. 실패해도 계속 시도할 것이다.

태풍이 왔던 밤 먹었던 라면은 정말 맛있었다.

2층 응접실 벽장에서 나이윈이 꺼낸 『(재판) 타이완 요리 지침서(再版臺灣料理之栞)』는 모두 일어로 적혀 있지만 한자도 많아서, 일어를 기초 정도만 안다면 아쉬운 대로 반쯤은 읽을 수 있었다. 앞부분의 「서언(緒言)」과 「례언(例言)」에서는, 타이완 요리를 할 때 반드시 있어야 할, 쇠솥(鐵鍋), 알루미늄솥(鋁鍋), 식칼, 시루(蒸籠) 등 주방 도구를 설명하면서, 주부와 요리사에게 어떻게 해야 깨끗하고 저렴하게 요리할 수 있는지도 설명한다. 저자는 '타이완 총독부 법원 통역 린주산(林久三, 일본어 발음은 하야시 큐조)'이라고 표시되어 있는데, 아마도 타이완에 사는 일본인을 위해서 이 책을 쓴 것 같다. 타이완어와 같이 일본 카나(假名)도 병기해 놓았는데, 일본인이 시장 갈 때 사용할 수 있도록 한 것 같다.

「례언」 서명 부분에는 날짜가 메이지(明治) 45년 4월로 되어 있고, 속표지 하단에 있는 타이완식 인장에는 다이쇼 3년 12월로 되어 있다. 핸드폰으로 서기와 비교해 보니, 메이지 45년은 다이쇼 원년과 같았고, 서기로는 1912년에 해당한다. 다이쇼 3년은 곧 1914년이다. 재판을 찍을 때 표지는 바뀐 것 같은데, 본문은 수정하지 않은 것 같다.

목차를 살펴보니, 대분류가 3개 항목이다. 요리법, 요리 재료, 그리고 주방용품과 기타. 분류가 이렇지만, 전체 89쪽 중 66쪽이 '요리법'에 관한 것이다. 『臺灣料理之栞』을 문자 그대로 번역하면, '타이완 요리 지침서'이지만, 실제는 그냥 요리책이다. 요리법을 다룬 66쪽을 다시 6개 항목으로 세부 분류했다. 「국이나 탕(汁物, しるもの)」, 「전분/갈분 소스 얹은 요리(あんかけ)」, 「볶음이나 졸임(煎り付)」, 「튀김(あげもの)」, 「찜(むしもの)」, 「데치거나 삶는 요리(うでもの)」.

한자가 없으면, 전혀 이해할 수 없는…….

하지만 나이원은 자세히 살펴보고서 한숨을 돌렸다. 66쪽에 걸쳐 실린 요리의 이름들은 모두 한자와 타이완 병음으로 같이 표기되어 있었기 때문이다.

「국이나 탕」 항목에는 육골탕(肉骨湯), 청탕계(淸湯雞), 면선탕(麵線湯), 동채압(冬菜鴨), 십금화과(十錦火鍋), 육환탕(肉丸湯), 원자탕(圓仔湯) 등 27개 요리가 나온다. 「전분/갈분 소스 얹은 요리(あんかけ)」 항목에는 겨우 10개 요리만 나온다. 일본의 중화요릿집 메뉴판에는 한자로 '餡掛け'라고 표기되어 있다. 전분을 걸쭉하게 풀어 국처럼 만드는 요리로, 홍소어(紅燒魚), 소어시(燒魚翅), 길즙하(桔汁蝦) 등을 들 수 있다. 「볶음이나 졸임(煎り付)」을 한자로 표기하면 '煎[전 부치는 것]'이나, 실은 음식을 '볶는 것'이다. 예를 들자면, 초계편(炒雞片), 생초하인(生炒蝦仁), 초두인(炒豆仁) 등을

들 수 있는데, 모두 9개 요리가 나온다.

「あげもの(튀김)」은 한자가 없다. 내용을 읽어 보니 재료를 '튀기는 것[炸]'으로, 2차 대전 전에는 '炸'이라는 글자가 없었던 것일까? 11개 요리가 나오는데, 소계관(燒雞管), 유수교(油酥餃), 고려하(高麗蝦), 전춘병(煎春餅) 등이 있다. 「찜(むしもの)」과 「데치거나 삶는 요리(うでもの)」을 나이원은 처음에는 이해하지 못했다. 전자의 항목으로, 염포(鹽包), 계란고(雞卵糕), 첨과(甜粿) 등을 3개 예시로 들 수 있는데, 번역을 찾아보니 '재료를 찌는 것[蒸物]'이었다. 후자의 항목으로, 개랄계(芥辣雞), 백편심(白片蟳), 생참계(生鏨雞) 등을 예시로 들고 있다. 나이원은 이게 무슨 요리인지 전혀 감도 없을뿐더러, 인터넷에서 'うでもの'를 검색해도 분명하게 나오지 않았다.

시간적 거리 탓인가…….

1912년에서 2019년까지, 이 책을 출간했던 시대와 나이원이 사는 시대, 이 두 시대에는 약 백 년의 시간적 거리가 있다.

하지만 이 '시간적 거리'라는 것에 나이원은 이미 익숙하다.

인간의 삶보다 문헌이 훨씬 단순하다.

손 가는 대로 책을 넘기다 40쪽에서 멈춘다. '위니겅(芋泥羹=토란국).'

위니겅?「전분/갈분 소스 얹은 요리(あんかけ)」항목에 나온다. 하지만 이런 국은 처음 듣는다. 재료는 다음과 같다. "토란(裏芋)

큰 것 3개, 흰 설탕 50메(匁), 돼지기름 조금, 소금 조금." 조리법은 단 세 줄. "우선 토란을 깨끗이 씻고 껍질을 벗긴다. 찌고 난 뒤 으깨서 떡처럼 만든다. 돼지기름과 설탕, 소금을 넣는다." 아아, 이건 그냥 위니가 아닌가? 이걸 국이라고 부를 수 있을까?

하지만 괜찮다. 이게 더 좋을지도 모른다.

있는 재료로 만든다. 나이원은 '위니겅'을 만들기로 결심했다.

용기를 내고 말문이 터지자, 모든 일이 훨씬 쉬워졌다.

시장 가서 장을 보고, 재료를 준비하고, 요리한다.

'사토이모(裏芋)'는 바로 토란이다. 일본어로 '裏芋(さといも)'라고 했다면, 당연히 일본 품종인 '小芋頭'일 것이다. 하지만 백 년 전 타이완에서 어떤 품종의 토란을 말하는 것일까? 분명히 "큰 것 3개"라고 했으니. 아마도 '小芋頭'는 아닌 것 같다.

흰 사탕 50메. '메(匁)'는 일본의 전통 계량 단위이다. 1메는 3.75g이므로 50메는 187.5g이다. 돼지기름 조금, 소금 조금. 요리책에서 가장 머리 아픈 표기는 아마도 이 '조금'일 것이다.

나이원은 학부 4년 동안 자취했는데, 그때 요리를 배웠다. 손이 많이 가는 요리는 하지 않았는데, 위니는 그렇지 않아 자주 했다. 필요한 건 인내심이었다. 현대 요리책에 따라 레시피를 결정한 뒤, 새벽에 제5시장에 갔다. 재료는 금세 구할 수 있었다.

백 년에 걸쳐 품종이 개량되었으니, 명칭은 '토란'으로 같더라도 백 년 전과 지금은 완전히 다르다. 시장에 널린 품종은 '빈랑심우(檳

榔心芋)'로, 산지는 타이중다자(臺中大甲), 먀오리(苗栗) 공관, 가오슝자셴(高雄甲仙), 동해안 화롄(花蓮)에서 외딴 섬 진먼(金門)까지 다양했다. 백 년 전 품종은 구하지 못했다. 이 책을 발행한 출판사는 '臺灣打狗新濱 裏村榮'라고 나와 있는데, 갸오슝시 다거우(打狗)를 말하는 것 같아, 가오슝산(産) 토란을 샀다.

토란 머리가 매우 커서 하나만 샀다.

수도꼭지를 틀고, 흐르는 물에 찌꺼기를 말끔히 씻는다. 껍질을 벗기기 전에 소금과 식초로 문지른다. 토란이 상하지 않게 하기 위해서다. 껍질을 벗기고 얇게 썰어서 전기 찜기에 넣고 충분히 찐다. 스테인리스 볼에 놓고 진흙처럼 될 때까지 으깬다. 질긴 섬유질은 건져내고, 뜨거울 때 설탕을 조금 넣고 섞는다. 그다음 돼지기름과 소금을 조금만 넣는다.

재료 비율을 어떻게 해야 할지 명확하지 않으므로, 나이원은 자기 직감을 믿었다. 아직 모락모락 김이 나는 '위니'를 흰 접시에 담는다. 회색과 보라색을 띠면서 천천히 퍼지는 것을 보고 있으면, 백 년 전 사람들이 왜 이 요리를 '위니겅'이라고 불렀는지 이해할 수 있을 것 같았다.

하지만 모양이 엉망이라 만들다 만 것 같았고, 게다가 먹기도 불편했다. 이 역시 백 년의 시차 때문이겠지?

상을 차린다.

가운데는 흰 접시, 그 곁에 작은 그릇 다섯 개를 놓았다.

나이원은 속으로 숫자를 다시 셌다. 주인 언니, 즈이 선배, 샤오펑 선배, 자자, 그리고 나.

나이원은 조용히 자신을 타일렀다.

'두려워하지 마. 무서울 것 없어. 최악의 경우, 내가 다 먹으면 되니까.'

"오! 다 됐어. 냄새가 좋아. 벌써 침이 고였어."

자자의 목소리였다.

"이게 위니겅이야. 보아하니, 푸저우 '바바오위니(八寶芋泥)' 같은데. 중요한 재료 여덟 가지만 빠진 것 빼고."

이번엔 집주인 목소리.

나이원은 고개를 돌려 뒤를 돌아다 보았다. 식당 바깥 복도에 몇몇이 서 있었다. 아침을 먹고 나이원은 오후에 『臺灣料理之栞』에 나오는 '위니겅'을 만들겠다고 예고했고, 시간이 나면 간식 먹으러 오라고 초대했었다.

자자는 가벼운 걸음으로 식당으로 들어섰고, 늘 그렇듯 집주인은 느릿느릿 걸어왔다. 복도에는 발소리가 끊이지 않았다. 뒤를 이어 샤오펑 언니가 왔다.

샤오펑은 웃으며 말했다. "수고했어! 맛이 진짜 기대돼."

나이원은 눈가에 눈물이 그렁그렁 맺혔다. 바로 즈이 선배가 따라 들어왔다. 즈이 선배를 보자 눈물이 쏙 들어갔다.

즈이는 사람들 사이를 헤집고 지나서 늘 앉던 자리에 앉았다.

"안 그래도 단 게 먹고 싶었는데. 정말 고마워, 나이윈."

말을 끝내고 즈이는 고개를 살짝 들어 나이윈을 보며 미소지었다.

나이윈은 얼굴이 달아올랐지만, 고개를 몇 번 끄덕였다. 옆자리의 자자가 자신을 향해 엄지를 곧 세우면서 윙크하는 것을 보았다.

아마도 '잘했다'라는 뜻이겠지. 나이윈은 터질 듯한 울음을 애써 참았다.

좋아!

쓰웨이가 1번지에 살기를, 정말 잘했어!

2막
쉬자화(徐家樺)

※

　자자는 양철 장난감 하나를 발견했다.
　아이가 세발자전거를 타는 장난감으로, 자전거 옆에 태엽이 달려 있었다. 태엽을 감으면 세발자전거가 앞으로 미끄러져 나가는 형태였다. 자자는 함부로 태엽을 감지 않는데, 태엽은 한눈에 보아도 녹슬어 있어서, 잘못 감으면 부품이 모두 부서질 것 같았기 때문이다.
　주석으로 도금 처리한 철을 '마커우티에(馬口鐵)'라고 하는데, 그래서 이런 양철 장난감을 '마커우티에 장난감'이라고 부른다. 19세기 유럽에서 나무 장난감의 대체재로 개발했고, 이후 아시아에서도 유행했다. 2차 대전 때 금속이 많이 필요해서 생산을 중단했고, 전쟁이 끝나고 다시 바람이 불었다. 현재 타이완에서도 수집하는 사람이 있다. 하지만 자자는 이런 것의 가치를 잘 몰랐다.
　"저건 언제 거야?" 자자가 물었다.
　식탁에 맞은편에 앉아 있던 나이윈이 가볍게 장난감을 받았다.
　"인터넷에서 본 적 있는데, 타이완에서 양철 장난감은 전쟁이 끝난 1950년에서 1960년까지 제일 유행했다고 한 것 같아. 그 이후에는 값이 싼 플라스틱 장난감이 나왔지. 60년대 이후로 나온 양철 장난감은 취미로 소장하려는 사람들을 위한 제품일 거야. 보통 크기도 크고, 양철 위에 안료도 두껍게 칠해야 하니……."

"이것도, 그럼 1950년 것? 벌써 70년, 값이 좀 나갈 것 같은데."

자자는 눈이 반짝거렸다.

"시세는 잘 몰라. 하지만 이 장난감은 확실하지 않지만, 좀 더 일찍 만든 것 같아."

"왜?"

"50년대부터는 장난감을 정교하게 만들었어. 근데 이건 윤곽도 단조롭고, 색깔도 투박해. 크기도 좀 작아. 봐봐. 겨우 10센티 정도잖아. 1930년대 후반에 일본에서 양철 장난감을 엄청나게 생산했다고 했어. 당시는 타이완은 일본 식민지였으니까. 아마 그때 들어온 것일 수도 있어."

"또, 그 얘기야?"

"'또'라니?"

"그것 말이야, 그것. 『타이완 요리 지침서』."

"『타이완 요리 지침서』? 그건 1910년대 책인데."

"내 말은, 또 벽장에서 골동품을 발굴했냐는 거지."

"어! 맞네. 진짜 그러네."

"그럼, 백 년이 지나도록 이 방을 한 번도 청소 안 했다는 말이야! 무려 백 년이나."

이렇게 말하는 자자 자신도 놀랐다. 백 년 동안 정리 안 했다면, 보물 창고가 아닌가?

나이윈은 황당한 표정으로 웃었다. "그럴 리 없어. 쇼지(しょうじ, 장지문)와 후스마(ふすま, 맹장지)는 몇 년 전에 바꾼 것 같아. 다다미도 대체로 괜찮고, 규칙적으로 청소했을 거야!"

"쇼지? 후스마?"

자자는 들어 본 적 없어, 목을 길게 쭉 빼고, '아오'라고 소리쳤다.

나이윈은 웃음이 툭 터져 나왔지만, 황급히 웃는 얼굴을 지웠다.

"미안. 내가 말한 건 저거야."

나이윈은 손가락으로 종이 바른 미닫이문을 가리켰다.

"복도 쪽으로 나 있는 저 문, 종이를 발라 놓으니 빛이 어느 정도 들어오지 않아? 저걸 '쇼지'라고 해. 채광하려고 흰 일제 종이를 사용해. 종이가 약간 투명해서 문 격자가 한 간씩 다 보여. 비 올 때 우리가 설치했던 나무문은 '아마도(あまど, 雨戶, 빈지문)'라고 불러. 요즘 일본식 옛 가옥을 수리할 때, '아마도' 자리에 '쇼지'를 설치하기도 해. 종이를 바르지 않고 대신 유리를 쓰는 경우엔 '유리 쇼지'라고 불러. 그럼 비나 바람이 복도로 들어오지 않거든. '후스마'와 '쇼지'는 달라. 문틀 안에 보통 폐지를 채워 넣고, 바깥에는 두꺼운 종이를 사용해. 장식을 넣기도 하고. 2층 응접실 있잖아, 방이 원래 세 간이었어. 위에 소나무 그림이 있고, 오목하게 들어간

둥근 손잡이가 있는 문 말이야. 그게 바로 '후스마'야. 후스마를 달 으면 양쪽 공간을 독립적으로 사용할 수 있어."

확실히 그런 것 같다. 자자는 감탄을 금치 못했다.

"신기해. 너는 도대체 어떻게 이런 걸 다 알아!"

"내 관심사라고 할까?「일본 주택 양식이 어떻게 타이완에 이식 되었는가」라는 소논문을 쓴 적이 있어!"

"그렇다고 해도 좀 이상하지 않아. 누가 정리했다면, 이 골동 장 난감이 어떻게 벽장에 여태 남아 있을까?"

"그것 오시이레(おしいれ, 押入, 벽장)에 있었어."

"그러니까 벽장에서 그걸 발견했단 말이야?"

"그렇지. 아까 내가 솜이불 찾으러 간다고 하지 않았어?"

"근데, 응접실 벽장 나도 자주 봤는데. 이런 장난감은 못 봤거든. 어디 구석에 숨어 있었나?"

"구석이 아냐. 벽장이 위아래 두 칸 아니니? 위 칸엔 솜이불만 있 는데, 장난감은 이불 아래 깔려 있었어. 아니다. 아냐. 응접실에서 책 찾았다고 했지. 장난감은 205호에서 나왔어. 응접실 벽장에 책 만 있으니! 이불이 거기에 있을 리가 없지."

"아, 맞다. 듣고 보니, 그러네!"

"어이 두 분, 한동안 소 닭 보듯 하더니만, 언제 그래 죽이 맞았어?"

샤오펑이 웃으면서 하는 말이 부엌에서 들려왔다.

"언니랑 즈이 언니만 할까?"

자자가 큰소리로 화답했는데, 별스럽지 않은 듯했다. 반면, 식탁 건너편에 앉아 있던 나이윈은 상처받은 듯 약간 풀이 죽었다.

진짜 표정을 숨길 수 없는 사람. 자자는 못 참고 피식 웃었다.

"좋아. 저녁 준비할게." 샤오펑이 부엌에서 말했다.

가스레인지 커지는 소리가 딸깍하고 들렸다.

자자는 벌떡 일어나면서 말했다.

"찬성입니다. 오늘은 샤오주지(燒酒雞)*입니다."

기상청 예보에 따르면, 올해 겨울은 따뜻하다고 한다.

타이중 날씨는 변화가 없이 일정하다. 올해는 비도 적게 내렸고, 보통 11월이면 한랭전선 탓에 날씨가 추워지는데 올해는 소리 소문 없이 지나갔다. 12월에 되어서야 찬 공기가 내려와 기온이 약간 내려갔다. 대학원을 진학하면서 북쪽으로 온 자자는 타이중 날씨에 빨리 적응했지만, 아무래도 고향인 타이둥(臺東)보다는 확실히 추웠다.

한파가 없는 12월 초지만, 아침에는 온도가 20도 이하로 내려가서 제법 겨울 분위기가 났다. 이른 아침, 주방에서 집주인은 보온병에 담긴 술을 전자레인지로 데우고, 조금 마시고 난 뒤 탄식하듯 말했다.

"날씨가 조금 차네."

---

* 약재와 술, 참기름을 넣고 끓인 닭 찌개 요리.

샤오펑이 말을 받았다.

"저녁은 제가 샤오주지를 준비할게요."

자자는 바로 손들고 앞으로 나서면서 말했다.

"흰쌀과 무, 양배추는 내고 밥 얻어먹어야겠어요."

샤오펑은 여느 때처럼 웃으면서 '좋아'라고 했다. 반면, 집주인은 자자를 흘겨보았다.

"20도인데 아직 반소매 입고 있어도 열이 올라오는데, 샤오주지를 먹을 수 있겠어."

"열 안 나요. 얼어 죽겠어. 속옷 받쳐 입었다니까요!"

"너 보기만 해도, 내가 다 추워."

집주인은 머리핀을 잡고 머리를 긁적이면서 잠시 생각하는 것 같았다.

"너 아직 겨울옷으로 안 바꿔 입었지."

"그게 아니라, 아예 겨울옷이 없어요. 우리 고향에서는 본래 겨울옷이 따로 없어요."

샤오펑은 예쁘게 고개를 끄덕이면서 조용히 말했다.

"다행이네, 한파가 없으니."

"젊은 사람은 몸이 달라! 쯧쯧, 20도로 떨어진 데다 이상하게 더 추워. 내가 너를 괴롭힌다고 나중에 원망하지마."

"헉, 전 원망 안 해요!"

집주인은 손가락으로 비스듬히 위를 가리켰다.

그 방향은 205호로 입주자가 없어 집주인은 창고로 쓰고 있었다. 205호에 깨끗한 솜이불이 있다고 집주인이 말했다.

"이불 빌릴 돈이 없어요."

"넌 언제 적 사람이냐? 요즘 누가 이불 빌려주고 돈을 받니."

"헉. 옛날에는 이불 빌려주는 직업이 진짜 있었어요?"

"글쎄다, 솜이불 말리는 거나 도와줘. 그럼, 겨우내 빌려줄게."

자자는 불발 총처럼 한동안 말이 없었다.

집주인은 혼자서 계속 말을 이어갔다.

"솜이불이 대여섯 개 있어. 하나하나 뽀송뽀송, 폭신폭신 잘 말려야 해. 보통 손이 많이 가는 게 아냐? 햇볕이 너무 강해도 안 되고, 너무 오래 말려도 안 돼. 옛날에 할머니가 지겹도록 잔소리하셨어. 맞다! 벽장 안에 이불 방망이도 같이 있어. 가서 봐. 너무 세게 두드리지 마. 가볍게 툭툭 치면 돼. 거칠게 다루지 말라고, 알았지?"

자자는 그제야 고개를 끄덕였고, 입가에 미소가 번지면서 '좋아요'라고 말했다.

오전 아르바이트를 마치고, 오후에 수업을 듣고 집으로 돌아오니, 이미 해가 떨어지고 있었다. 자자는 205호실 벽장을 뒤지다 뜻밖에 양철 장난감을 발견한 것이다. 생각할 틈도 주지 않고, 1층 주방에서 약재와 미주(米酒) 냄새가 올라왔다. 강렬한 냄새에 이끌려 이불은 내팽개치고 곧바로 계단을 내려가 부엌으로 향했다.

주방 앞에서 잠시 머뭇거리니, 샤오펑의 등이 한눈에 띄었다.

"자자야? 막 시작했어. 한 시간은 더 있어야 할 것 같아."

샤오펑은 등도 돌리지 않고 누가 오는지 아는 것 같았다. 과연 이 집에 사는 사람들은 모두 청각 훈련을 단단히 한 것 같다. 자자도 등 뒤로 복도를 걸어오는 발소리를 듣는다. 걸음이 가볍고 조용했으며, 느리고 조심스럽다. 고개를 돌려보니 아니나 다를까. 나이원이 걸어오고 있었다.

"샤오펑 언니가 한 시간 더 걸린대." 나이원이 말했다

"어, 도와드릴 거 없나요?" 자자가 웃으며 말했다.

"나도 그렇게 생각했어."

약재 꾸러미와 미주를 약한 불로 끓이고 있어 주방에 김이 모락모락 올라오고 있다. 샤오펑은 토종닭을 데치려고 다른 냄비에 물을 끓이고 있다. 바쁜 와중에도 몸을 돌려 미소지으면서 싱크대 한쪽을 내어주었다. 편하게 쓰라는 뜻이었다. 자자는 틈을 비집고 들어가 쌀을 씻었나.

반 박자 늦게 나이원은 구석에 단감과 포도를 내려놓았다.

밥도 이미 지었고, 과일도 갖다 놓았고…… 그동안 딱히 할 일도 없지만, 그렇다고 자리를 뜰 수도 없었다. 두 사람은 샤오펑의 동선을 방해하지 않으려고 아예 식탁에 편하게 앉아버렸다.

자자는 205호에서 가져온 장난감을 무심코 식탁 위에 놓았다. 이때부터 장난감 이야기가 시작되었다.

수다를 떨고 있는데, 석양은 조금씩 물러갔고, 하늘은 완전히 어

두워졌다.

　샤오주지가 다 되었는지, 가스레인지가 딸깍하는 소리와 함께 꺼졌다.

　샤오펑이 막 즈이에게 밥 먹으라고 부르는데, 현관 쪽에서 주인 언니가 저벅저벅 걷는 소리가 먼저 들렸다. 주인 언니보다 '약재를 뭘 썼길래, 향이 이렇게 좋아.'라는 소리가 먼저 도착했다.

　곧이어 주방으로 들어오면서, 주인 언니는 큰 자루를 식탁 위로 무겁게 내려놓았다.

　자자는 자루를 찬찬히 들여다보더니, 눈이 휘둥그레져 소리쳤다.

"게!"

"게도 약재인가?" 즈이 목소리가 뒤에서 들려왔는데, 발소리는 아직 복도에서 울리고 있었다.

　나이윈은 저도 모르게 웃다가, 애써 웃음을 참았다.

　샤오펑은 끓는 냄비를 가져와 인덕션 위에 올려놓았다.

"당귀(當歸), 천궁(川芎), 계피(桂枝), 홍조(紅棗), 황기(黃耆), 구기(枸杞), 당삼(黨參)에다 감초(甘草)와 계원(桂圓)도 넣었어. 이게 우리 집 비법이야!"

※

　식탁 중앙에서 샤오주지가 끓고 있다.

오래 삶아야 하는 토종닭과 마른 표고버섯은 물론이거니와, 순서대로 넣은 재료도 모두 딱 맞게 익었다. 먼저 무, 닭 선지, 언 두부를 넣고 그다음 양배추, 느타리버섯, 바지락을 넣는다. 완두콩 깍지는 빨리 넣으면 물러지므로, 따로 훠궈에 삶아서 적당할 때 건져 먹으면 된다. 채소 접시 외에도, 인덕션 옆에 접시 두 개가 있는데, 거기에는 게가 있다. 모두 열 마리다. 즈이는 음료수를 준비했는데, 탄산음료, 단맛 나는 차, 과일 주스, 무가당 탄산수까지 구색을 두루 갖춰 냉장고에 넣어 두었다.

자자는 각자 잔이 채워진 것을 확인하고, 먼저 잔을 들었다.

"감사합니다, 샤오펑 언니. 감사합니다, 주인님. 훌륭한 음식을 주셔서."

샤오펑이 웃으면서 말했다.

"샤오주지는 같이 먹어야 맛있어. 겨울 보양 음식을 먹을 수 있어 제가 오히려 감사드립니다. 게를 사저오신 주인님께도 감사드립니다. 올해는 여태 못 먹었어요."

"인사치레는 무슨. 요즘 젊은 애들은 황주 안 마시지. 게는 소흥주와 생강과 같아 삶아 한기를 빼어야 해!"

"근데 샤오주지는 열기가 강하니, 게와 같이 먹으면 균형이 잡히지 않을까요?" 즈이가 말했다.

"뭐라고? 넌 먹지 마." 집주인이 말했다.

"죄송합니다. 제 잘못입니다." 즈이는 순순히 사과했다.

처음에는 실랑이를 벌이더니, 젓가락질 한 번 하더니 아무도 말을 하지 않았다.

미주의 알코올은 거의 다 날아갔고, 바지락은 감칠맛이 났다. 뜨거운 국물을 한 숟가락 먹으면 달면서 깊은 맛이 입안 가득 퍼졌다. 잘 삶은 토종닭을 한 입 베어 물면 살과 뼈가 저절로 분리되었다. 닭 선지와 무는 국물이 잘 베어 부드러웠다. 언 두부는 국물을 잘 머금었고, 양배추는 아삭하면서 달콤한 맛이 났다. 자자는 후후 불어 식힌 뒤 한입 가득 넣고 씹었다. 거기에다 쌀밥과 국물도 같이 먹었다. 샤오주지와 밥, 반찬을 같이 먹으니 뜨거운 기운이 뱃속까지 밀려 들어왔고, 온몸이 녹으면서 편안해졌다.

다음은 게를 먹을 차례다.

집주인과 샤오펑이 각각 한 마리씩 잡고, 배딱지와 등딱지를 분리하는 법, 아가미와 내장을 떼고 몸통을 반으로 가르는 법을 차근차근 설명했다. 집주인은 게 등에 있는 점 세 개를 가리키며, "이런 걸 점박이꽃게라고 해. 껍질도 얇고, 손질도 쉬워서 먹기에도 좋아. 쪄서 먹으면 단맛이 나지. 초짜들이 먹기 좋아."라고 했다.

"참게는요?"

나이윈이 호기심이 어려 물었다.

"참게는 해황(蟹黃, 알)과 해고(蟹膏, 수컷 생식선)가 중요해. 해산물을 잘 안 먹는 사람은 힘들어. 초짜에겐 점박이꽃게가 딱 좋아. 그냥 꽃게도 괜찮지. 좀 질기긴 해도 살이 많으니까." 샤오펑이 설명했다.

"해황과 해고는 모두 생식선이야. 성게와 비슷해." 즈이가 보충했다.

"닥쳐! 알고 싶지 않아." 집주인이 눈을 부라렸다.

"그러면, 샤오주지랑 마요계(麻油雞)는 무슨 차이에요?" 나이윈이 또 물었다.

서로 얼굴만 멀뚱멀뚱 쳐다보고 있다. 샤오펑은 곰곰이 생각하더니 말을 꺼냈다.

"음……, 약재가 결정적 차이가 아닐까? 둘 다 참기름에 묵은 생강을 쓰고, 마유계엔 약재를 안 넣어. 근데 요즘 요리책을 보면, 마유계에도 구기자를 넣는 것 같애. 요컨대, 참기름 맛을 내느냐, 아니면 약재 맛을 내느냐, 그 차이 아닐까?"

말을 끝내고 '아' 하고 탄성을 지르면서, 샤오펑의 눈길은 즈이를 향했다.

"듣고 보니까, 홍콩 사람이 쓴 요리책을 본 적이 있는데, 타이완 객가인*은 마계유에 소금 대신 얼음 사탕을 넣는다고 했어."

즈이는 게를 쪼개다 손을 털었다.

"처음 들어……. 우리 집에선 얼음 사탕 안 써. 객가인도 저마다

---

* 객가인(客家人)은 한족의 일파로 중국 남부 산간 지역을 비롯한 동아시아 일대에 흩어져 있다. 여기서는 중국에서 이주해 타이완에 뿌리내린 소수민족을 뜻하며, 타이완어로 하카라고도 한다.

2막・쉬자화(徐家樺)

다 다른 것 같아. 지방마다 특색이 있겠지."

"샤오펑 선배, 석사 논문 주제가 혹시 '레시피 국제 비교'인가요?"

이때 집주인은 손을 번쩍 들고 제지하고 나섰다.

"식탁에서 논문 이야기하지 마!"

"너는 논문 안 써도 되잖아!"

즈이가 태클을 걸었다. 태클은 태클이고, 즈이는 게살을 쏙 빼더니 샤오펑 입으로 가져갔다.

집주인이 일부러 크게 소리쳤다.

"눈부셔! 나이원, 선글라스 좀 갖고 와!"

나이원은 허둥지둥했다.

"아, 네에. 근데, 저 선글라스 없습니다."

자자는 배꼽 빠지듯 웃었다.

※

식사는 심야까지 이어졌다.

어지러진 식탁과 주방을 같이 청소하고, 자자는 205호로 가서 솜이불을 꺼냈다. 205호를 나와 한 번 꺾고, 응접실을 지나 한 번 더 꺾으면 자자가 사는 205호가 나온다.

201호 모퉁이, 복도 백열등 아래 수척한 그림자 하나가 흔들린다. 자세히 보니 즈이였다.

"날, 찾았어요?"

"안 그러면?"

"우리 숙소에 도깨비가 출몰한다잖아요. 이참에 도깨비 얼굴 자세히 한 번 볼라고!" 즈이는 피식 웃었다.

"너도 만만치 않게 괴짜야!"

자자는 방충문을 열고, 문손잡이를 잡은 채 미닫이문을 밀었다. 진공 포장된 이불을 방 안으로 던져 놓고, 손이 비자 그제야 전등 스위치를 켰다. 그러고서 몸을 돌렸는데, 즈이가 두툼한 롱패딩을 자자 앞으로 내미는 것이었다.

자자는 패딩을 받고 바로 의미를 이해했다.

"받을 수 없어요."

"주는 것 아냐!"

"빌려준대도 못 받아요."

자자는 외투를 즈이 손으로 돌려놓았다.

즈이는 자연스럽게 옷을 입었다. 팔을 들어 올리자, 소매가 길어 손바닥을 반 이상을 덮었다.

"봐. 나한테 너무 커. 이 집에서 너 말고 입을 사람이 없어!"

사실이었다. 숙소에서 즈이보다 머리 반 개 정도 더 큰 사람은 자자뿐이었다.

"…… 인터넷 구매할 때 사이즈를 잘못 샀나요?"

"선물 받은 거야. 계절도 바뀌고 해서 정리하려고. 정말 싫다면,

재활용함에 넣을 거야."

"헉, 설마 남자 친구가 선물했잖아요."

즈이는 말이 없다.

"이렇게 말해도 되나요?"

이번엔 자자가 말이 없다.

즈이가 외투를 벗자, 자자는 아주 공손하게 두 손으로 받았다. 세 번 감사하다고 외쳤다.

"감사합니다. 감사합니다. 감사합니다."

복도 전등이 즈이 얼굴에 속눈썹을 긴 그림자로 드리웠다. 조금도 슬픈 기색이 없다.

자자는 참지 못하고 한마디 더 했다.

"예전 남자가 남친이라면, 샤오펑 언니는 현 남친인가요?"

즈이는 잠시 멈칫했다. "샤오펑은 여자야. 남친은 아니지."

"그렇죠. 그럼 여친이겠네요."

즈이는 고개를 끄덕이며 '논리적으로 정확하다'라고 했다.

"그렇지 않아. 샤오펑은 오래전부터 만나는 사람이 있어."

헉? 자자는 즈이를 전송하고, 방으로 돌아와서는 당혹감을 감추지 못했다. 즈이 언니와 샤오펑 언니 관계는 아무리 생각해도 늘 같은 결론이 나왔다.

7월 어느 아침, 자자는 혼자 이삿짐을 날랐다. 짐 정리하면서 노래를 불렀는데, 제일 먼저 노크한 사람이 즈이였다. 창백한 얼굴에

다크서클이 깊게 드리워졌지만, 목소리는 맑고 잔잔했다.

"목조 건물이라 방음이 엉망이에요. 노래 부르는 건 좋은데, 두 시간은 좀 길어요."

"알겠습니다. 바로 고칠게요."

즈이는 고개를 끄덕이더니 바로 돌아서서 갔다. 잠시 후, 다시 계단을 밟고 와 자자의 방문을 두드렸다.

"죄송해요. 제 소개를 했던가요?"

"아뇨."

"저는 101호에 사는 궈즈이라고 해요. 이 방 바로 아랫방, 제 옆방 102호에는 루샤오펑이 살아요. 우린 둘 다 여기서 일 년째 살고 있어요. 문제가 있으면 언제라도 와요."

자자는 '네'라고 대답하고, '감사합니다'라고 덧붙이려는데, 즈이는 이미 등을 돌리고 두 걸음 나가 있었다. 무슨 영문이지, 다시 돌아와 말했다.

"어떻게 불러야 하나요."

"쉬자화라고 합니다. '쉬뤄쉬안(徐若瑄)'의 '쉬', '엘라(Ella) 천자화(陳嘉樺)'의 '자화'입니다. 하지만 '자'는 '嘉'가 아니고 '자팅(家庭)' 할 때 '자'입니다."

다음에 만나자 즈이는 자자를 '쉬뤄쉬안'이라고 불렀고, 한 번 더 만났을 때는 '천자화'라고 불렀다. 그러자 자자는 당장 '자자(家家)'라고 불러 달라고 했다.

즈이 언니를 두고 덜렁대는 사람이라고 해야 할까? 아니면 자기 길만 바라보고 곁눈질하지 않는 사람이라고 해야 할까? 오직 목표만 주시하니까 곁가지는 눈에 들어오지 않는 것 같았다. 샤오펑 언니가 곁에 있으면 달라졌다. 즈이는 늘 샤오펑만 바라보았다.

샤오펑과 즈이는 성향이 완전히 다르지만, 샤오펑도 즈이만 바라보는 것은 마찬가지이다. 즈이가 사회화가 덜 되었다면, 샤오펑은 지나치게 사회화되었다고 할까?

자자가 입주한 지 얼마 지나지 않아 바로 알게 된 사실이 있다. 샤오펑이 자주 요리를 했고, 두 사람은 점심과 저녁을 항상 같이 먹었다. 즈이는 보통 정오까지 자고 하루만 두 끼만 먹기 때문이다. 둘이 밥 먹을 때 최소 반찬이 세 개, 국 한 그릇이 갖춰져 있었다. 반면 샤오펑이 혼자 아침을 먹을 때 아주 간단했다.

자자 또한 자취파였지만, 같이 '간단하게' 아침을 먹는다고 해도 샤오펑과 전혀 달랐다. 샤오펑과 주방에서 만났는데, 자자는 큰 공깃밥 한 그릇, 고기볶음, 직접 만든 오이절임을 먹었다. 반면 샤오펑은 갯농어, 굴, 생강 조각을 넣고 끓인 맑은 탕을 먹었다.

"키토제닉 다이어트 하세요?"

자자가 물었다.

"다이어트 아님. 아침에 탄수화물 안 먹으려 할 뿐이야."

샤오펑은 웃으면서 말을 이어갔다.

"자자는 탄수화물을 먹어야 힘이 생기는 체질인가 봐? 그럼 탄수화물주의자?"

자자가 고개를 젖히며 웃었다. "아하! 전 돈 없어도 고기 먹는 고기주의자입니다."

며칠 뒤, 아침에 식탁에서 두 사람은 또 만났는데, 샤오펑이 뜨거운 국 한 그릇을 자자 앞에 놓았다. 생선 완자, 껍질 채인 갯장어, 두부에 쪽파를 넣고 끓인 미소된장국이었다. 짙은 생선 향이 여름날 아침에 식욕을 돋웠다. 삼각 김밥이 옆에 놓여 있어서 더 맛있게 보였다.

"완자탕은 양이 적으면 우러나지 않아 맛이 없어. 좀 많이 끓였네. 우리 둘은 이거 다 못 먹어. 너도 한 그릇 도와줘."

"즈이 언니도 오늘은 아침 먹네요."

"응. 즈이는 밤새 원고 썼어. 국 한 그릇 먹고 자려고 해."

샤오펑은 자자를 배려해서 말한 것이 아니었다. 세 번째 국그릇을 즈이가 평소 앉면 자리에 놓였다.

자자도 그렇게 눈치가 없지는 않았다. 설령 즈이 언니가 먹는다고 해도, 이 국은 샤오펑 언니의 세심한 배려라는 것쯤은 알 수 있었다. 음식을 나눠주면서 자자의 자존심을 지켜 주었다. 이 일을 계기로 자자는 샤오펑을 좀 더 진지하게 살피게 되었다. 얼핏 보면 샤오펑은 세상 물정 모르고 귀하게 자란 아가씨 같아서, 배려를 이렇게까지 능숙하게 하리라 생각하기 어렵다.

즈이가 가볍게 걷는 소리가 복도에서 주방으로 흘러들어왔다. 자자는 안중에도 없는 듯, 곧바로 샤오펑 앞에 멈춰 섰다.

"머리가 타버릴 것 같애. 해열 패치가 필요해."

이렇게 말하고, 즈이는 고개를 숙이면서 이마를 샤오펑 어깨 위에 내렸다.

샤오펑은 즈이를 토닥이며, '자자도 있어'라고 조용히 말했다. 즈이는 고개를 들고 주위를 둘러보더니, 자자에게 고개를 끄덕이며 인사를 대신했다. 아무렇지 않은 듯, 식탁을 돌아 제자리에 앉았다.

샤오펑은 냉장고를 열며 말했다.

"해열 패치는 없어. 아이스팩 괜찮아?"

"좋아." 즈이가 나긋나긋 말했다.

자자는 고개를 숙이고, 삼각 김밥도 국도 먹는 둥 마는 둥 식사를 서둘러 끝냈다. 설거지를 마치고 돌아서다가, 양손에 쥐고 있던 아이스팩을 내려놓고 손바닥을 들어 즈이 이마에 살며시 갖다 대는 샤오펑을 보았다.

'아무리 사회성이 좋은 샤오펑 언니지만, 그저 하우스메이트라면 이토록 친밀하게 피부를 맞닿을까?'

이 건물로 두 사람이 입주할 때, 마침 졸업생이 다 나갔다. 이후 1년 동안 세입자는 이 둘뿐이었다. 게다가 101호와 102호는 딱 붙어 있다. 형편없는 방음, 도깨비 소문, 비 오는 날 협동, 같은 식탁에서 같이 식사한 1년, 아마도 이들 사이에 '고난을 함께한 혁명 동지의 전우애' 같은 감정이 싹텄는지 모른다.

자자는 처음으로 다른 사람과 같이 살게 되었다. 이런 관계는 그녀에게 낯설고 어려운 것이었다.

사실 자자가 이것만 잘 모르는 것이 아니었다. 심지어 자자는 자기 자신도 몰랐다.

쓰웨이가 1번지에서는 인간관계가 아주 가깝다. 언제든지 연민의 대상이 될 수 있는 이 세계를 자자는 본능적으로 벗어나고 싶었다. 하지만 '아마도'를 설치할 때 복도를 비추는 따스한 백열등, 저녁 무렵에 식당에서 퍼져나오는 냄새, 주방을 채우는 웃음, 개성이 강한 각각의 발소리. 이 모두에 자자는 마음이 끌렸다. 자존심과 따뜻함. 자자는 무엇을 선택해야 할지 몰랐다.

다행이라면 다행이게도, 자자에게는 선택권이 없었다.

현실을 고려하면, 자자가 달리 갈 곳이 없기 때문이다.

자자는 집안에서 처음으로 대학원에 진학했다. 같은 반 친구네 집에서는 합격 소식에 산치를 벌였다고 한다. 하지만 지지 집에서 첫 반응은, '또 돈이 얼마 더 들어야 하는 거야?'라는 것이었다.

자자 집은 농사를 지었다. 아버지는 십여 년 전에 고깃배를 탔지만, 결국 고향으로 돌아와 논밭을 일궜다. 여섯 살 많은 큰오빠는 직업고등학교를 졸업하고 부모님과 같이 농사를 지었다. 일찍 결혼해 아이도 있다. 부모님은 매우 좋아했다. 네 살 연상인 작은오빠는 화롄(花蓮)에서 무기농 농사를 짓고 있다. 신문에 몇 차례 나온 적도 있지만, 부모님은 늘 '왜 공무원 시험을 보지 않느냐'라고 물었다.

부모님은 작은 오빠처럼 자자를 대했다. 부모님은 대학 졸업증이 공무원 시험에 유리하다고 생각해서 아무 쓸모도 없는 '타이완 문화학'을 전공하겠다는 딸을 내버려 두었을 뿐, 딸이 자기만의 계획이 있다는 것을 생각조차 하지도 못했다. 자소서, 추천서 등 서류를 준비하고, 타이동에서 타이중까지 멀리 와서 면접 보는 것도 모두 자자 혼자서 준비했다. 대학원 시험에서 1등을 하자, 자자는 무슨 일이 있더라도 이 길을 끝까지 가기로 결심했다. 부모님은 이 소식을 듣고서도 그저 손을 휘저을 뿐이었다.

"우리 집엔 돈이 없어."

자자는 집에는 단 한 푼도 손 벌리지 않기로 했다.

인터넷을 뒤지다가, 일본 강점기에 지은 낡은 집에 셋방이 있다는 것을 발견했다. 한 달에 5천 타이완달러(한화 약 20만 원), 수도 및 가스 요금 포함, 4.5평, 독방, 식당과 주방, 응접실은 공용. 앞마당에 망고나무 한 그루 있고, 건물 내부에 지붕 뚫린 정원도 있음. 게다가 위치도 조용한 문교구(文教區)에 있었다. 너무 싸서 도리어 의심이 갔다. BBS 게시판에 이 낡은 건물에 도깨비가 출몰한다는 글이 올라왔었다. 한밤중에 구두 소리가 허공으로 울려 퍼진다는 둥 소녀가 일본 동요를 부른다는 둥 소문이 떠돌았다.

자자는 자신을 '가난 귀신'이라고 여겼기에 '사나운 귀신' 따위는 무섭지 않았다. 소녀가 노래를 부른다면 옆에서 박자를 맞출 수도 있고, 발소리가 들린다면 따라서 랩을 부를 수 있다고 자신했다. 전화로 방문 날짜를 잡은 후, 7월 어느 날 등산 가방을 메고 방을 보러 왔다. 201호만 유일하게 리모델링을 하지 않아, 실내가 예쁘지도 깨끗하지도 않았다. 낡은 나무창은 꽉 닫히지도 않았다. 하지만 월세를 1천 달러 더 깎아준다고 하자, 당일 바로 계약서에 서명했다.

　수석 입학해서 장학금이 나왔지만, 3년치 등록금을 간신히 감당할 정도였다. 모아 놓은 돈도 없고 해서, 자자는 적극적으로 아르바이트를 시작했다. 숙소에서 몇 블록 떨어진 거리에 있는 체인점이 아닌 작은 슈퍼마켓에서 일을 시작했다. 저녁 6시에서 10시 마감까지 야간 근무를 했고, 때로는 아침 근무도 병행했다. 하지만, 한 달에 20일 정도밖에 근무할 수 없어, 방세를 내고 나면 식비조차 빠듯했다. 개강하자 조교도 병행했지만, 월급이 제때에 나오지 않는 것이 문제였다. 자자는 편의점 아르바이트를 하나 더 할까 하다 바보 생각을 접었다. 공부하는 시간보다 일하는 시간이 더 많다면 본말이 전도된 셈 아닌가? 다행히 두 오빠가 쌀과 채소를 군소리 없이 보내 주어서 굶어 죽지는 않았다.

　다만, 굶어 죽지 않을 뿐이었다. 슈퍼에서 야간 근무할 때, 유통기한이 임박한 제품을 간혹 받아 와서 먹었지만, 대개 혼자 밥해서 먹었다. 쌀밥에 장아찌, 채소와 두부만 넣은 미소된장국이 전부였다. 돈이 조금 여유 있을 때도, 닭고기나 돼지고기를 양파와 볶아 먹는 정도였다. 이렇게 먹으면서, 하루를 간신히 버틸 열량만 얻었다. 배고픔에 시달리는 날이 점점 늘어났다.

자자가 다른 것 없이 식빵만 먹고 있을 때였다. 물론 유통기한이 임박한 빵이었다. 배에서 갑자기 '꾸르륵' 소리가 크게 났다. 식탁에 같이 있던 집주인은 못 들은 척하고 마오타이를 반 컵 마시더니, 의자에서 일어나서 장어 통조림과 고등어 통조림을 가지고 왔다.

"안주는 두 개 정도 있어야 하는데, 다 먹을 수 없어. 네가 반만 거들어."

자자의 마음은 거부했지만, 위장이 항복하고야 말았다. 빵 사이에 통조림 생선을 끼워 넣고, 한 입 베어 먹으니, 짭짤하고 고소한 맛에 눈물이 날 지경이었다.

'가난 귀신'의 자존심과 인정이 주는 따뜻함. 어느 쪽이 더 중요한가? 자자는 확답할 수 없었다.

쓰웨이가 1번지는 이런 곳이었다. 자자는 이곳을 사랑하면서도 한편 두려웠다.

※

사람은 먹어야 산다. 자자는 여덟 명이 충분히 앉을 수 있는 식탁에 담담히 앉았다.

쌀로 죽을 끓이고, 마늘과 고추, 작은 멸치를 볶아 반찬으로 만들고, 어제 먹다 남은 뭇국도 같이 올렸다.

자자는 숟가락과 젓가락도 정성스럽게 놓았다. 밖에서 느리지만 경쾌한 발소리가 났다.

역시 나이원이다.

나이원은 자자를 보자마자 얼굴이 빨개졌다. 자자는 이상하게 생각하지 않았다. 나이원은 늘 그랬다. 부끄럼을 잘 타지만 진지했고, 내성적이면서 늘 최선을 다했다. 자자는 그런 나이원이 재미있었다. 작은 동물을 보듯 자자는 나이원을 사랑스러운 눈으로 바라보았다.

미어캣처럼 두리번거리더니, 자자 혼자뿐이라는 것 확인하고 나이원은 조그맣게 말했다.

"샤오펑 선배는 안 계시네······."

"휴일에 샤오펑 언니는 가끔 아침 겸 점심을 밖에서 먹어. 언니 찾아?"

"아, 아뇨. 아니. 그냥 물어본 거야."

자자는 일부러 얼굴을 가리고 우는 척했다.

"그러니까 내가 귀신보다 무섭단 말이지. 흐흐흑."

놀란 나이원은 자기 딴에 빠르게 해명했다.

"아니야. 난 너 안 무서워해!"

이 반응이 아이와 너무 닮아, 자자는 배꼽이 빠질 정도로 웃었다. 나이원은 정색하며 자자를 쳐다보며 말했다.

"정말이야. 네가 무서운 게 아니야. 나는 그저 어떻게 말을 꺼내야 할지 몰라서……, 네가 심심한 것 같아서."

자자는 웃음을 멈추고, 입을 다문 채 나이원을 바라보았다.

"미안. 내가 생각이 짧았어. 뭇국 좀 먹을래? 고기 뼈는 못 넣었지만, 옥수수는 많이 넣어서 달달해."

나이원은 멀뚱멀뚱, 느릿느릿 고개를 끄덕였다.

"그럼, 베이컨이랑 계란프라이 할 건데, 먹을래?"

자자는 '좋아'라고 말했다.

나이원은 팬에 기름을 두르고 요리를 시작했다. 이윽고 반쯤 굽고 반쯤 튀긴 베이컨을 내왔다. 바삭바삭하고 냄새도 좋았다. 반쯤 익힌 계란프라이 두 개도 식탁에 올려놓았다. 토마토를 얇게 썰어 접시에 담아냈다. 자자는 국을 다시 데워 자리에 앉으려고 할 때, 나이원이 토스트기에 넣어 두었던 토스트가 탁 튀어나왔다.

보통 화제를 꺼내고 싶을 때, 나이원은 두 선배 이야기를 했다.

"샤오펑, 즈이 두 선배, 관계 참 좋아 보이지 않아?"

"어떤 부분에서?"

"그러니까, 숨기는 것이, 아주 친한 사이……."

"네 말은 '썸탄다'는 뜻이야."

"그, 그걸, '썸탄다'라고 할 수 있어?"

더듬거리며 하던 말도 더 잇지 못하고, 나이원은 얼굴이 홍당무가 되었다.

"저런 관계, 되게 부럽더라!"

자자는 마음에서 우러나는 말을 했다.

"어떤……, 썸타는 걸 말하는 거야?"

나이원은 자자가 했던 말을 따라하면서 농담하듯 화답했다.

자자는 하하 웃으면서, 베이컨 한 조각을 젓가락으로 집고는 흔들며 말했다.

"이런 모습. 요리도 같이 밥도 같이 먹는 룸메이트, 쉽게 만날 수 있는 게 아니잖아. 즈이 언니가 엄청 부러워. 샤오펑 언니 솜씨 진짜 좋잖아!"

"그러니까. 그렇다면……."

나이원은 막상 말을 꺼내긴 했지만, 목소리가 점점 작아져 입안에서 우물거릴 뿐 분명하게 들리지 않았다.

"뭐라고?"

나이원은 입술을 오물거리면서 고개를 숙였다. 가볍게 행동하는 척하려 했으나 심호흡하는 것이 분명하게 보였다. 게다가 두 번 숨을 깊이 들이마셨다. 마침내 자자를 정면으로 바라보았다.

"그럼, 나……, 괜찮겠어?"

"괜찮긴 뭐가?"

나이원의 반응이 너무 늦어서, 자자는 좀 전의 화제가 무엇인지 잊을 정도였다.

"그러니까, 같이 밥 해 먹는 거. 우리, 내 말은, 너와 나, 괜찮겠어? 샤오펑 언니만큼은 못 해도, 나도 그럭저럭하거든."

평소에도 말이 자주 끊기던 나이윈이었는데, 이번에는 백 미터를 전력 질주한 사람처럼 숨소리가 거칠었고 목소리에 떨림이 묻어나왔다. 홍조가 이마에서 목까지 내려왔다. 얼굴만 빨개졌겠는가? 머리끝까지 다 빨개졌을 것이다.

이 말을 들은 자자는 입이 쩍 벌어졌다.

"헉! 나랑 같이? 확실해?"

"차아암. 내가 물었는데, 왜 되묻는 거야……."

"왜냐면, 난 곧 굶어 죽을 것 같거든."

자자는 작은 공기를 나이윈 얼굴 앞으로 내밀었다.

"먹어 볼래. 처음 먹지. 무청을 잘게 썰어 절였다가 마늘과 고추와 같이 볶은 거야. 잔멸치는 주인에게 쌀을 주고 바꾼 거야. 무, 양배추, 옥수수도 오빠가 보내 주었어. 그래서 그나마 안 굶어 죽고 살아 있는 거야."

"근데, 대개 맛있어……."

"헐! 너 좀 아는구나. 재료가 부실해도 맛있게 만들 수 있어. 어릴 때 보리수 어린잎을 데쳐 먹은 적도 있어. 질경이도 삶아 먹으면 밥 한 그릇 뚝딱이야. 닥나무는 수나무가 꽃을 피워. 그걸 웅화(雄花)라고 해. 삶아 먹을 수 있어. 잎은 덴뿌라해 먹을 수 있고. 하지만 타이중 시내에서 나물 뜯으면 금방 눈에 띄겠지. 아휴. 도시에 혼자 사는데, 차라리 시장 가서 10달러, 20달러 주고 사 먹는 게 더 싸. 더 효율적이지."

열변을 토하다, 자자는 갑자기 눈살을 찌푸렸다.

"왜, 왜 그래?"

"말이 샛길로 빠졌어, 네가 잘랐어야지?"

"……나는 그냥, 말이 재미있어서?"

"어쨌든, 내가 말하려 했던 건, 즈이 언니랑 샤오펑 언니는 돈을 나눠서 물건을 사. 나는 그럴 여유가 없어. 그래서 안 돼."

"저기……, 쌀도 오빠가 보낸 준 거야?"

"아니. 쌀은 우리 집에서. 우리 집안은 삼 대째 타이둥 츠상(池上)에서 농사지었거든. 나는 가난해서 귀신이 잡아가도 이상할 게 없을 지경이야. 다만 쌀은 넘쳐서 남아."

나이윈은 한참 생각하다가 말했다

"그러면 네가 쌀을 내. 내가 채소 살게. 괜찮지?"

자자는 고개를 가로저었다.

"쌀과 채소는 값이 달라."

나이윈은 뭔가 말하려다 입을 다물었다. 조용히 손을 뻗어 토스트를 집고 반숙한 계란프라이를 같이 베어 먹었다.

자자는 마음이 조금 놓였다. 장아찌, 멸치볶음과 흰죽을 한입에 털어 넣고 우물우물 씹어 넘겼다. 식탁 맞은편에서 풀이 죽은 채 앉아 있는 나이윈을 힐끗 바라보았다. 토스트를 뜯어 먹는 모습이 마치 불쌍한 토끼 같았다.

"외동딸이야?"

나이윈은 고개를 번쩍 들었는데, 눈이 총총 빛났다.

"응. 나 외둥이야. 그렇게 티 나?"

"엄청. 난 오빠가 둘 있어. TV 보는 것도 밥 먹는 것도 모두 전쟁이야. 넌 모든 게 느릿느릿하잖아. 한눈에 부잣집 외동딸처럼 보여."

"나는 그저 덤벙대느라 제대로 못 해서 그래. 샤오펑 언니는 느려도 걸을 때나 밥 먹을 때 완전 우아하잖아."

"하하! 샤오펑 언니 귀신 진짜 무서워해. 음력 7월 귀문이 열리면, 그달에는 늘 도망치는 소리가 들려."

"왜 그래?"

자자는 주방 바깥을 가리켰다.

1층 동쪽에 식당이 있고 북쪽에 현관이 있다. 서쪽 방이 있는데, 그 외 나머지는 모두 공용 공간이다. 동쪽 식당에서 서쪽 방까지 가려면, 계단을 올라와 서양식 현관과 일본식 응접실을 지나야만 한다. 나이윈이 입주하기 전인 여름방학 때는 공용 공간에 사람 그림자조차 거의 볼 수 없다. 평소에는 통풍하려고 모든 문을 열어둔다. 밖에서 매미가 요란하게 울어대어, 집 안을 오히려 더 조용하게 만든다. 귀신이 출몰하기 좋은 무대이다.

"가만히 생각하면 무서울 수도 있겠다. 그치? 샤오펑 언니는 어딜 가든 늘 뛰어다녀. 처음에 나도 운동하나 보다 생각했지. 나중에 내가 언니에게 '왜 가운데 뜰로 안 뛰어다녀요?'라고 농담으로 물었지. '태양이 있잖아! 햇빛이 너무 쨍하면 집 안이 더 어두워 보인단 말이야! 무서워 죽겠어.' 이러더라니까. 의외인지 아닌지 잘 모르겠어. 샤오펑 언니도 외동딸일 거야. 하지만 집안은 대가족일 거야."

"아, 확실히, 의외인 것 같기도 하고, 아닌 것 같기도 하고."

"즈이 언니도 한 번 맞춰 봐?"

"음……, 즈이 언니는 장녀 같애. 남동생이 하나 있을 것 같고?"

"대단해! 즈이 언니는 여동생이 하나 있어. 내가 물어본 적이 있어. '언니 이름 혹시 〈倉廩實而知禮節*, 衣食足而知榮辱**〉에서 딴 거에요?' 언니가 맞다고 했어. 내가 또 물었지. 그럼 동생은 '즈스(知食)'라고 해요? 언니가 웃고 말았어!"

나이원은 머리를 갸우뚱거리며 생각에 잠겼다.

"그럼, 즈리(知禮)야?"

"푸하핫! 틀렸어. '루메이(如梅)'야. 이건 〈風遞幽香出, 禽窺素豔來。明年應如律, 先發望春臺****〉에 나오는 '梅'야."

"자매 이름이 논리적으로 연결이 안 돼!"

"그때 나도 그렇게 말했어. 게다가 잘 보는 책에서 인용하는 것도 아니고!"

---

*   「논적저소(論積貯疏)」, 한나라 가의(賈誼).
** 사마천(司馬遷), 『사기(史記)』, 「관안열전(管晏列傳)」. 창고가 가득 차면 예의를 배우게 되고, 의식이 풍족하면 영욕을 구분할 줄 안다는 뜻이다.
*** 바람이 불 때마다 향기가 일고, 새들도 고운 자태에 반해 날아드네, 내년에도 절기대로 피면, 제일 먼저 피어 봄 누대를 바라보겠네. 당나라, 제기(齊己)의 「조매(早梅)」 5-8연.

"즈이 선배가 중문학을 전공하는 게, 이제 이해가 되네."

"그렇다면, 넌 생각도 못 할 거야. 즈이 선배 석사 논문 주제가 BL이라는 걸."

"뭐? Boy's Love의 BL 말이야? 중문과에서 그런 주제로 논문 쓸 수 있어?"

"게다가 온종일 쓰는 원고 있잖아. 그것도 BL이야."

나이원은 벌어진 입을 다물지 못했다.

자자는 나이원의 표정이 재미있어, 폭로전을 더 이어가기로 했다.

"즈이 언니 취재 경험도 풍부하대. 전 남친이 최소 열 명은 된다던데. 곧 12성좌를 다 채울 모양이야!"

나이원은 몇 번이나 눈을 깜빡거렸는데, 아마 즈이를 상상하는 것 같았다.

"음……, 놀랍긴 한데. 근데, 즈이 언니 말을 들으면 이해가 가. 즈이 언니는 이쁘기도 하지만 성격도 직설적이잖아. 이런 사람은, 그러니까, 잘 맞으면 사귀고, 아니면 헤어지는 거지. 누가 고백하면 우선 만나보고, 아니다 싶으면 바로 찢어지는 그런 유형 아닐까?"

본래는 나이원을 놀래주려고 했으나, 자자가 오히려 놀라고 말았다. 수줍음 잘 타고 겁이 많았다고만 생각했던 나이원이 사실은 관찰력이 뛰어났던 사람이었다.

"그럼, 나도 한 번 맞춰볼래?" 자자가 물음을 던졌다.

"뭘. 어디를 추측한다는 말이야. 전 남친 숫자?" 나이원이 말했다.

자자가 크게 웃었다. 그러더니 다시 말을 이었다.

"당연히 제로(0)야. 나를 봐!"

"그럴 리가!" 나이윈은 기어들어 가는 목소리로 말했다.

처음으로 나이윈이 말을 가로채는 순간이었다. 자자는 할 말을 잃었다. 나이윈은 얼굴이 빨갛다 못해 김이 피어오를 것 같았다.

"아냐. 자자 너, 넌 진짜 예쁘잖아."

"내가 대미녀라 쳐도. 너에게 밥 사줄 형편은 아냐. 내가 본래 말하려 했던 것은, 나도 말 못 할 비밀이 있다는 거야. 한 번 맞춰볼래?"

"비밀……, 이 말, 지금 여기서 써도 되는지……."

말은 이렇게 했지만, 나이윈은 자자를 뚫어지게 바라보면서 진지하게 생각하는 것 같았다. 말을 이어나갔다.

"이건, 속사정을 물어보려고 한 게 아니고, 호기심인데……, 자자는 아메이(阿美)족이야?"(아메이족! 타이동의 원주민은 아메이족이 아니라 베이난(卑南)족이다. 이렇게 추측해야 합리석이다.)

"헐! 내가 타이동 출신이라고 해서 그렇게 생각하는 것은, 아메이족에게 큰 실례야!"

"그게 아냐! 타이동 출신이라는 것도 근거이긴 하지만, 네가 아메이족 같다고 생각하는데 다른 까닭도 있어. 아메이족은 채집하는 문화가 있어서, 야생하는 식물 중에서 뭘 먹어야 할지 아닐지 잘 알거든. 또, 미안한데, 내 고정관념이겠지만, 아메이족은 모두 잘 생겼거나 예뻐서. 자자, 넌 정말 대미녀라서……."

자자는 크게 웃었다.

"그렇게 말하니까. 이제는 놀랄 만한 비밀도 아니네. 원래 널 놀라게 하려고 했던 건, 나는 타이완 중문과 추천 전형에서 1등을 했다는 거야. 어, 잠깐, 너무 놀라는 척하지 마. 그럼 오히려 실례니까!"

"미안."

"너무해. 흑흑흑!"

"베이컨 더 먹어."

아침밥, 베이컨, 계란프라이, 장아찌, 오붓하게 대화하는 가운데 하나씩 뱃속으로 사라져 갔다.

타이중의 겨울 햇살은 지나치게 따사롭고, 정오에 가까워질수록 여름 같았다. 이날 아침 식사는 마치 겨울에서 봄꽃 피는 계절까지, 그 시간을 다 먹어버린 것 같았다.

※

쓰웨이가 1번지, 흠잡을 데가 없다.

공간은 넓고, 입주자는 친절하며, 집주인은 인심이 후하다.

그야말로 쉽게 만날 수 없는 완벽한 숙소였다.

자자에게 유일한 문제는 자기 자신이었다.

인생 선배들과 비교하자면, 나이원은 어딘가 모르게 서툴러 보였다. 집주인과 샤오펑은 상황에 따라 처신도 잘했고 예의도 발랐다. 즈이도 자자의 자존심을 지켜 주면서 거리를 유지했다. 일전에 나이원과 단둘에서 아침을 먹은 적이 있는데, 그날 이후 나이원은 아침에 주방에서 만나기만 하면 계란프라이를 두 개나 더했다. 저번에 나이원은 '위니겅'을 만든 적이 있는데, 그때 썼던 돼지기름이 아직 반 병이나 더 남아 있었다. 그 돼지기름으로 계란프라이를 하면 냄새가 특별히 좋았다. 계란프라이 가장자리는 바싹하게 굽고, 흰자는 부드럽고 윤기가 돌았으며, 반숙 노른자를 얹고 간장을 살짝 뿌리면 밥 한 그릇은 뚝딱이었다.

겨우 계란프라이일 뿐인데, 이미 완성된 데다가 거절하면 유난떠는 것 같고, 받자니 마음이 불편했다. 나이원은 자자가 좋아하지 않는 걸 보고는 나지막하게 말했다.

"그럼 앞으로는 네가 쌀 내고, 나는 계란을 준비할게. 이렇게 하면 괜찮지?"

등가교환이라 나름대로 설득력이 있었기 때문에, 자자는 머리를 끄덕이며 수긍했다. 나이원은 수줍게 웃었고, 뺨이 완전히 홍당무가 되었다. 아무리 봐도 싫증 나지 않는 표정이었다. 작은 체구, 사랑스러운 미소, 동그랗고 맑은 눈. 나이원이 햄스터 같다고 자자는 생각했다. 살살 조심조심하는 모양새.

하시만, 그 이후 계란프라이만이 아니었다.

간장에 절인 반숙 달걀, 뽀송뽀송한 계란말이, 가쓰오 맛이 나는 계란찜……, 나아가 계란말이에 치즈를 넣었고, 시금치를 곁들인 오믈렛도 나왔다. 마침내 감자와 양파가 듬뿍 들어간 스페인식 토르티야(tortilla)까지 등장했다. 장어를 넣은 계란말이가 나온 날, 자자는 초롱초롱 빛나는 나이원의 동그란 눈을 보면서, 마음에서 아우성치는 소리를 들었다.

호혜는 평등한 관계이나, 선물과 외상은 성격이 다르다. 직원 할인가로 산 우유가 냉장고에 있기에, 편하게 샤오펑이 준 커피를 마실 수 있었다. 완자미소탕을 얻어먹었다면, 다음에 반드시 간장에 절인 계란이나 돼지껍데기로 갚았다. 집주인이 토핑을 듬뿍 얹어 라면을 끓여주면, 유통기한이 임박한 즉석식품 몇 개라도 보답해야 마음이 편했다. 하지만 장어 계란말이라니! 마침 학기 말이라 논문도 써야 했기에, 자자는 얼마 남지 않는 돈도 책을 사거나 복사하는 데 써야 했다. 더군다나, 학기가 끝나면 고향 갈 여비도 남겨두어야 하니까, 당분간 제대로 된 한 끼를 먹을 수 없는 게 뻔했다.

"장어 계란말이랑 쌀밥을 바꾸는 건……, 난 못해!"

자자는 최대한 부드럽게 말하려고 노력했다.

나이원은 잔뜩 긴장한 것 같았다. 입을 벌렸다 다물었다 했다. 심호흡 한 번 하더니, 한꺼번에 말을 쏟아냈다.

"안 그래! 오해하지마. 요즘 난 외식을 거의 안 해. 세 끼다 네 쌀로 밥해 먹어. 나, 나는 가계부를 매일 써. 값이 차이가 없어. 게다가, 요즘 날씨가 추워져서 밥도 많이 먹어……."

거짓말이 아니라는 걸 증명이라도 하려는 듯, 나이윈은 공깃밥을 고봉으로 퍼 담더니, 마치 걸신들린 듯 허겁지겁 퍼먹었다.

접시에 남아 있던 마지막 장어 계란말이는 결국 자자 입으로 들어갔다. 장어와 계란은 각각 혀끝에서 다른 맛으로 감겨왔다. 소스, 생선 살, 계란 향기가 코안으로 가득 퍼져왔다. 나이윈의 요리 솜씨는 정말 좋았다. 진짜 맛있었다.

나이윈의 말이 틀리지도 않았다. '잘못은 마음속 깊은 곳에 자리 잡은 가난이라는 병'이라고 자자는 생각했다.

정면으로 거절할 수 없다면, 피하는 수밖에 없다. 자자는 나이윈의 일상을 몰래 엿들으며, 식당에서 마주칠 기회를 아예 차단했다.

201호에 사는 자자가 위치상 유리했다. 202호 사는 나이윈이 외출하려면 반드시 자자 방을 지나가야 했다. 낡은 목조 건물에서는 아무것도 숨길 수 없다. 마음만 먹으면 세수, 샤워하는 소리를 들을 수 있었나. 거리가 좀 먼 주방이나 식당도 사정은 마찬가지였다. 발소리만으로 지금 어디로 가는지, 언제 요리를 시작하는지 짐작할 수 있었다.

자자는 나이윈의 소리를 추적하며 그녀의 일정을 꿰맞췄다. 나이윈은 보통 여덟 시 전후로 일어나는데, 수업이 있는 날은 조금 더 일찍 일어났다. 아침은 대개 직접 해서 먹었다. 예전에는 점심과 저녁을 70% 정도로 외식하거나 포장해 와서 먹었다. 숙소에 있을 때, 대개 자기 방에 있었고, 저녁에는 가끔 응접실에서 TV를 보기도 했다. 일주일에 두 번 정도 저녁 먹고 운동을 나갔다. 늦어도 10시까지 방으로 돌아왔고, 11시 무렵에 동전 부딪히는 소리가 들리는데, 아마도 나이윈이 말했던 가계부를 적는 것 같았다. 11시 반에 씻고 12시에 불을 끄고 잠자리에 들었다. 주말에는 좀 더 쉬고 좀 더 잤지만, 그래도 특별한 것이 없이 평소와 다를 바 없었다.

이게 무슨 대학원생인가? 로봇이지!

그러나 나이윈이 생활이 규칙적이라서, 자자는 식당에서 마주칠 상황을 정확하게 피할 수 있었다.

나이윈이 오전에 수업이 있다면, 자자는 나이윈이 나가는 걸 확인하고 주방으로 갔다. 나이윈이 늦잠 자는 날엔, 일부러 먼저 식사를 마쳤다. 그래서 나이윈은 식사를 마치고 설거지를 하는 자자를 몇 번 볼 수 있었다. 하필 자자가 마지막 한 숟가락을 삼키려는데 나이윈이 공교롭게 나타나기도 했다. 숨기지 않고 실망한 표정을 짓더니, 곧 정신을 차리고 '다음에 아침 같이 먹자'라고 말했다.

자자는 마음 한구석에서 미묘한 죄책감을 느꼈고, 차마 말할 수 없는 감정이 스쳐 지나갔다.

같이 아침을 처음 먹던 그날. 해는 점점 높아져 온도는 올라갔고, 나뭇잎과 꽃잎에서 향기가 조금 짙게 배어 나왔던 그날 아침의 온도와 향기가 아직도 자자 마음속에 깊이 아로새겨져 있었다. 그날 아침 자신이 나이윈을 따뜻하게 바라보았을 때, 그 마음이 특히 잊히지 않았다.

"오해라면, 사과부터 먼저 할게. 근데, 자자 너……, 날 피하고 있는 거야?"

나이원 방문을 두드렸을 때, 이런 말을 들리라곤 자자는 상상도 못 했다.

'너무 놀라 바로 대답을 못 한 거겠지.' 자자는 영혼이 빠져나가는 것 같았다. '만약, 이 표현할 수 없는 침묵이 혹시 대답이 되는 것이 아니겠지?' 순간 다리가 풀렸고, 어깨를 문기둥에 부딪히며 쓰러졌다.

나이원이 자자를 잡으려 했으나, 둘 다 동시에 땅바닥에 엉덩방아를 찧고 말았다.

하늘도 땅도 빙글빙글 도는 것 같았다.

"자자."

눈앞이 새빨갛기도 새까맣기도 했다.

"괜찮아. 감각은 있어?"

의식이 흐릿했다.

"지금은 어때? 움직일 수 있겠어?"

서서히, 풍경이 밝아지기 시작했다.

"자자?"

짙은 향기가 공기를 타고 들어왔다.

자자는 이제야 자기 목소리가 들렸다. '밀로(美祿, milo) 아니면 오발틴(ovaltine, 阿華田)?'

"푸핫!" 거칠게 터져 나오는 웃음.

"정신이 돌아온 것같아." 냉정한 판단.

"따뜻한 우유를 듬뿍 넣은 밀로야. 온도가 마시기 딱 좋아." 웃음이 묻어나는 목소리.

"아무……, 아무 일도 아냐?" 떨리는 목소리.

마침내 자자는 정신을 차렸는데, 침대 바로 위의 더러운 천장 판넬이 먼저 눈에 들어왔다. 그녀는 201호 자기 방에 누워 있는데, 언제부터 자기 주변에 사람을 둘러싸고 있는지 몰랐다. 자자는 천천히 한 바퀴 둘러보았다. 주인 언니, 즈이 선배, 샤오펑 선배, 마지막은 머그잔을 든 나이원.

"제가 기절했나요. 사람이 진짜 기절할 수도 있구나!"

"다행히도 그리 오래 기절하지 않았어. 근데, 이 좁은 방에 다섯 명이 몰려 있으면, 숨쉬기 힘들어 또 기절할지 몰라. 우린 나가자!"

"이론상 말하면, 아까도 쓰러지면 안 되고, 지금도 쓰러지면 안 돼."

"이론은 무슨? 나, 간다."

집주인이 비시시 일어나 문을 열고, 제일 먼저 방을 나갔다.

즈이와 샤오펑이 자자를 일으키고 앉혔다.

나이원은 머그잔을 자자의 손에 쥐여 주었다.

머그잔 온도가 딱 좋았다. 약간 뜨겁기는 했다. 하지만 자자는 손보다 가슴이 더 뜨거웠다. 순간, 눈물 한 방울이 머그잔 속으로 떨어졌다.

모두 못 본 척하고, 하나씩 다다미에서 일어났다.

"나이윈, 지켜보면서 다 마시게 해." 즈이가 말했다.

"예. 예, 알겠습니다." 나이윈은 다시 자리에 앉았다.

두 선배는 나가면서 잊지 않고 방문을 꼭 닫아, 사납게 몰아치는 찬바람을 막아주었다.

겨울이 오고서 201호가 오늘처럼 따뜻한 적이 없었다는 것을 이제 막 발견했다. 다리 부근에서 열이 나왔는데, 전기가 필요 없는 도자기 난로였다. 각 방이 따로 전기 요금을 따로 내야 했기에, 전기난로를 공짜로 준다 해도, 자자는 절대 사용하지 않았을 것이다. 누가 여기까지 생각했을까?

눈이 시큰했다. 자자는 얼굴을 컵 가까이에 대고 홀짝홀짝 마셨다. 우유 향이 진한 밀로 초콜릿이 목을 타고 한 치 한 치씩 뱃속까지 따뜻하게 해 수었다.

조심조심 한 모금씩 따뜻한 음료를 넘겼다.

나이윈이 곁에서 조곤조곤 말했다.

"자자 너, 무슨 일이 있었는지 모르지. 그렇게 길게는 기절하지 않았어. 한 10분 정도. 혼자서 옮길 수 없었는데, 마침 넘어지는 소리를 듣고 모두가 달려왔어. 힘을 모아 옮겼어. 샤오펑 언니는 방이 너무 추워서 혈기 순환이 잘 안 됐을 거라고 했고, 즈이 언니는 혈당이 낮아서 그랬을 거라고 했어. 주인 언니는 자기는 전기난로가 많다며, 이걸 먼저 쓰라고 했어. 나는 코코아 타려고 하다가 저지방 무가당이라 안 맞을 것 같아서, 밀로에다 우유를 더 넣었어. 미안, 쓸데없는 말만 늘어놓았어……. 아무튼! 주인 언니가 '너는 젊고 건강해서 곧 깨어날 거'라고 했어. 진짜 그대로야. 과연 주인 언니야!"

자자는 잔을 내려놓았다.

"미안, 폐를 끼쳐서."

자자가 이렇게 말하자, 나이원은 바로 눈시울이 붉어졌다. 황망히 고개를 숙이더니 손으로 눈물을 훔쳐냈다.

"네가 기절했을 때, 우리끼리 이야기 좀 했어……."

아마 속으로 몇 번이라도 연습했을 것이다. 이번에 나이원은 자자를 똑바로 바라다보았다. 떨리지만 단단한 목소리로 말했다.

자자는 가슴이 철렁 내려앉았다. 만약 동정이라면, 이 집에 계속 살아야 하나?

"자자. 쓰웨이가 1번지에 쌀 공급하는 사업, 해보지 않을래?"

"헐! 무슨?"

"그러니까, 네가 말한 적 있잖아. 집에 보낸 쌀 다 못 먹는다고……. 자자, 너 빼고 우리 네 명이 한 달에 보통 12kg에서 15kg 정도 먹더라구. 인터넷에서 찾아봤어. 츠상(池上)미 1kg이 보통 백 달러에서 이백 달러 사이더라고. 네가 괜찮다면, 네가 말한 대로 '등가교환'이니……."

"나이원."

"응. 나, 여기 있어."

"그럴 순 없어. 어떻게 교환할 거야? 돌아가면서 요리하자고? 그럼 밥 먹는 시간도 맞춰야 해. 막상 해보면 문제가 많이 생겨!"

나이원은 기어들어 가는 목소리로 말했다.

"나도 알아."

"다른 사람도 다 동의했어?"

"모두, 네 생각 먼저 들어보자고 했어……."

나이원이 너무 작게 말해서 거의 들리지 않을 지경이었다.

"나 이 집 사람들 다 좋아해. 너무 좋아하기 때문에 받아들일 수 없어."

자자는 나지막하게 말했지만, 담백하고 진심이 어려 있었다. 말을 이어갔다.

"베풀고 받는 관계는 오래 못 가. 결국 깨져. 난 그렇게 되고 싶지 않아."

방 안이 순간 조용해졌다.

나이원은 잠시 가만히 있었다. 이윽고, 송아지 같은 눈으로 자자를 바라보았다.

"나는 역사 전공이어서 설득하는 방법을 잘 몰라. 근데, 이런 말 들어 본 적 있어. 인류가 문명을 시작했다는 상징적 증거가 대퇴골에 남은 상흔이래. 부러진 뼈가 붙은 흔적이겠지. 야생 동물은 대퇴골이 부러지면 생존할 수가 없어. 사람은 달라. 약할 때 서로 돌봐

줘. 그래야 인류 문명이 지속할 수 있어. 나. 어떻게 설명해야 할지 모르겠는데, 근데 '서로 돌본다'는 것은 확실히 동정이 아냐……. 너 아직도 기억해? 간식으로 내가 위니겅 만든 날, 그날 네가 나에게 엄지척해 주었고, 또 그전에 태풍 오던 날 주인 언니가 라면 끓였을 때, 나에게 라면 한 그릇 더 가져다주겠다라고 한 적도 있지. 그거랑 같은 거야……."

"어, 뭔가 좀 이상한데. 그거랑 이거랑 같은 거였어?"

"미, 미안해. 말이 좀 뒤죽박죽이지. 내가 말하고 싶은 건, 나는 대인관계가 서툴러서, 여기로 막 이사 왔을 때, 곳곳이 장벽이었어. 대퇴골이 부러진 사람처럼……. 미안, 이 비유는 좀 그렇지. 아무튼, 그 시기에 자자, 네가 보여준 선의, 나는 그게 '배려'라고 생각했어. 보답해야겠다 생각했지. 이런 것은 절대 '주고받는 관계'가 아냐. 좀 더 정확한 표현을 쓴다면, '우정'이라고 해야겠지. 당연히 우정 역시 관계가 대등해야 하고, 근데, '등가(等價)'라는 게 꼭 값을 매길 수 있는 물질에만 적용되는 것은 아니잖아! 맞아?"

말투도 느리고, 목소리도 떨렸지만, 나이원의 말에는 진심이 담겨 있었다. 늘 그렇듯 나이원은 눈시울을 붉혔지만, 걱정 어린 눈동자에 단호함도 서려 있었다.

그녀는 햄스터, 토끼 같은 연약한 동물이 아니었다.

자자가 막 정신을 차렸을 때, 나이원은 머그잔을 들고 있었는데, 그때 표정과 지금 표정이 같았다. 속은 강하지만 겉은 부드러운 사람, 그런 사람만이 낼 수 있는 표정 같았다.

비단 나이원만 그런 것이 아니었다.

기절했다가 막 깨어났을 보았던 얼굴을 자자는 떠올렸다. 주인 언니, 즈이 언니, 샤오펑 언니도 모두 나이원과 같은 사람이었다.

쓰웨이가 1번지, 흠잡을 데가 없다. 유일한 문제는 자자 자신이다.

자자가 무언가를 말하려는 순간, 밖에서 부르는 소리가 들려왔다.

"일층으로." 주인 언니의 목소리다.

나이원이 조그맣게 속삭였다.

"주인 언니가 점심 준비했대. 같이 먹지 않을래……."

받아들일까?

※

자자가 평생 처음 쓰러진 날이었나. 아니, 신성으로 깨어난 첫날인지도 모른다.

가난한 이의 자존심, 인정의 따뜻함, 어느 것이 더 중요할까? 어쩌면 문제 자체가 잘못된 것일지도 모른다고 자자는 생각했다.

자신의 부족함을 인정하기 어렵지만, 그렇다고 부끄러운 일도 아니다.

사랑도 걱정도 주는 쓰웨이가 1번지. 사람과 오래 사귀고 싶다면, 회피하고 숨기만 해서는 안 된다.

이 결론이 답일까? 자자는 확실할 수 없었다. 하지만 전보다 정답에 훨씬 가까워진 건 사실이다.

나이원이 지켜보고 있는데, 자자는 일어나 문을 열었다.

"점심, 뭐지?"

"석두탕(石頭湯)."

집주인이 크게 노래 부르는 것 같았다.

"뭐라고요?"

"내가 면을, 나이원이 계란을 준비했어." 주인 언니.

"나는 배추." 샤오펑 언니이다.

"돼지고기 잘게 썬 거는 내가." 즈이 언니다.

"그리고, 네 고등어 통조림." 네 사람이 합창했다.

나이원도 같이 화음을 맞추고 있다는 것을 보고, 자자는 머리가 넘어갈 정도로 웃었다.

"전 고등어 통조림이 없는데, 누구 건가요?"

"주인 언니가 먼저 내고, 너는 나중에 갚아!"

"어이, 궈즈이. 남의 것 막 퍼주지 마!"

아래층은 점점 더 시끄러워졌다.

자자는 난간에 기대어 눈가에 어린 물방울을 털어냈다.

나이원이 총총 따라왔다.

"그 말은……, 받아들겠다는 뜻이야?"

"진짜, 미안해."

"사과하지 마."

"죄송. 아, 아니, 방금 말을 못 들은 거로 해줘."

자자는 가슴 깊은 곳에서 웃음이 터져 나왔다. 2층 복도에서 고개를 들면 하늘이고, 고개를 숙이면 자기보다 한참 작은 나이원의 정수리와 빨간 귀가 보였다. 햇빛을 받아 빨개진 고양이 귀 같았다.

"너 가계부 쓴다고 했지. 그것, 나도 배울 수 있어?"

"당, 당연하지! 나, 나는 경영학을 전공하지 않았지만, 엄마가 회계사야. 난 열 살 때부터 가계부 썼거든······."

"뭐라고!"

"자자, 너! 괜히 놀라는 척하지 마······, 큰 실례야······. 그냥 못 들은 거로 해줄래?"

나이원은 완전히 홍당무가 되었다.

자자는 웃음을 멈출 수 없었다. 고향 집 강아지처럼 나이원은 꼭 안아주고 싶었다.

귀여운 친구.

연인 관계가 아니라던, 샤오펑 언니와 즈이 언니도 서로 귀엽다고 생각할까? 그렇지 않을까? 그렇지 않으면, 자신의 이 감정을 해석할 수 없을 것 같았다.

언니들처럼 나이원과 그런 관계를 맺을 수 있다면, 미래가 얼마나 멋질까? 자자는 생각했다.

3막
루샤오펑(盧小鳳)

※

샤오펑은 커피가 땅겼다.

오전에 자자가 오늘 저녁을 모두 초대하고 싶다고 정중하게 선언했다. 오후가 되자, 자자와 나이윈은 식탁에서 머리를 맞대고 한창 토론하고 있었다. 종래 여유가 없는 자자가 초대를 다 하다니, 하늘에서 붉은 비가 내리는 것 같은 드문 일이었다. 수줍음 잘 타는 나이윈이 때때로 자자를 웃으며 올려다보았는데, 샤오펑에게는 유니콘이 당장 어디서 뛰어나오려나 싶은 낯선 광경이었다. 불과 두세 달 전만 하더라도, 둘 사이 대화는 늘 삐걱거렸는데, 겨울방학이 지나고 이렇게 달라질 수 있는 걸까?

식당을 지나 주방으로 가는데, 샤오펑이 귀를 기울이지 않아도 두 동생이 토론하는 내용이 저절로 들려왔다.

"이건 그래도 'tsìnn sio kue'라고 읽어야 하지 않을까?"

"하지만 가타카나 표기는 'チ'와 'イ'만 있는데, 비음이 없잖아……. 게다가 한자도 '生'이고 그럼 'tshinn'라고 읽어야 해."

"'tshinn'에도 비음이 있잖아."

"그건 그래. 비음이 탈락한 건가?"

"비음 탈락이 뭐야?"

"언어학에서 말하는 변화 현상. 근데 나 언어학 진짜 못하는데……"

"망했다, 망했어. 선장님께 보고드립니다. 막 출항했으나 벌써 좌초했습니다."

"그, 어, 아냐, 아냐. 괜찮아. 발음이 요리를 방해하지는 못해."

풋. 샤오펑은 웃음이 절로 터졌다. 도대체 이 대화는 무슨 내용이람.

주전자에 물을 붓고 가스레인지 위에 올려놓는다. 불을 딸깍 켜고, 물이 끓을 때까지 잠시 샤오펑은 주방 식탁에 갔다.

"밥하는 거야, 아니면 연구하는 거야?"

두 동생은 동시에 고개를 들고 샤오펑을 쳐다보았는데, 눈망울이 총총 빛났다.

"맞다! 샤오펑 언니, 제2외국어가 일어죠?"

자자는 말하자, 나이윈은 바로 낡은 책 한 권을 내밀었다.

"좀 봐주세요."

둘은 찰떡궁합이다.

머리를 숙이고 책을 보니, 단락 구분이 없는 일본어가 빼곡한데, 그중 제일 간단한 문장이 눈에 띄었다. 「(51) 生燒雞」. 한자 옆에 작은 글씨로 가타카나 표기가 적혀 있었다. 'チイ ショヲ コエ.'

샤오펑이 자세히 들여다볼 틈도 주지 않고, 나이원이 끼어들었다.

"이 표기, 저는 몰라요. 'tsìnn sio kue' 아니면 'tshinn sio kue' 라고 읽어요."

"'tsìnn'인지 아니면 'tshinn'인지 모르겠어요. 더 이상한 것은 여기선 '雞'를 'kue'라고 읽어요, 우리는 'ke'라고 읽는데."

자자가 나이원을 받아서 말했다. 그제야 샤오펑은 정신이 돌아왔다.

"이 표기는 취안저우(泉州) 타이완어야. 이상하긴 해. '燒雞'는 'sio kue'라고 읽어야 하거든. 취안저우(泉州)에서는 'kue'라고 읽고, 장저우(漳州)에서는 'ke'라고 읽어."

"보통은 'ke'라고 읽은 것 같아요." 자자가 말했다.

"맞아. 보통 'ke'라고 더 많이 읽어. 근데 우리 집에서는 모두 'kue'라고 읽어."

"우리 집에서도 'ke'라고 읽어요. 이 책을 발행한 곳은 가오슝이고, 작가 주소도 '타이난(臺南) 지방 법원 관사'라고 나와요. 샤오펑 언니와 나는 모두 남부 출신이라서 지역 영향을 받은 것 같아요."

나이원의 주장은 모호했고, 이 말을 끝낼 무렵에 이미 샤오펑은 의자에 앉아 책을 뒤적이고 있었다.

책을 작고 얇았는데, 마지막 페이지 번호가 '89'였고 뒷면에 광고가 실려 있었다. 광고까지 합해도 100페이지 조금 넘었다. 목차 위에 『(재판) 타이완 요리 지침서(再版臺灣料理之栞)』이라는 서명이 있고, 목차 한 페이지 앞에 작가가 '明治四十五年四月下浣　林久三識'라고 써 놓았다.

　잠깐, 잠깐.

　"메이지(明治) 45년?"

　자자가 바로 답했다.

　"서기 1912년이고 다이쇼 원년입니다. 또한(也也是) 중화민국 원년이기도 합니다."

　만약 즈이가 이 자리에 있었다면, 반드시 '也也是는 문법적 오류'라고 태클을 걸었을 것이다. 샤오펑은 이 장면을 상상하면서 웃었다.

　"근데, 전전 일본어와 전후 일본어는 꽤 많이 달라. 내가 좀 볼게."

　샤오펑은 책장을 넘기며 말했다.

　"'生燒雞'은 'tshinn sio kue'라고 읽어야 할 것 같아. '生'은 'tsinn(糊)'라고 읽으면 안 돼. '糊'은 '炸(묶음=zha)'라는 의미라서, 본래 뜻과 완전히 달라져. 현대 타이완어에서는 'tshinn'은 '新鮮'의 '鮮'을 의미해. 옛날에는 '鮮'을 '靑' 혹은 '生'으로 대신 쓰기도 했어."

　"세상에나. 외국어 학과에서는 이런 것도 가르쳐줘요?"

　"학교에서 배운 것 아냐. 내가 하나 물어볼게. 타이완어 학과에서는 왜 타이완어를 안 가르쳐?"

　"우리 과에서 제일 싫어하는 질문이에요!"

자자는 심장이 멎은 척하며 탁자 위로 쓰러졌다.

샤오펑의 시선은 다시 책으로 돌아왔다.

일전에 나이원이 위니경을 만들 때 참고한 책이 아마 이 책이겠지.

2차 대전 전후로 일본어가 많이 변했지만, 한자가 많아서 대충 훑어보면 핵심을 파악할 수 있다. 「51번 "생소계(生燒雞)"」. 전쟁 전에 쓰인 일본식 계량 단위를 사용하고 있다. "닭고기 80메(匁), 전분 12메, 돼지기름 3-4홉, 오리 알 3개, 소금 2-3숟가락, 고춧가루 약간." 조리 방법도 대략 나와 있다. "자른 닭고기에 오리 알 반죽을 입히고, 솥에 돼지기름을 붓고 검은 연기가 올라올 정도로 튀긴다. 바싹하게 익으면 건져내 기름을 털어낸다. 마지막에 고춧가루를 넣고 가볍게 비빈다."

검은 연기가 올라올 정도라니……, 저온으로 튀길 때는 대략 160도이고, 고온이라고 해도 180도 정도다. 돼지기름은 180도가 되어야 비로소 연기가 올라온다. 그렇다면 '검은 연기'는 도대체 몇 도에서 가능한가?

"설마 이게 오늘 저녁 메인 요리야?"

자자는 가슴을 쭉 펴고 당당하게 말했다.

"そのとおりです(말씀하신 대로 입니다)."

샤오펑은 엷게 웃었다.

"왠지 불안한 걸!"

"저도 그렇게 생각했어요" 웃으면서 말하며 나이원은 손가락으로 '粉辛子'라는 글자를 꼭 찍었다.

"걱정 마. 매운 것 못 먹으면 고춧가루 안 넣으면 돼!" 샤오펑은 바로 이마를 짚었다.

나이원이 황급히 말했다. "현대인은 입맛이 다 달라요. 레시피를 좀 바꾸면 어떨까 싶은데요?"

다행히 핵심을 짚는 사람도 있다.

"묻고 싶은 건 많은데, 됐고, 오늘 저녁 다른 메뉴는 뭐야?"

"샐러드도 있습니다. 양배추를 채 썰어서 낼 거에요. 일본식 돈가스 먹을 때처럼, 생소계는 튀긴 음식이라 같이 먹으면 상큼해요. 자자네 오빠가 보내 준 가오산 양배추에요. 진짜 맛있어요."

나이원이 말했다.

곁에서 자자가 응응 하고 콧소리로 나이원을 거들면서, 마무리를 지었다.

"갈비 넣고 끓인 뭇국에, 옥수수도 많이 넣을 거예요."

"그저께 세일할 때 계란 두 판 샀거든. 여태 남았어. 계란 감자 샐러드 하나 더 만드는 것 어때? 양배추 샐러드와도 잘 어울릴 거야. 완춘궁(萬春宮) 옆에 노포에서 파는 고기덮밥에도 양배추 샐러드와 계란 감자 샐러드가 같이 나오거든. 일본식 양식과 거의 비슷해."

자자는 소리 내어 웃었다. 그리고 말을 이어나갔다.

"아까 이야기하면서도, 양이 모자랄까 걱정했어요. 나이원이 자이(嘉義)식 냉채를 준비하겠다고 했는데, 오늘 제가 초대하는 날이라서, 나이원에게 확답을 안 했어요. 생소계 말고, 우리 고향에서 자주 먹는 요리를 하나 더 준비하려고요. 바질과 아프리카 달팽이를 같이 볶는데, 단백질은 풍부하고 열량은 낮아요. 샤오펑 언니가 칼로리를 신경 쓸 것 같아서요. 게다가 튀김 요리랑 조합이 완벽해요. 하지만, 타이중 시내 어디서 파는지 아직 못 찾았어요."

아프리카 달팽이? 샤오펑은 재빨리 나이원을 쳐다보았다.

"제가 자자한테 이야기했어요. 다음에 나랑 같이 먹자고요. 아무래도 다른 사람은 달팽이 별로 안 좋아할 것 같아서요."

"그렇구나! 하하, 괜찮아. 나 학부 때 유럽에 교환학생으로 1년 갔었거든. 달팽이 요리가 흔했어. 근데, 난 한 번도 먹어 보지는 못했어."

샤오펑은 빠르게 말했다.

"유럽이랑 타이완에서 먹는 달팽이는 종류가 달라요. 샤오펑 언니가 몰랐을 수도 있는데, 볶음 요리 파는 가게에서 나오는 소라는 대개 아프리카 달팽이에요!"

"나는 생각도 못 했어, 그런 줄."

샤오펑은 진짜 공격이라도 받은 양 식탁 위로 쓰러졌다.

오히려 자자가 웃음을 터뜨렸다.

"감사합니다. 샤오펑 언니."

뭐라고? 샤오펑은 다시 자세를 바로잡고, 눈치 없이 바보처럼 웃는 자자를 쳐다보았다.

"계란 감자 샐러드 재료도 제게 다 있어요. 제가 만들게요. 나이 원한테 가계부 쓰는 법 배워서 돈이 조금씩 모이기 시작했어요. 아직 많지는 않지만, 밥 한 끼 정도는 이제 괜찮아요."

자자는 기분이 좋았고, 말하는 사이에 나이원에게 윙크 날리는 것을 잊지 않았다. 나이원은 두 볼이 달아오르면서 빨개졌지만, 자자의 윙크를 피하지 않았다. 수줍은 듯, 입술을 다물고 살짝 웃었다.

아, 정말 좋다. 샤오펑은 이 순간이 봄바람이 꽃망울을 터뜨리는 찰나처럼 느껴졌다.

이것이 쓰웨이가 1번지의 마법이다. 샤오펑은 이 마법을 확실히 느낄 수 있었다. 샤오펑 자신도 모르는 사이에, 자자와 나이원은 이 마법이 펼쳐지는 순간을 함께 경험한 것이었다.

이런 마법을 샤오펑도 체험한 적이 있다.

칠흑같이 어두운 밤 쓰웨이 3항(巷)에서 일이닌 사건이었나. 남자 친구가 샤오펑을 쓰웨이가 1번지 측벽까지 압박하자, 샤오펑은 벽에서 꼼짝도 할 수 없었다. 누군가가 갑자기 창문을 열고 맑고 단호한 목소리로 말했다.

"그녀가 싫다고 했잖아요."

샤오펑은 고개를 들어 바라보았다. 처음 보는 입주자와 눈이 마주쳤다. 그녀의 검은 눈동자는 수정처럼 빛났다. 이 일을 계기로, 샤오펑은 궈즈이라는 옆방 입주자를 진정으로 알게 되었다.

샤오펑은 기분이 좋아져, 눈웃음을 애써 지우며 물었다.

"그런데 자자는 왜 생소계를 메인 요리로 정했어? 설마 나이원이 치킨을 좋아해서?"

자자는 바로 고서를 펼치더니, 손가락을 페이지를 콕 찍었다. 한자 세 글자는 분명히 '생소계(生燒雞)'였다.

"이거야! '무슨 요리가 이렇게 싱싱해'라고 생각하면서 바로 골랐죠. 알고 보니 오타였어요."

샤오펑은 이마를 짚었다.

주전자에 물 끓는 소리가 났다. 중학생 같은 시시껄렁한 농담은 잠시 밀어두자.

샤오펑은 커피콩 무게를 달고 곱게 갈았다. 뜨거운 물로 여과지를 적시고 커피 서버를 데우고 씻어냈다. 드립 주전자로 물을 내렸다. 잠시 후, 향이 진한 커피가 완성되었다. 자자도 손 놓고 가만있지 않았다. 우유를 데워 메이슨 자(mason jar)에 넣고 흔들어서 밀크폼을 뚝딱 만들었다. 나이원은 찬장을 뒤져 커피잔을 하나씩 골라서, 흐르는 물로 씻고 마른 수건으로 정성스럽게 닦았다.

샤오펑은 조용히 바라보고 있다. 컵 네 개는 모양이 각각 달랐고, 각자 취향이 드러났다. 같이 생활하면서 묵계가 성립했고, 이 역시 쓰웨이가 1번지의 마법일 것이다.

"즈이 건 안 챙겨도 돼. 세 개면 충분해."

"즈이 언니는 오늘 원고 안 써요?"

"오히려 그 반대야. 즈이는 마감이 닥쳐서 아예 문을 닫아버렸어. 점심 먹고, 홍차 1.5 ℓ를 보온병에 담아줬어. 저녁까지 마실 수 있을 거야."

샤오펑은 커피를 컵 세 개에 딱 맞게 나눠 따랐다. 샤오펑을 뒤따라서, 자자도 밀크폼을 컵 세 개에 나눴지만, 일 인분이 남았다. 즈이 것이 필요 없다는 것을 확인하고 한입에 마셨다.

"어, 원래 이 맛이었어. 결명자랑 보리 맛도 나요. 근처 찻집에서 홍차 끓이는 줄 알았어요."

나이원은 점점 더 대화에 자연스럽게 녹아들 줄 알았다. 샤오펑은 고개를 끄덕이며 희미하게 웃었다.

"붉은 대추랑 인삼 뿌리도 들어갔어. 기도 보충되고 폐에도 좋아. 냉장고에 한 병 넣어 둘 테니, 저녁에 같이 마시자."

"찬성합니다. 샤오펑 언니, 대단히 감사드립니다." 자자가 두 손을 들고 환호했다.

나이원도 곧바로 '감사합니다'라고 탄성을 질렀다.

"그렇게들 좋다면, 오늘 밤 너희 둘 누가 나 좀 재워줄래?"

"헉?" 자자와 나이원은 당혹감을 감추지 못했다.

"왜냐면, 요즘 같은 환절기에는 일교차가 커. 목조 건물은 더우면 팽창하고 추우면 수축하지. 한밤에 이상한 소리 못 들었어?"

샤오펑은 가슴을 쓸어내리며 말을 이어갔다.

"평소에도 꽤 무서웠는데, 요즘 정말이지 도무지 혼자 잠들 수가 없어. 즈이는 오늘 밤새 원고 쓴다니까, 그 방에서 잘 수도 없고. 원래는 호텔 갈까 했어."

자자는 엄지척하며 말했다.

"제 방에서 자도 되지만, 언니도 잘 아시잖아요. 201호는 백 년 동안 수리하지 않았어요. 천장이 얼룩져 얼굴 몇 개가 보여요……."

"고마워. 마음만 받을게." 샤오펑은 자자의 말꼬리를 끊고, 일부러 불쌍한 표정을 지으면서 나이윈을 바라다보았다.

나이윈은 반 박자 늦게 어색하게 웃으며 말했다.

"며칠 전 아침에요. 즈이 언니 방을 봤는데, 미닫이문이 제대로 안 닫혀 틈이 벌어져 있었어요. 통풍하려고 그렇게 한 건지, 문을 잘못 닫았는지, 물어보려고 갔다가 어쩌다 방 안을 보게 되었어요. 두 분이 자고 있는 걸……."

"예가 아니면 보지 마(非禮勿視). 나이윈!"

자자는 직접 그 광경을 본 것처럼 고함을 쳤다.

"보려고 했던 게 아니라니까!" 나이윈은 다급하게 소리쳤다.

샤오펑이 더 다급했다.

"진짜 뭘 할 작정이었다면, 문을 닫았겠지!"

이 대화에 복선이 너무 많이 깔려 있어, 세 사람이 동시에 말이 없어졌다. 한순간 아무도 입을 열지 않았다. 커피잔 세 개가 오르내리는 속도가 제각각이다.

"자자. 아무 말이나 해봐. 달팽이 이야기도 괜찮아."

"헐?"

자자는 곰곰이 생각하다 말을 꺼냈다.

"요즘 샤워할 때, 제가 노래 부르면 따라 부르는 사람이 있었어요. 처음에는 길 가는 이웃 사람인 줄 알았는데, 근데, 삼 일 연속 그러는 거예요. 게다가 그 사람이 장후이메이(張惠妹)에서 일리 카올오(Ilid Kaolo)* 노래까지 다 부르는 것 같아요. 제가 '너 도대체 누구야'라고 크게 불렀는데, 그 이후 목소리가 사라졌어요. 아마도 쓰웨이가 1번지의 지박령(地縛靈) 같아요."

※

생소계 레시피를 바꿨다. 닭가슴살을 얇게 썰어 다진 마늘, 간장, 미주에 재운다. 재운 닭은 냉장고에서 두 시간 정도 숙성시킨다. 오리 알과 식물성 기름, 탄산음료를 섞고 서품이 일노록 살 섯은 다음, 전분을 넣고 튀김 가루를 만들고, 돼지기름으로 튀긴다. 처음에는 저온 160도에서 속을 익혀 건져내고, 다시 기름을 더 붓고 연기가 날 정도까지 기름 온도를 높인다. 고온에서 한 번 더 튀긴다. 키친 타월로 기름기를 제거하고, 후춧가루를 뿌린다.

레시피대로 하지 않을 거라면, 굳이 『타이완 요리 지침서』를 참

---

* 타이완의 여자 가수로 아메이족 출신으로 알려져 있다.

고해야 할까? 이 질문을 따지려는 사람은 없었다. 2020년 버전의 생소계는 마치 옌쑤지(鹽酥雞)*와 이란보로우(宜蘭蒭肉)**를 합친 듯한 맛이 났다. 속은 옌쑤지 맛이 났고, 겉은 보로우처럼 생겼다. 향이 너무 강해서, 원고 마감으로 바쁜 즈이도 방에서 불러낼 정도였다. 。

"사람들은 '불도장'이라고 부르겠지만, 우리는 '소설가출관(小說家出關)'이라고 하지."

저녁을 먹고서, 자자는 이런 평가를 남겼다.

즈이는 이 평가를 다시 비평했다.

"그 말을 들으니, 맛이 없는 것 같아."

레시피가 바뀐 생소계는 뜻밖에 맛이 좋았고, 입주자 네 명이 다 모인 저녁 식사 자리는 여느 때처럼 화기애애했다. 기분 좋은 밤인데도 샤오펑은 저녁 내내 얼굴이 어두웠다.

어쨌든, 여기는 쓰웨이가 1번지이니까!

＊

목조 건물은 밤에는 삐걱거렸고, 낮에는 곳곳에 그림자가 짙게 그늘졌다. 그래서 샤오펑은 밤낮을 가리지 않고 깜짝깜짝 놀랬다.

---

*   시즈닝을 뿌려 만든 타이완식 닭튀김 요리로 팝콘 치킨과 비슷하다.
** 타이완 이란현(縣)의 전통 닭튀김 요리로 탕수육과 비슷하다.

가슴을 눌러가며 '아미타불'과 '관세음보살'을 되새겨야 했다. 전에는 그저 향 피우고 절하는 시늉만 했지만, 쓰웨이가 1번지로 입주한 뒤로는 하마터면 여호와까지 믿을 뻔했다.

본래 혼자 잘 못 잤던 샤오펑은 생각지 못한 샤워실 괴담까지 듣게 되었다. 이제 혼자 샤워하는 것도 힘들었다. 생소계를 먹고서 즈이는 다시 문을 닫았고, 샤오펑은 샤워실 밖에서 계속 말을 걸어 달라고 자자와 나이원에게 부탁했다. 그날 밤 샤오펑은 이불을 양옆에 쌓아두고 '川'자 모양으로 잠을 청했다. 하지만 밤새 뜬눈으로 지새웠다.

이렇게까지 귀신을 무서워하면서도, 샤오펑은 왜 쓰웨이가 1번지를 떠나지 않을까?

답은 간단하지만 한편 우악스러운 데가 있다. 샤오펑 집에서 학부 졸업 후 몇 년 정도 더 공부해도 된다고 허락했다. 하지만 조건이 따라붙었다. 반드시 기숙사에서 살 것. 학교 기숙사는 시설도 열악한 데다, 룸메이트도 많았다. 어려서부터 응석받이로 자란 자신을 너무 잘 알았던 샤오펑은 기숙사를 애초에 고려하지도 않았다. 교외 기숙사도 고시원에서 명칭만 바뀌었을 뿐 사정은 마찬가지였다. 룸메이트끼리 교류라고 해봤자 와이파이를 훔쳐 쓰거나 블루투스가 잘못 연결되는 것밖에 없었다. 이런 환경을 가족이 허락할 리가 없다. 이삼십 평 남짓한 아파트에서 생면부지의 낯선 사람 서넛과 복작거리며 사는 것도 샤오펑은 힘들었다.

살 집을 구하지 못하면, 샤오펑은 짐 싸서 타이난으로 돌아가야 했다. 위기의 순간, 이종 동생이 쓰웨이가 1번지를 발견한 것이다. 60평 남짓의 2층 건물, 꽉 차도 여섯 명, 각자 방이 따로 있어 사생활도 보호받을 수 있었고, 욕실과 주방은 공동 사용이었다. 가족이 바라는 조건과도 맞아떨어졌다. 풍상을 겪은 일식 건물은 교토 여행할 때 잠시 머물렀던 민박집을 떠올리게 했다. 하늘이 주신 선물 같았다.

하지만 당시에는 몰랐다. 단기 여행과 일상생활은 전혀 다르다는 것을.

샤오펑은 하루에 두 번 샤워한다. 점심 이후 샤워는 문제가 없는데, 욕실 괴담을 듣고 난 후 자기 전 샤워는 전쟁이었다. 사흘 연속 전투를 치르고 더는 참을 수 없었던 샤오펑은 주인 언니에게 단도직입적으로 물었다.

"샤워실에 도깨비가 출몰한다는 데, 진짜예요?"

집주인은 느긋하게 술을 마시면서, 지긋이 샤오펑을 쳐다보았다.

"설마, 진짜였어요!" 샤오펑은 떨면서 말했다.

집주인은 마시던 술을 뿜을 뻔했다.

"나는 아직 입도 안 뗐다."

"대개, 말이 없으면 동의한다는 뜻이에요."

"역시, 루샤오펑 아가씨. 이런 말은 너밖에 못 하지."

"저는 사실 반박을 듣고 싶어요."

"좋아. 생각 좀 하고 살아. 도깨비가 진짜 있다면 내가 여태 여기서 어떻게 살겠어?"

"돌려 말하는 것은 답이 아닐 수도 있어요."

"내 말은, 귀신을 본 적 없다는 뜻이야."

"그래도, 다른 사람은 볼 수도 있잖아요."

집주인은 이빨이 보이도록 웃었다.

"좀 억지로 갖다 붙이지 마. 문학원 연구생이라면 상상을 분석하고 해체할 수도 있잖아."

샤오펑은 조금 진정되었다.

"혹시 어르신들 돌아가시고 유산 다툼이라도 있었나요? 못난 자식들이 이상한 소문을 퍼뜨렸나요?"

"상상력은 풍부한 거, 인정. 이 건물은 할머니가 고모에게, 고모가 나에게 물려 준 거야. 유산 송사는 절대 없었어."

샤오펑은 갑자기 문제의 핵심을 떠올렸다. 만약 삼 대째 이 집에서 살고 있다면, 어떻게 귀신 이야기가 떠돌 수 있을까?

하지만 입을 떼기도 전에, 위층에서 무언가가 '쿵'하고 떨어졌다. 곧이어 나무 바닥을 급하게 할퀴는 소리가 났다. 천 찢는 소리처럼 날카로운 짐승 울음이었다. 샤오펑은 놀라서 벌떡 일어났다. 곧 깨닫게 되었다.

고양이였다. 샤오펑과 집주인은 눈을 마주쳤다. 봄은 고양이들의 발정기였다. 쓰웨이가 1번지는 가운데 마당이 트여 있어, 가끔 고양이들의 격투장이 되곤 했지만, 2층 복도까지는 거의 치고 들어오지 않았다.

2층에서 고양이 싸움이 격렬했다. '야옹!', '크르릉.'

2층에 사는 자자가 방문을 열고 외쳤다.

"고양이가 쳐들어 왔음. 단독 병력, 어떻게 처리할까요?"

집주인은 일어서서 소리쳤다.

"생명은 자기 길을 찾아간다."

고양이의 비명과 포효를 한밤에 들으면 마치 곡소리 같다.

샤오펑은 하늘에 따질 수도 없는 노릇이었다. 이 건물에 귀신이 진짜 없다 하더라도, 있는 거나 마찬가지였다.

이후에도 전투는 계속되었다. 며칠 지나지 않아, 정신과 몸이 모두 무너졌다. 즈이에게 구관(谷關)으로 온천 여행이나 가자고 물어볼까 하다가, 곧바로 생각을 접었다.

샤오펑은 핸드폰을 두드리며 문자를 두 사람에게 보냈다.

'오늘 같이 야식 먹을래?'

샤오펑은 본래 야식을 먹지 않는다. '밤을 같이 보내자'라는 말을 에둘러 한 것이었다. 샤오펑은 씻을 곳도, 같이 잘 사람도 필요했다.

나라 밖의 특수한 전염병에 관한 이야기가 설 전부터 나오기 시작했다. 설이 지나고 타이완에서도 확진 사례가 몇 개 있다고 신문에서 보도했다. 2월 중순 샤오펑은 이란(宜蘭) 자오시(礁溪)로 데이트하러 갔었다. 데이트 상대에게 '역병 탓에 은밀한 데이트를 더 할 수 없을지도 모른다'라고 이야기했다. 상대는 '관계가 드러나면, 너와 결혼하면 되지'라고 말했다. 샤오펑은 이 말이 싫어, 한 달 내내 만나지 않았다.

휴대폰 화면에 '읽음' 표시가 떴지만, 답장은 없었다. 프로필 사진이 문청(文靑) 느낌이 나는 흑백 사진이었다. 자오시에 같이 간 사람이 아니었다. 2월 말, 문학소녀 같은 그녀가 교외 모텔로 샤오펑을 불렀다. 차로 바래다주면서, 문청은 '확진자 동선이 점점 구체적으로 공개된다'라고 말했다. 말을 중간에서 끊었지만, '잠시 만나지 말자'라는 의미를 충분히 알 수 있었다. 두 사람은 다시 만나지 않았고, 마지막 문자도 보름 전이었다.

주전자에서 물 끓는 소리가 났다. 샤오펑은 핸드폰을 내려놓았다. 오늘 모카 포트로 내린 블랙커피를 마시기로 결정했다.

저울로 커피콩을 달고 갈았다. 전동 기계가 윙윙 울렸고, 살게 간 커피가 스르륵 내려왔다.

샤오펑은 석사 수업을 시작하는 9월에 쓰웨이가 1번지로 이사 왔다. 그때 대학 시절 만났던 데이트 상대들을 다 정리했다. 타이베이에서 타이중으로 이사해서, 거리가 멀다는 좋은 핑계가 있었다. 새로 데이트 앱을 깔고, 단 2주 만에 개방적 관계를 원하는 남자 친구와 여자 친구가 생겼다. 목조 건물인 탓에 방음이 거의 안 돼서, 한밤중에 101호에서 조금만 소리가 나도, 102호에 사는 샤오펑은 놀라서 잠을 깨곤 했다. 결국 도망치는 수밖에 없었다. 때론 호텔에서, 때론 상대 집에서, 일주일에 다섯 번은 외박했다.

갈수록 지쳤다. 샤오펑은 새장 같은 집을 빠져나왔기에, 다시는 또 다른 새장으로 들어가고 싶지 않았다. 몇 번 관계만으로도 구속하려 드는 상대가 지긋지긋했다. 결정적 계기는 새 남자 친구였다. 처음에는 바람둥이쯤으로 생각했는데, 의외로 집착이 심했다. 지금 사는 집으로 갑자기 찾아와서는 '놀래주려고 왔다'는 둥 하는 짓이 스토커나 진배없었다. 샤오펑은 단칼에 잘라버렸다. 이제 연인이 아니라 섹스 파트너이면 족했다. 상대가 자주 바뀌었고, 석사 1학기가 끝날 무렵에 단 두 여자만 명단에 남았다. 자오시에 함께 갔던 헬스 트레이너, 치처 모텔에 같이 있었던 문학소녀 같은 명문가 딸.

모카 포트를 두 개로 분리하고, 아래에 뜨거운 물을 붓고, 필터에 곱게 간 커피를 채운다. 상단은 잡고 돌려서 고정했다.

헬스 트레이너자 왕훙(網紅)*인 그녀는 일에 열성을 다했는데, 본업 이외에도 구독자가 30만인 유튜브도 운영하고 있었다. 결혼이나 연애에는 관심이 없었고, 생각이 잘 통하면서도 어느 정도 연애감정도 있는 지금의 섹스 파트너를 꽤 좋아했다. 선물이나 생화를 부담 없이 보내기도 했다. 불혹에 가까운 문학소녀 같은 명문가 딸

---

* 온라인과 SNS를 중심으로 활동하는 인플루언서를 뜻하는 말.

은 남편이 있었다. 미혼일 때 창업한 패션 사업은 남편에게 맡기고, 타이중에 나와 따로 살고 있었다. 무미건조한 생활 속에서 몰래 바람피우는 것이 유일한 활력소였다. 호텔이 어떤지 중요하지 않았고, 방을 잡기 전후로 어디서 뭘 먹을지가 훨씬 중요했다.

이 둘은 각자 나름대로 바빴다. 또 둘 다 반쯤 공인이어서 관계를 드러내지 말자는 묵계도 성립했고, 집착도 하지 않았으며, 소통도 잘 되었다. 특히 좋은 점은 여성끼리 관계라 임신이나 성병을 걱정할 필요가 없다는 것이다. 이보다 더 좋을 순 없다. 샤오펑은 늘 동시에 두 사람에게 문자를 보냈고, 먼저 답장 오는 사람과 만났다. 약속도 책임도 없었다. 자오시에서 타이중으로 돌아온 뒤, 헬스 트레이너가 먼저 두 번 연락해 왔다. 샤오펑은 읽기만 하고 응답하지 않았다. 상대방은 통곡하는 이모티콘을 연달아 보내왔다.

모카 포트를 가스레인지에 올렸다. 먼저 중간 불로 끓이면 물이 끓으면서 커피가 추출된다. 다시 불을 낮추고 거품이 올라올 때까지 끓인다.

진한 커피 향이 주방 가득 퍼졌다. 작은 잔에 가득 찼다.

샤오펑은 커피를 후후 불어 마시면서 그제야 핸드폰을 본다.

문학소녀인 명문가 딸.

"역병이 극성이니, 당분간 한입 거리 쾌락은 추구하지 않음."

헬스 트레이너.

"4. 학생이 있어 수업 가야 함. 6. 데리러 갈 수 있을 듯."

두 사람이 차례로 문자를 보내왔다. 문청다운 말투와 오타투성이인 문자 모두 샤오펑을 웃게 했다.

'저녁 여섯 시. 만날까? 말까?' 샤오펑은 생각에 잠겼다. 즈이는 마감 원고 때문에 며칠째 밤을 새우고 있다. 먹기에 편한 계육활단반(雞肉滑蛋飯)*과 유채 나물을 준비할까? 둘 다 만들고 바로 먹어야 맛있는데…….

그때 멀리서 발소리가 희미하게 들여왔다. 머릿속에서 생각하던 그 사람이 식당으로 들어왔다. 오자마자 샤오펑이 마시다 남은 커피를 한입에 털어 넣었다. 그녀는 머리를 샤오펑 어깨에 툭 내려놓았다.

"드디어, 마감했어."

첼로 같은 즈이의 목소리가, 활을 긋는 것처럼 샤오펑 마음을 스치고 지나갔다.

샤오펑은 잠시 숨을 멈췄다가, 다시 천천히 내쉬었다. 가슴을 만지고 싶은 충동을 누르고, 손을 뻗어 즈이의 머리를 가볍게 쓰다듬었다.

"커피 한 잔 더 줄까? 해열 패치도 붙일래?"

"둘 다. 달달한 게 먹고 싶어."

"밖으로 나갈까? 딸기 철이 끝나가는데, 수플레 팬케이크랑 딸

---

* 닭고기가 들어간 돈부리식 계란덮밥.

기에다 생크림이랑 메이플 시럽 잔뜩 뿌려서 어때? 와플 가게 새로 발견했어. 좀 멀어. 걸어서 20분 정도."

"좋아. 한동안 걷지도 못했어."

즈이는 자세를 바꾸더니. 이번엔 턱을 샤오펑 어깨에 걸쳤다.

핸드폰이 켜졌다. 화면에 불이 들어오면서 메시지 하나가 도착했다. '학생한테 휴강한다고 하고 너 데리러 가는 중. 하고 먹을까, 아님 먹고 할까?'

샤오펑은 짧게 문자를 보냈다. '미안합니다.'

곧장 우는 이모티콘 몇 개가 왔다.

핸드폰을 꺼버렸다.

"약속 있었어?" 즈이가 물었다.

"이젠 없어!" 샤오펑이 대답했다.

이 말에 즈이는 샤오펑에게 좀 더 편하게 기댔다.

"그녀들 사이에서 넌 악당 역할이야?" 즈이가 물었다.

"맞다. 난 대악당이야." 샤오펑이 말했다.

즈이는 웃기 시작했다. 가벼운 웃음이, 샤오펑의 쇄골에서 가슴 깊이 진동처럼 퍼져나갔다.

샤오펑은 쿵쾅거리는 심장을 못 뛰게 막고 싶었다.

하악! 대악당에게도 천적은 있는가 보다.

✳

모처럼 둘이 어깨를 나란히 걸었으나, 그리 멀리 가지 못했다. 쓰웨이가 1번지에서 16번지까지 걸었을 정도다.

노포 카페의 원목 문은 쇼와 시대 느낌이 났고, 인도로 나 있는 큰 창문은 깨끗하고 투명했다. 샤오펑은 이 가게에서도 딸기 팬케이크를 팔았던 생각이 났다. 즈이를 슬쩍 쳐다보니, 즈이는 입꼬리를 살짝 올리며 괜찮다는 표정을 지었다. 가게 안으로 들어가니, 큰 유리창 아래만 마침 비어 있었다. 테이블 중앙에 나무 받침에 꽃무늬 유리 갓을 쓴 스탠드가 은은히 불을 밝히고 있었다. 오래된 카페에만 있는 독특한 직각 의자와 스탠드가 잘 어울렸다. 의자와 스탠드 덕분에 작은 방에 있는 듯한 분위기가 났다.

점심으로, 딸기 팬케이크와 사이폰(syphon) 방식으로 내린 블루마운틴 한 잔, 플로팅 아이스커피를 주문했다. 커피가 먼저 나왔다. 블랙커피는 무표정한 즈이 앞으로, 아이스크림을 얹은 커피는 샤오펑 앞으로 내려놓았다. 직원이 돌아가자, 샤오펑과 즈이는 자연스럽게 잔을 맞바꿨다. 샤오펑은 즈이의 표정을 조심스럽게 살폈다. 즈이는 먹는 것에 특별한 관심을 두는 편이 아니었고, 한 번에 한 가지에만 집중하는 사람이었다. 지금은 핸드폰도 책도 보지 않으므로, 먹는 것에 집중하고 즐기는 것 같았다.

즈이는 아이스크림과 생크림을 한 입 떠먹었는데, 그 순간 눈꼬리가 내려갔고, 부담을 내려놓은 듯 표정이 편안해졌다. 눈에서 총총 빛이 났다. 혹한에 견디고 봄비를 맞고 살아나는 만물처럼, 반고*가 하늘을 처음 열었던 것처럼, 즈이의 맑은 눈은 해 같기도 달 같기도 했다.

샤오펑은 그런 표정에 완전히 빠져버렸다. 즈이에게 밥을 해준 이유를 하나만 꼽으라면, '이 순간과 같은 표정을 보려고 그랬던 것'이라고 말할 것이다.

즈이가 갑자기 웃으면서 말했다.

"우리가 처음 커피 마셨던 곳도 여기지?"

"그래."

당시 자신이 뭘 주문했는지 샤오펑은 기억이 나지 않지만, 즈이 앞에 놓여 있던 휘핑크림이 잔뜩 올라간 비엔나커피는 또렷이 떠올랐다. 이 비엔나커피보다 더 보기 어려운 아이스크림 바나나 보트도 생각이 났다. '저렇게 단 걸 좋아하면서 어쩜 이토록 날씬할까.' 당시 샤오펑은 내심 놀라면서도, 맞은편 낯선 하우스메이트를 몇 번이고 훔쳐보았다. 살이 붙지 않은 뺨과 또렷한 턱선, 섬세한 목선과 이어진 그림처럼 곧은 쇄골선.

즈이도 같은 추억에 잠긴 것 같았다. 고개를 옆으로 약간 기울이며 말했다.

"그때, 넌 코스타리카 게이샤 커피 마셨지."

"그런 세세한 것까지. 인상이 깊었나 보지?"

---

* 盤古: 중국 신화에 등장하는 창조신.

"그때 처음 그 커피를 알았지, 나중에 소설에도 써먹었어."

어떤 바람에도 흔들리지 않을 사람. 샤오펑은 이미 습관이 되었다. 그저 웃으면서 한마디만 했다. '내가 영광이지!'

샤오펑이 이렇게 천천히 변화구를 던지면 감정이 풍부한 사람이라면 중심을 정확히 맞혔을 테지만, 즈이에게는 소용이 없었다. 본래 휘두를 생각조차 없는 것 같았다.

샤오펑은 지금 즈이를 중심으로 살아가고 있다. 즈이의 세세한 부분까지 챙겼다.

중문과 연구생 2학년 2학기, 7학점을 들어야 하고, 일주일 수업은 세 번, 학기 말에는 소논문 3편을 제출해야 한다. 지도 교수는 여름방학이 끝날 때까지 석사 논문 개요를 제출하라고 못 박았다. 학교 수업 이외에도 써야 할 글이 많았다. 인터넷에 연재 중인 장편소설은 2주일에 한 챕터를 올려야 했고, 창작 기금을 받은 단편소설도 연말까지 1편 제출해야 한다. 막 마감을 끝낸 원고는 월간 잡지에서 임시방편으로 급히 부탁한 서평이었다.

마감이 닥치면, 즈이는 문자 그대로 글 쓰는 기계가 되었다. 마감을 치고 나면, 즈이는 봄날 꽃망울 터뜨린 곧은 꽃나무 같았다. 편안하고 조용한 시간을 가졌다. 그녀는 혼자 종일 걸을 수도, 책을 읽을 수도, 남의 이야기를 들을 수도 있는 사람이었다. 즈이는 결코 내성적이지 않았지만, 혼자서도 시간을 잘 보냈다. 핸드폰은 자주 배터리가 나가 있었고, 각종 메신저도 바로 확인하지 않았다. 인터넷을 이삼일 동안 연결하지 않고도 사용했다.

　인터넷 시대 이전에, 전화도 문자도 받지 않으려는 작가가 있었다는 전설 같은 이야기는 간혹 들었다. 하지만 현실 세계에서 인터넷이 끊겨도 아무렇지 않게 사는 동갑내기 인류를 만날 줄은 꿈에도 몰랐다. 즈이는 샤오펑이 여태 한 번도 만난 적이 없는 그런 사람이었다.

　부유한 대가족 틈에서 샤오펑은 다양한 사람을 보며 성장했다. 중학교 때부터 샤오펑은 이미 타인의 말 속에 숨은 뜻을 능숙하게 파악했다. 말은 본래 믿을 수 없는 것이었고, 눈빛이 더 많은 것을 드러냈다. 사람을 판단하려면 반드시 눈을 봐야 한다는 것을 샤오펑은 일찍 깨달았다. 어릴 때 그저 선의와 악의만 읽었지만, 이후 차츰 두 눈에서 아첨, 편애, 선망, 질투, 혐오, 연모 혹은 욕망까지, 이 모두를 샤오펑은 쉽게 꿰뚫어 보았다.

　고등학교 시절, 샤오펑은 한때 의문을 가졌었다. '또래 남학생과 여학생이 어쩜 저렇게 부끄럼도 없이 동물적 본능을 드러내는 걸까? 아직 사회화가 덜 된 것일까?' 대학생이 되자, 샤오펑은 담담하게 받아들였다. 사귀었던 사람 중에 사회인도 있었지만, 그들도 눈빛에서 행동의 의도를 숨기지 못했다. 그런 사람이 훨씬 더 많았다.

　잘생긴 선배도 샤오펑의 눈길이 닿자 긴장해서 말이 두 배나 빨라졌고, 눈에서 격렬한 불꽃이 타올랐다. 경험이 많은 청년도 샤오펑이 외면하자, 잠시 뜨거웠던 그의 눈길도 곧 사그라들었다. 샤오펑의 시선이 1초 혹은 0.1초 머무는 시간에 따라, 그들의 불꽃은 더 타오르거나 아니면 이내 사그라졌다. 그녀의 시선이 그들의 비상과 추락을 결정했다. 상대의 희열과 낙담을 자기가 주도한다는 생각에 샤오펑은 말 못 할 전율을 느끼곤 했다.

하지만 즈이의 눈은 고산 호수처럼 맑았다.

"너를 처음 알았을 때, 선녀 같다고 생각했어." 샤오펑이 말했다.

"그랬구나."

즈이는 약간 부끄러운 듯, 오묘한 미소를 띠었다. 바로 말을 이었다.

"너의 첫인상은 정말 공주 같구나…… 싶었어."

샤오펑도 살짝 웃었다.

"그런 일도 있었구나."

석사 입학한 해의 9월, 벌써 1년 반 전의 일이었다.

입주 전 8월 말, 석사 졸업생 두 명이 쓰웨이가 1번지를 나가게 되었다. 샤오펑이 방을 보러 왔을 때, 마침 202호 입주자와 마주쳤다. 입담이 좋은 그녀는 '서쪽이 제일 살기 좋다. 동쪽은 식당이 있으니 피해라. 1층이 2층보다 좋다. 2층 북쪽에 응접실에서 TV를 보는데 방음이 잘 안 되어 매우 시끄럽다.'라고 충고해 주었다.

샤오펑은 1층과 2층을 세 바퀴 돌면서 자세히 살펴보았다. 결국 1층 서쪽 끝에 있는 방 두 칸 중에서 102호를 선택했다. 생각지도 못했지만, 202호 옛 주인은 방 보러 오는 사람마다 같은 정보를 주었다. 이번 학기에는 입주가 두 명밖에 없었는데, 나란히 살게 되었다. 이삿짐을 쓰웨이가 1번지에 옮기고서야, 그때 101호에 이미 다른 입주자가 살고 있다는 것을 발견하게 되었다. 당장 방을 옮길까도 생각했지만, 그러면 속셈이 너무 눈에 띄어 관계가 깨질 것 같아서 그만두었다.

  방은 고작 4평 반. 샤오펑은 짐을 많이 꾸릴 수 없어서, 옷 두 상자, 책과 잡동사니 각각 두 상자만 챙겼다. 문제는 1인용 큰 침대였다. 일본식 건물은 천장을 낮게 설계하므로, 매트리스를 세운 채 넣을 수 없었다. 이 사실을 미처 몰랐던 인부는 매트리스를 문틀에 세게 부딪히고 말았다.

  소리가 너무 컸는지, 어떤 사람이 101호 문을 열고 나오다 샤오펑과 눈이 마주쳤다.

  안경 아래 눈동자는 유리알 같기도 흑옥 같기도 했다, 시선은 고요했지만 따뜻했다. 얼굴에는 아무런 표정이 없다.

  마치 선녀 같았다.

  샤오펑이 즈이를 처음 만났을 때 인상이 이랬다. 만약 이 세상에 전혀 꾸미지 않는 선녀가 있다면, 이 사람일 것이다. 부드러운 단발은 제멋대로 헝클어져 있었고, 아마 재질의 배기팬츠는 주름투성이었으며, 순면 티셔츠는 접힌 흔적이 선명했다. 하지만 안경만큼은 때 묻은 자국 하나 없이 깨끗했다. 마찬가지로 눈동자에도 세

속의 먼지나 티끌이 하나도 보이지 않았다.

그렇다 하더라도, 이 자리는 한 눈에 불꽃 튀는 로맨스의 현장도, 순정 만화에서 꽃이 만개하는 특별한 순간도 아니었다. 새로 이사 온 사람들끼리 가볍게 인사하면서 끝났다. '시끄럽게 해서 죄송합니다.' '아닙니다.' '저는 루샤오펑이라고 합니다.' '저는 궈즈이입니다.' 끝, That's all. 이후 공용 공간에서 더러 마주치기는 했지만, 웃으면서 가볍게 인사만 했다.

남자 친구가 샤오펑을 놀래주려고 왔다는 그날 밤까지는 쭉 그랬다.

데이트 상대가 집 근처 한 블록까지만 바래다주는 것을 허락했었다. 샤오펑은 대문 앞에서 꽃을 든 남자를 보고서 기분이 나빠졌다. 인적이 드문 골목으로 데려가 심각하게 말했다. "이러는 것, 나 안 좋아해!" 남자는 장난이라고 생각했는지, 샤오펑을 벽으로 밀어붙이고, 팔을 뻗어 벽과 자기 사이에 샤오펑을 가두었다. 웃으면서 말했다. "갑자기 못되게 굴어. 이건 역할극이야!" 샤오펑은 팔꿈치 밑으로 빠져나오려고 했지만, 그 남자는 꽃과 함께 샤오펑을 벽으로 더 몰고 갔다.

"이러지 마!"

샤오펑은 한 글자 한 글자 또박또박 힘주어 말했다.

남자는 더 크게 웃으며 말했다.

"난 네가 구해달라고 말하는 걸 듣고 싶어."

샤오펑은 가방에서 치한 경보기를 더듬거리고 찾아 막 울리려는 순간, 옆의 창문이 갑자기 열렸다.

"그녀가 이미 싫다고 했잖아!"

맑고 투명한 목소리가 어두운 골목으로 울려 나갔다.

샤오펑이 고개를 돌려보니, 전등을 등져 얼굴 윤곽은 불명하지 않았지만, 가로등 불빛을 받은 두 눈동자만 빛을 반사하는 물처럼 밝게 빛나고 있었다. 달빛을 받은 고산의 호수처럼 맑고 투명했다. 그 눈에는 판단도, 선악도 없었다. 안경 너머 그 눈은 얼음처럼 맑고 차가웠다. 곧바로 샤오펑의 마음속 깊은 곳까지 파고들었다. 쓰웨이가 1번지의 마법이 생기는 순간이다.

그날 이후, 샤오펑과 즈이는 비로소 진정한 대화를 나누기 시작했다.

입주자끼리 나누는 흔한 대화가 몇 번 지나갔고, 샤오펑이 감사의 뜻으로 커피를 사겠다고 했다. 같은 거리 46호, 오늘 온 카페에서 즈이는 아이스크림 바나나 보트와 비엔나커피를, 샤오펑은 컬럼비아 게이샤 커피를 주문했었다. 오늘과 같은 창가, 높은 등받이 의자에 다정하게 앉았었다. 오후의 햇빛은 베란다에 막혀 차단되었고, 전등이 탁자 위로 금빛 빛을 내리고 있었다. 그때 즈이는 잦은 외박에 관해서 물었고, 샤오펑은 귀신이 무서워서 그랬다고 대답했다.

"외박 비용이면 원룸 하나 얻어 나갈 수 있을 텐데. 차라리 이사 하지 그래?"

즈이가 의문을 제기했다.

"우리 집이…… 좀 복잡해!"

낯선 하우스메이트를 마주한 자리에서, 샤오펑은 자기도 모르는 사이에 속마음을 터놓고 있었다.

샤오펑의 집안은 관먀오(關廟)에서 백 년 넘게 대대로 살았다. 일본 강점기에 타이난에서 원단 사업을 해 큰돈을 벌었고, 그 이후 5대까지 이어졌다. 아버지에게 형제가 두 분 있었는데 모두 일찍 돌아가셨고, 아버지도 장수하지는 못했다. 샤오펑은 유복자였다. 루씨 집안의 방대한 사업은 먼 친척이나 인척이 맡았는데, 샤오펑이 태어나고부터는 어머니가 아버지를 대신해 직접 경영했다. 딸을 대신해 가문을 지킨 것이다.

'小鳳'이라는 이름에 가족의 염원이 담겨 있다. 처음엔 '盧鳳'이라고 지으려 했는데, 단명할까 봐 '盧小鳳'으로 개명했다. 돌잡이로 주판을 잡자, 다롱바오(大龍炮) 화약 아홉 꿰미를 터트렸다. 집안에서 골목까지 잔칫상을 스무 개 넘게 차려, 마을 사람을 초대했다. 초등학교 고학년이 되자, 이모할머니와 외삼촌이 다른 집안에서 사윗감을 물색하고 있다는 소문이 들려왔다. 중학교 때는 외할아버지 사무실에서 자기 장래를 설계하는 소리를 들었다. 그녀의 운명은 직선이었다. 가업을 잇는 왕좌가 그녀를 기다리고 있었다.

관먀오에서 타이난까지 인맥이 촘촘히 얽혀 있어, 마을 사람들 모두 루씨 가문의 장손녀를 주시하는 것 같았다. 샤오펑은 질식할 것 같았지만 도망칠 곳이 없었다.

샤오펑을 끌어준 사람은 이종사촌 언니였다. 언니는 샤오펑보다 한 띠 연상으로, 같은 항렬에서 샤오펑이 유일하게 마음을 터놓는 사람이었다. 샤오펑은 학부 4년을 외국에서 보내고 싶었지만, 가업은 전통 산업인데 굳이 외국 학위가 필요하냐며 가족이 반대했다. 멀어져 봐야 기껏 타이베이까지만 허락했다. 이종사촌 언니가 조율해 준 덕분에 교환학생으로 1년 나갈 수 있어서, 그나마 샤오펑은 숨을 돌릴 수 있었다.

학부 졸업을 앞두고, 언니의 도움을 받아 샤오펑은 대학원에 진학할 수 있었다. 집안 사업은 이미 안정기에 접어들었고, 2, 3년 더 기다려도 되지만, 문제는 샤오펑이 놀기만 좋아하는 것이었다. 가족회의에서 언니는 이렇게 설득했다. '샤오펑은 진정한 친구를 사귀어본 적이 없다. 기숙사로 보내자. 사람들과 어울리는 경험을 하면 나중에 도움이 될 것이다.' 그래서 샤오펑은 쓰웨이가 1번지로 입주했고, 아무리 무서워도 이사 나갈 수 없었다.

샤오펑이 말을 마쳤는데, 즈이의 두 눈은 여전히 맑고 투명했다.

한국 드라마, 타이완 8시 연속극, 재벌 소설에 등장하는 진부한 출생 비밀을 듣고서도 말이다.

"너 내 말 믿어?"

즈이는 고개를 끄덕이며 말했다.

"내 팔자 무게는 6냥 1돈이야!"

샤오펑은 이해하지 못했다.

"팔자는 최대 무게가 7냥 1돈인데, 나는 팔자가 좀 무거워. 겁나면 옆방에 내가 산다고 생각해. 액운을 막을 수 있어."

담담하고 직설적인 말투, 농담기는 전혀 없었다.

그제야 샤오펑은 진심으로 웃을 수 있었다.

즈이도 따라 웃었다. 찌푸린 눈도 풀렸으며 표정이 부드러워졌다.

아이스크림 바나나 보트를 바닥까지 싹 긁어먹은 날, 그들은 친구가 되었다.

계절이 몇 번 바뀌고, 딸기 팬케이크가 탁자 위로 올라왔다.

생크림과 딸기 범벅인 팬케이크, 가운데에 딸기 아이스크림. 샤오펑은 생크림과 딸기를 한 스푼 떠서 즈이 입 앞에 가져다주었고, 즈이는 자연스럽게 받아먹었다. 즈이도 샤오펑을 따라했다.

입안에서 살살 녹는 생크림, 신맛과 단맛이 어우러진 딸기, 씹을수록 옛 맛이 되살아났다.

＊

샤오펑은 숙소로 돌아왔을 때, 옛날 일이 반복될 줄은 생각도 하지 못했다.

쓰웨이가 1번지 대문 앞에 누군가가 그녀를 기다리고 있었다.

익숙한 얼굴이다. 눈이 마주치자, 그 사람은 샤오펑 쪽으로 곧장 걸어왔다. 키가 크고 체격이 좋았던 그 사람은 두세 걸음 만에 샤오펑 앞까지 왔다. 샤오펑 옆에 다른 사람이 있다는 것을 알고 바로 멈췄다. 즈이가 이 자리에 있어 체면을 생각했던지, 샤오펑을 한참 바라보았다. 그리고 즈이를 위아래로 훑어보더니, 건조한 목소리로 말했다.

"네 룸메이트야?"

샤오펑이 고개를 끄덕였다.

그 사람이 돌아서 가려고 했고, 샤오펑이 한마디 덧붙였다.

"약속했잖아. 이러면 'Straight Red Card(즉시 퇴장)'라고!"

그 사람은 가던 길을 멈추고 돌아섰다. 믿을 수 없다는 표정으로 샤오펑을 쳐다보았다.

하지만 그뿐이었다.

쓰웨이가 1번지 대문을 열고 들어가면, 입구가 또 하나 더 있다. 현관을 들어가서 신발을 벗었다. "혼자 있을래, 아니면 내 방에서 게임 할래?"

즈이가 물었다.

샤오펑은 즈이를 따라 방으로 들어갔다.

방은 난장판이었다. 책상을 중심으로 책은 사방에 널려 있었는데, 침대를 점령한 책도 몇 권 있었다. 침대 구석에 솜이불과 티셔

츠가 말려 있었고, 그 틈 사이로 책등이 삐죽이 나와 있었다. 노트북은 외부 모니터와 키보드가 연결되어 있었고, 그 중간에 잡동사니, 안약, 안경 세정제, 각양각색의 볼펜, 오늘 들고 나가지 않았던 핸드폰 등등이 널부러져 있었다. 책상 위에서 잔과 물병이 놓인 자리만 유일하게 깨끗했다. 뜨거운 것을 마실 때 쓰는 머그잔, 찬 음료를 위한 유리잔, 그리고 보온병과 냉수병이 종류별로 정리되어 있었다. 늘 쓰는 의자에는 옷가지가 걸려 있었고, 다른 의자에 책을 잔뜩 올려 두었다.

마감이 닥치면, 즈이 방은 늘 이 상태였다. 평소에는 샤오펑이 자고 가도 문제가 없었지만, 마감 때는 두 사람이 잘 공간이 나오지 않았다. 즈이가 정신없을 때, 책더미가 접이식 침대를 차지하고 있어, 정작 본인조차 누울 곳이 없을 정도였다.

즈이는 의자에 쌓인 책을 다다미로 내려놓았고, 낮은 서랍장에서 게임 컨트롤러 두 개를 꺼냈다. 게임기를 켜고 외부 설정을 하자, 모니터가 알록달록 색을 내면서 바로 게임 대기 화면으로 넘어갔다.

두 사람은 각각 다른 의자에 앉았다.

롤플레잉 게임 화면이 열렸고, 배경 음악은 경쾌했고 효과음이 딩동딩동 울렸다.

"안 물어봐?" 샤오펑이 말했다.

"어떻게 물어야 할지 모르겠어." 즈이가 대답했다.

"구바오(固炮: 섹스 파트너)야!"

즈이는 '응'이라고 긍정하면서 말을 이어갔다.

"그 헬스 트레이너, 유튜브에 올라온 거랑 똑같던데."

"그녀 영상 봤어?"

"응. 네가 어떤 스타일 좋아하는지 궁금했어."

'내가 좋아하는 스타일이 왜 궁금하지?'

샤오펑은 묻고 싶은 말이 있었지만, 목구멍까지 올라 온 걸 간신히 눌렀다. 예전에도 그랬다. 즈이에게 온천이나 산, 바다에 같이 가자고 묻고 싶었다. 하지만 이는 연인 사이에 할 법한 이야기라, 샤오펑은 그런 마음을 아예 꺼버렸다.

하지만 즈이도 나한테 다른 마음을 품을 수 있지 않을까? 그저 친구가 아니라······.

샤오펑은 일시 정지 버튼을 눌렀다. 고개를 돌려 즈이를 바라보자, 마침 즈이도 샤오펑을 바라보고 있었다. 두 눈동자는 여전히 명경지수 같았고, 어떤 잡념도 보이지 않았다. 욕심도 바람도 없는 선녀, 심장도 폐도 없는 기계. 샤오펑은 답답해서 죽을 것 같았다. 눈시울이 갑자기 뜨거워졌다. 즈이가 가만가만 샤오펑 머리를 쓰다듬었다. 아까 식당에서 샤오펑이 즈이에게 했던 그대로였다.

"그 여자, 그렇게 좋아했어?"

'궈즈이, 넌 완전 돼지 대가리야. 내가 좋아하는 사람은 너란 말이야!'

샤오펑은 다른 사람에 써먹던 수법을 즈이에게 적용해보았다.

다른 사람을 다루는 건 쉬웠다. 문학소녀이자 명문가 딸과 카페에 나란히 앉아 검은 뿔테 안경을 벗길 때, 헬스 트레이너와 같이 손잡고 걸을 때, 샤오펑은 자기 행동에 대해 아무렇게나 핑계를 지으면 되었다. '내 친구 중에 당신 같이 글 쓰는 사람이 있어.' '내 룸메이트는 소설가야. 헬스 트레이너 손가락이 이렇게 예쁠 수 있어.' 그들은 샤오펑이 던진 느린 공을 즉각 받아쳤다. 키스하거나 껴안았다.

하지만 즈이는 방망이를 휘두르지 않는다.

1년 전 노포 카페에서, 샤오펑이 손가락으로 즈이 입가에 묻은 비엔나커피의 생크림을 닦아 준 적이 있다. 당시 즈이는 아무 반응이 없었다. 다음에 즈이가 샤오펑 입술에 남은 립글로스를 닦아 주었다. 즈이가 무딘 탓에 며칠이 지나서야 화답한다고 샤오펑은 생각했다. 알고 보니, 샤오펑이 돼지고기 덮밥(燉肉飯)을 먹다가 기름이 묻은 줄 알고 즈이는 립글로스를 닦았던 것이다.

즈이는 방망이를 휘두르지는 않았지만, '주고받는' 예는 꼭 지켰다. 밤샘 작업한 즈이 어깨를 샤오펑이 주물러 주면, 며칠 후 즈이는 답례로 샤오펑의 발을 안마해 주었다. 환절기에 낡은 목조 건물이 삐걱거리자, 즈이는 샤오펑을 자기 방에 재웠다. 환절기가 지나고 마감 때 즈이는 자기 방에 잠자리를 펼 공간이 없자, 아무렇지 않게 샤오펑 방에서 잤다.

샤오펑만 가끔 혼란에 빠지는 것 같았다. 영화를 볼 때 샤오펑이 머리를 즈이 어깨에 놓으면, 즈이도 자연스럽게 기댄다. 이 역시 '주고받는' 예에 지나지 않을까? 평소 샤오펑은 사람을 보는 데 자신이 있었다. 하지만 아무리 보아도 즈이가 자신에게 하우스메이트 이상의 감정을 가진 것 같지 않았다.

둘은 사회관계망에서 친구를 맺었다. 샤오펑은 이미지 중심인 인스타그램을 주로 썼고, 즈이는 서브컬쳐 커뮤니티가 모이는 푸랑(噗浪)을 애용했다. 사용자가 많은 페이스북은 둘 다 사용했다. 샤오펑은 최근 5년간 올라온 즈이 사진을 모조리 살폈으나, 사적 정보를 하나도 찾을 수 없었다. 하지만 최근 발의된 '동성 결혼 합법화'에 관한 신문 기사를 태그한 것이 유독 눈에 띄었다.

식탁에서 샤오펑은 무심한 듯 물었다.

"매일 그렇게 바쁜데, 사귀는 사람은 있어?"

즈이는 생각을 거듭하는 것 같았다.

"연애한다고 해야 하나! 그런 셈이지."

"그 말은, 오픈 관계란 뜻이야?"

즈이는 고개를 가로저었다.

"나, BL 소설 쓰잖아. 대부분 삼인칭 작가 시점으로 쓰거든. 주인공 애인이 곧 내 애인이라고 할까!"

샤오펑은 어이가 없어서, 오히려 웃음이 터져 나왔다. "그럼, 소설 한 권이 끝날 때마다, 주인공이 전 남친이 되는 거네?"

"엄밀하게 말하면, 주인공 둘 다 전 남친이 되지. 미리 짜둔 등장인물대로. 두 권만 더 완성하면 열두 별자리를 모두 채울 수 있어."

즈이는 진지하게 말했지만, 빵 터진 샤오펑은 배꼽이 빠지도록 웃었다.

"그럼, 너는?"

이 역시 의례적 질문일까? 샤오펑은 한 박자 쉬었다 입을 열었다.

"나는 '구바오(固炮)'들이 있어."

"구바오가 뭐야?"

"'구딩바오유(固定炮友)'를 줄인 말이야. 백화로 말하자면 '고정적 반려(固定性伴侶)'라고 할까!"

"상대가 복수라는 건. 섹스와 감정을 분리할 수 있다는 말이네." 즈이는 말을 마치고, 마치 예를 표하는 듯 고개를 숙이면서 말을 이어갔다. "잘 배웠어." 그리고 무미건조한 말투로 결론지었다.

"여성의 정욕에 대한 내 고정관념에서 벗어난 이야기이야. 세상은 역시 넓군."

샤오펑은 마음이 놓였다. 그제야, 즈이 대답을 기다리면서 숨을 참고 있었던 것을 깨닫게 되었다.

즈이는 다른 사람보다 대하기 훨씬 어려웠다. 샤오펑은 여태 다른 사람에게 마음을 준 적이 없었기 때문이다. 샤오펑은 애인의 웃는 얼굴도 우는 얼굴도 좋아했다. 애인이 자신에게 빠져 이성을 잃는 것도, 자신 때문에 무너지는 것도 좋아했다. 자신의 눈빛만으로도 상대가 비상하거나 추락하는 것을 즐겼다. 그런 순간에 온몸이 전율했고, 전율은 쾌감으로 이어졌다. 샤오펑이 바라는 건, 애정도 육욕도 아니었다. 그녀가 진정으로 원했던 것은 운명을 통제할 수 있는 가능성이었다.

석사 과정 첫봄, 청명절* 연휴 끝자락에 샤오펑은 막차를 타고 타이중으로 돌아왔다. 한밤중에, 문을 꽉 닫지 않은 101호 즈이 방을 지나면서 힐끗 들여다보았다. 마감 직전이라 책이 온방에 흩어져 있었다. 바로 102호 자기 방에 도착했는데, 의외로 침대 이불이 봉긋 솟아 있었다.

즈이가 자고 있었다. 잠버릇이 고약하다. 더위와 추위가 오락가락하는 계절이다. 한쪽 허벅지가 이불 밖으로 삐져나와 있었고, 헐렁한 반바지는 허벅지 위로 말려 있었다. 좀 더 올라가면, 산등성이 곡선 같은 엉덩이 윤곽이 나타났다. 샤오펑은 어두운 방 침대 위에 한참 앉아 있었다. 먼저 그녀의 다리를 보다가, 나중에 어떤 표정도 없이 편하게 잠든 얼굴을 응시했다. 창밖으로 들어오는 희미한 불빛이 백옥 같은 즈이의 얼굴을 비추었다. 눈동자는 수묵화처럼 검고 또렷했다.

샤오펑은 생각했다.

'내가 잠든 이 얼굴을 이렇게 자세히 본 적이 있던가?'

---

* 조상의 묘를 돌보는 명절로, 타이완 정부는 4월 5일을 민족성묘절로 지정했다.

그날 밤, 샤오펑은 즈이가 확실히 다른 사람이란 걸 깨닫게 되었다. 다른 사람의 이야기 속에서 샤오펑은 늘 악역이었지만, 이제 즈이가 자신의 이야기에서 천적이 되었다.

✳

1년 전, 청명절 연휴가 끝나가던 어느 깊은 밤, 즈이는 막 일어났다. 샤오펑을 보자마자 첫마디가 '나, 배고파'였다. 웃을 수도 울 수도 없었던 샤오펑은 '밥 안 먹었어?'라고 물었다. 연휴가 끝나자마자 원고를 보내려고, 며칠째 토스트만 먹으면서 소설을 썼다고 즈이가 대답했다.

둘은 같이 주방으로 향했다. 샤오펑은 햇볕에 말린 건면과 소고기 통조림을 꺼냈고, 계란 세 개를 깨뜨리고 파도 송송 썰었다. 그렇게 뚝딱 우육면 한 그릇을 만들어 냈다. 즈이는 후후 불어가면서 맛있게 먹었다. 샤오펑은 턱을 괸 채, 맞은편에서 국수를 먹으면서 만족해하는 얼굴을 바라보면서 말했다.

"앞으로 내가 밥해 줄게."

즈이는 고개를 끄떡이며 '좋아'라고 답하면서, 국수 몇 젓가락을 더 먹고는 다시 물었다. "왜 나한테 이렇게 잘해 주는 거야?"

샤오펑이 웃으면서 말했다. "널 좋아하니까!"

즈이가 말했다. "나도 너 좋아해."

눈동자에 티끌 하나 없다. 즈이가 그저 순수한 우정으로 그렇게 말했을 것이라고 샤오펑은 추측했다.

이렇게 1년이 지났다. 봄에서 또 다른 봄으로, 두 명에서 네 명으로 늘어나, 조용하던 집이 시끌벅적해졌다. 날이 갈수록 샤오펑과 즈이는 몰래 손발을 맞춰 나갔다. 즈이의 눈은 여전히 맑고 투명했다. 1년 전 샤오펑을 떨리게 했던 그 눈, 1년 지나자 샤오펑이 온갖 욕을 퍼붓는 이유가 되었다. 할 수 있는 욕을 다하고 마음이 풀리자, 샤오펑은 현실을 받아들이기로 했다. '진정한 친구'라고 쓰고 '짝사랑하는 관계'라고 생각하자. 이 정도로도 좋다.

귀신을 그렇게 무서워하면서도, 왜 쓰웨이가 1번지에 계속 사는 걸까? 즈이 때문이었다. 즈이가 있다면 귀신도 무섭지 않았다.

청명절 내내 코로나 뉴스가 쏟아졌다. 네 명 중 둘은 아예 고향을 돌아갈 계획도 세우지 않았다. 집주인은 본래 타이중 사람이고, 자자는 '길이 멀수록 위험도 많다'라며 타이농으로 살 생각이 없었다. 즈이 집은 정월대보름 지나고 성묘하는 집안이었다. 나이원은 자이에 가기로 했지만, 감염을 걱정해서 하루 만에 다녀오기로 결정했다. 샤오펑만 관먀오에 오래 머물렀는데, 종묘 제사는 집안의 중요한 한 일이라, 연휴 말미에나 쓰웨이가 1번지로 돌아왔다.

이번에는 심야가 아니라 오후에 숙소에 도착했다.

타이중은 이제 4월인데도 여름 냄새가 물씬 난다. 뜨거운 햇살을 받은 지붕 기와와 목조 외벽은 특유의 냄새를 발산하고 있다. 날씨가 건조해 망고꽃은 향기를 더욱 짙게 뿜어내었다.

샤오펑은 여행 가방을 내려놓고, 소리가 나는 주방으로 곧장 달려갔다. 주인 언니를 빼고 모두 모여 있다.

여덟 명이 앉을 수 있는 식탁에, 즈이, 자자, 나이윈이 평소 습관대로 자기 자리에 앉아 있다. 식탁 위에 작고 낡은 가죽 구두 한 켤레만 놓여 있었다. '무슨 사이비 종교 모임인가?'

샤오펑은 한 명 한 명 자세히 살폈다.

나이윈은 눈빛이 부드럽고 편안해 보였다. 예전에 다른 사람 시선을 무서워했는데, 지금은 많이 편해진 모습이다.

자자의 큰 눈은 여전히 흑백이 분명했다. 눈에서 솔직하고 강한 성격이 드러났다.

즈이. 사람 마음을 찢어 놓는 사람. 아휴!

즈이가 곁의 의자를 뒤로 당기자, 샤오펑은 자연스럽게 앉았다. 샤오펑은 즈이를 꼬집고 싶은 마음을 억지로 참았다.

자자가 손을 들고 발언했다.

"샤오펑 언니, 청명절 룬빙(潤餅)* 먹었어요?"

"당연히 룬빙 먹었지. 왜 이게 화제야?"

"금방 이야기했는데요. 자자네나 즈이 언니네는 룬빙 먹는 관습이 없대요."

---

*　룬빙은 타이완과 푸젠성의 전통 음식으로, 밀전병에 돼지고기와 건두부, 채소, 땅콩가루 등을 넣어 빚는다. 브리토와 월남쌈과 비슷하다.

"즈이네는 성묘 끝나고 아이반(艾粄) 먹지 않아?"

"맞아. 아이반이랑 파반(發粄), 홍단(紅蛋) 먹어. 할머니가 살아 계실 땐, 아이반이나 파반 전부 집에서 만들어 먹었어. 룬빙은 원래 한식(寒食) 문화에서 나온 절기 음식이야. 우리 집은 청명절에 성묘하러 안 가. 그러니 룬빙 먹는 전통도 없지."

"우리 외가에선 성묘할 때 차오쯔궈(草仔粿)랑 홍구이궈(紅龜粿)*를 먹었어. 청명절이더라도 룬빙은 먹은 적이 없어."

자자가 말했다.

"아이반이랑 차오쯔궈는 같은 거 아냐? 파반은 파가오(發糕) 아냐?"

나이윈이 물었다.

"아이반 피(皮)가 아이차오야. 차오쯔궈는 수취차오(鼠麴草)야. 하지만 파반과 파가오는 단지 이름만 달라."

즈이가 답했다.

"이름을 다른 것으로 말하자면, 타이난에 있는 상점들은 대개 룬빙을 청춘쥐안(成春捲)이라고 해." 샤오펑.

"우리 타이둥에선 그냥 춘쥐안이라고 해." 자자.

"자이에서도 춘쥐안이라고 해. 근데 이쪽 타이중에서는 룬빙이라고 하더라고." 나이윈.

---

* 차오쯔궈는 토란 떡, 홍구이궈는 붉은 거북 모양의 찹쌀떡, 파반(파가오)는 증편이다.

"이란(宜蘭)에서는 룬빙도 있고, 춘쥐안도 있어. 하지만 두 개는 달라. 춘쥐안은 튀긴 음식이고, 길거리 포장마차에서 팔아." 즈이.

샤오펑은 핸드폰으로 재빠르게 검색했다. "중부를 경계로 이름이 달라지나 봐. 윈린 이북은 주로 룬빙이라고 하고, 그 이남은 춘쥐안이라고 부르네. 이주민이 많은 지역은 두 이름 다 쓰는 것 같아. 화롄(花蓮) 지역도 두 가지 다 써."

자자가 다시 또 손을 들었다.

"근데, 길거리에서 튀긴 춘쥐안 파는 것 거의 못 보았는데요."

"가오자(糕渣)*랑 보로우(葡肉)도 튀겨서 팔아. 이란을 벗어나서야 밖에선 안 판다는 걸 알았어." 즈이가 말했다.

"저도 자이를 나오고서, 다른 집에서는 룬빙에 면을 안 넣는다는 걸 알았어요."

"자이에서는 룬빙에 면을 넣는다고? 맙소사, 면을 다 넣다니 정말 똑똑한 걸!"

"잠깐, 잠깐!"

샤오펑이 화제를 끊고 들어 왔다.

"룬빙 이야기를 이어가기 전에, 누가 구두 한 짝이 왜 여기에 있는지 설명해 줘!"

분명, 식탁 위에 가죽 구두 한 켤레는 눈에 잘 띄었다. 간단하게

---

* 돼지고기나 닭고기, 새우 등을 으깨어 끓이고 식혀서 단단한 푸딩 모양으로 만들어 튀기는 이란현의 전통 요리.

답할 수 있는 문제 같은데, 아무도 선뜻 나서지 않았다.

"어디서부터 이야기해야 할지······." 나이원이 중얼거렸다.

"사실, 구두와 룬빙이 관련이 있어요." 자자는 생각에 잠기는 것 같았다.

샤오펑은 머리에 안개가 낀 것 같아, 즈이를 바라보았다.

즈이는 늘 그렇듯, 샤오펑을 똑바로 바라보며 담담한 말투로 말했다.

"먼저 결론을 말하면, 쓰웨이가 1번지엔 귀신이 없어."

이 이야기가 샤오펑을 더 혼란하게 만들었다. 룬빙, 가죽 구두, 귀신. 이 세 가지가 어떻게 연결이 되지!

"최근 반년 동안, 나이원은 응접실에서 고서 한 권을 발굴했고, 자자는 205호에서 양철 장난감을 발견했지. 이 둘은 모두 일제 때 물건이야. 근데 우리 둘은 이렇게 오래 살았으면서도, 왜 이런 물건을 발견하지 못했지?"

즈이가 담담하게 말했지만, 샤오펑은 핵심을 놓치지 않았다.

"그래서 이 구두도 그렇단 말이야?"

즈이는 머리를 끄덕였다. "맞아. 이번엔 내가 식당에서 발견했어." 식당에 늘 사람들이 드나드는데, 낡은 가죽 구두가 진짜 있었다면, 지금까지 왜 눈에 띄지 않았을까?"

샤오펑은 재빨리 구두를 확인했다. 작은 사이즈, 진짜 소가죽, 장식 없는 흰색, 가로로 끈에다 금속 버클, 둥근 구두코. 분명히 어린 소녀 구두였다. 그런데 이 낡은 건물에 느닷없이 나타난 것일까? 상상만으로도, 샤오펑은 눈물이 쏟아질 것 같았다.

즈이가 샤오펑 팔꿈치를 부드럽게 감쌌다.

"내가 있잖아. 게다가 진짜 귀신은 없어."

"진짜예요. 귀신이 살더라도 이미 눈이 멀었을걸요."

자자가 둘 사이를 살짝 비틀었다.

"섬, 섬광탄. 지금 도매 중." 나이윈도 거들었다.

즈이는 손을 뻗어 샤오펑의 눈물을 가볍게 닦아냈다.

자자가 탁자를 탁하고 쳤다.

"그럼 제가 말씀드리겠습니다. 즈이 언니가 그러던데, 샤오펑 언니는 집에 갔다 오면 기분이 별로라고. 오늘 저녁은 샤오펑 언니를 위해 준비하자고 제안했죠. 좋은 의견이라 모두 동의했습니다. 『타이완 요리 지침서』에 우리가 안 먹은 요리가 60개가 더 있어요. 찾아가면서 하나씩 만들어 보자고 했지요. 근데, 모두가 나서 아무리 뒤져도 책을 찾을 수가 없는 거예요. 그렇다면 청명절 룬빙을 만들자고 결정하고 같이 재료를 확인하다가, 즈이 언니가 식당 벽장에서 이 구두 한 켤레를 발견한 것입니다."

즈이가 말을 받았다.

"이게 귀신이 있다는 증거는 아니야! 물론 책이나 장난감 구두 모두 보존 상태가 안 좋아. 하지만 청소한 흔적은 있어. 귀신이 물건을 닦아서 보관할 리가 없잖아. 그래서 생각해 보니까, 구두를 식탁 위에 올려 둔 건 집주인이 아무 데나 놓아두었을 가능성이 더 크더라고. 그래서 주인 언니가 오면 물어보려고 한 거야."

"그다음, 우린 룬빙에 대해서 토론하고 있었지요."

나이윈이 결론을 맺었다.

이제야 샤오펑은 가슴을 쓸어내리며 안도의 한숨을 내쉬었다.

"그래도, 꽤 흥미진진한데요."

자자는 말하면서 구두를 손바닥 위로 올려놓았는데, 크기가 자자 손바닥보다 작았다.

"사이즈가 이 정도라면, 이 구두를 신었던 아이는 키가 1미터도 안 될 것 같은데. 제 방 기둥에 키를 잰 흔적이 남아 있어요. 제일 높은 것도 1미터를 넘지 않아요."

샤오펑은 이쯤 슬쩍 귀를 막아야 할 것 같았다.

자자는 개의치 않고 계속 떠들었다.

"BBS에 올라온 쓰웨이가 1번지 귀신 이야기 본 적 있죠? 한밤중에 들리는 구두 발소리, 일본 동요를 부르는 소녀. 퍼즐이 맞춰져!"

샤오펑은 충격을 받았고, 마른 울음을 터뜨리고 즈이 품으로 쓰러졌다.

이런 젠장맞을, 사랑스럽기도 밉기도 한 쓰웨이가 1번지.

4막
귀즈이(郭知衣)

＊

 어딘가 좀 이상했다.
 연재소설을 곧 마감할 것 같아 긴장이 풀린 걸까? 선수 과목을 이수하려면 소논문 세 편을 제출해야 하는데, 이미 틀을 잡았으니 이번 학기도 무난히 넘어갈 거라는 자신감이 붙은 걸까?
 수업 들으러 학교 가는 것, 식사, 샤워 같은 일상을 제외하고, 즈이는 깨어 있는 열몇 시간은 오롯이 책상에 앉아 집중했다. 잠항하듯이, 즈이는 깊고 어두운 해저에서 오직 자신만이 볼 수 있는 길을 묵묵히 걸어갔다. 길면 반나절 잠항했고, 짧아도 두 시간을 그렇게 했다. 생리적 욕구를 해결해야 할 때만 잠항을 중단했다. 먹고, 마시고, 화장실 가고, 다시 잠항으로 돌아왔다. 그러나 최근 잠항이 자주 그것도 쉽게 끊겼다.
 102호에서 나는 헤어드라이어 소리. 샤오펑이 현관으로 걸어가는 소리. 골목에서 공회전하는 차 소리. 담장 밖에 길을 가다 멈추는 사람 소리. 이런 어쩔 수 없는 소음은 이전의 즈이라면 흘려들었다. 하지만 요즘은 작은 돌멩이가 항로 앞에 떨어진 것처럼, 소음이 방해했고, 잠항을 깨고 바다에서 뛰쳐나와야 했다.

단지 잠항이 끊기는 것만이 문제가 아니었다. 즈이는 이전보다 훨씬 자주 공유 캘린더를 확인하게 되었다. 이 캘린더는 일 년 전에 샤오펑이 만들었고, 수업, 미팅, 기말리포트 제출 기일, 소설 마감 날짜 등은 물론이고, 기억해야 할 일상도 각자가 빠짐없이 기록했다.

샤오펑은 공유 캘린더를 기준으로 그날 요리를 결정했다. 즈이가 원고를 끝낸 다음 날은 오후에 마실 차나 점심을 준비하는 데 시간을 들였다. 즈이는 가끔 샤오펑의 외박, 조깅, 야식 시간을 눈여겨보았다. 이 스케줄은 그날 저녁이나 다음 날 점심을 즈이가 스스로가 해결해야 한다는 의미이다. 샤오펑이 데이트한다는 암시였다.

캘린더를 공유했던 초기, 즈이는 몇 번 끼니를 거르고 나서야, 샤오펑의 일정을 잘 확인해야겠다고 생각했다. 이런 상황이 반복되자, 샤오펑은 즈이가 캘린더를 잘 확인하지 않는다는 것을 알아차렸다. 데이트가 있을 때마다, 아예 '밥 잘 챙겨 먹어'라고 미리 환기해 주었다. 샤오펑이 미리 말을 해 주니, 캘린더를 보든 보지 않든 차이가 없자, 즈이는 차츰 캘린더를 챙겨보지 않게 되었다.

그런데 최근 왜 공유 캘린더를 자주 보게 되는 걸까? 즈이 자신도 명확한 이유를 몰랐다. 학기 말인 5월과 6월에도 샤오펑의 일정표는 텅 비어 있다. 즈이는 하루에 몇 번씩 그녀의 일정을 살폈다.

틀림없이, 무언가가 이상하다.

즈이는 생각할 때 손가락으로 머리카락을 꼬는 것이 습관이다. 연일 그러다 보니 어느새 새 둥지가 생겨버렸다. 이유는 여전히 불투명하다. 연재소설도 이제 딱 두 챕터만 남았다. 일단 원고부터 끝내기로 즈이는 결심한다.

그럼에도 불구하고, 즈이의 잠항은 다시 끊겨버렸다. 샤오펑이 현관으로 들어오는 소리가 들렸고, 곧이어 자동차가 떠나는 소음도 들렸다. 컴퓨터 화면에 나타난 시간은 '오후 8시 28분'이다. 공유 캘린더를 열어 보니, 샤오펑이 남긴 기록은 없다. 예전에도 가끔 이런 일이 있었다. 즉흥 데이트는 저녁 먹고 나가 자정 전에는 돌아왔다. 끼니에 지장이 없으므로, 샤오펑도 특별히 알려주지 않았다.

그렇다면 지금은 데이트 나갔다 온 건가? 즈이는 자신에게 물었다. '내가 언제 이런 일에 신경 썼지?'

잠항이 순조롭지 않자, 즈이는 차라리 주방에 가서 카페인을 보충하기로 햇다.

큰 식탁에 집주인만 혼자 술 마시고 있었다. 즈이는 시선을 맞추는 거로 인사를 대신했다. 냉장고에서 콜드브루(冷泡咖啡)를 찾을 수 없자, 주방 찬장을 두세 군데 뒤졌다.

"뭐 찾아?"

"3-in-1 커피 믹스요."

집주인은 술 한 모금 마시다가, '풋' 하고 술기운을 뿜어냈다.

"뭘 잘못 생각하는 거 아냐? 우리 집에 그런 물건이 있을 리 없잖아!"

"전에 사 두었는데, 아직 다 마시지 않았을 텐데?"

"귀신이라도 보았냐. 루샤오펑이 그 뭐야, 한 수십 단계 굵기 조정하는 그라인더를 집에 들여놓고는 3-in-1인지 뭔지, 인스턴트커피는 그림자도 안 보여."

즈이는 찬장을 닫고 돌아서서 주인 언니와 바닥이 보이는 58도 고량주를 찬찬히 살폈다.

"가죽 구두도 찬장에 넣어두는 술꾼 언니! 난 언니 말 정말 믿고 싶어!"

집주인은 입꼬리를 올리며 웃었다.

"그래도 거짓말은 안 하잖아. 잘 생각해 봐. 네가 언제 마지막으로 샀는지. 지금까지 남아 있더라도 유통기한이 지나지 않았겠어?"

즈이는 이 말에 말문이 턱 막혔다. 즈이는 커피 중독인 데다 단것도 좋아한다. 인스턴트커피는 카페인과 당분을 동시에 충족시켜준다. 마감에 쫓기면, 인스턴트커피와 식빵만으로 하루를 버티곤 했다. 쓰웨이가 1번지로 막 이사 왔을 때, 45개들이 두 상자를 샀었다. 벌써 2년이 지났다.집주인은 엇박자로 노래를 불렀다.

"선계 하루는 인간 세상 1년이라!"

즈이는 대꾸할 의욕이 생기질 않았다. 찬장을 몇 개나 열어보고서야, 커피콩, 그라인더, 핸드드립 포터, 여과지와 드리퍼를 겨우 찾았다. 하지만 뜨거운 물이 없어 물을 받아 끓이기 시작했다.

"커피 마실래요?"

한참 지나서 주인 언니가 생각 난 즈이가 물었다.

"커피 끊은 지 일 년 됐어."

"그래요?"

"안 그래도 한소리 할까 했는데. 말 안 해도 먼저 커피 마시겠냐고 묻다니, 엄청 발전했어. 어떻게 하늘에 구멍이라도 났나 했어. 신선이 속세로 내려오게."

"그 말씀, 어느 책에 나와요?"

집주인은 피식 웃었다.

"넌 아직도 출전 따지고 있어?"

즈이는 생각을 거듭하더니 말했다.

"아마도, 연재소설이 곧 끝날 것 같아서 그래요."

"말투를 보면, 별로 즐겁지 않은 거 같은데."

"그런 건 아닌데, 다음 연재를 또 어떻게 할까 고민이라서요."

말하는 사이 물이 끓기 시작했고, 즈이는 바로 몸을 움직였다.

집주인은 옆에 앉아 즈이가 커피를 내리는 모습을 가만히 지켜보았다.

"이미 몇 년이나 연재했잖아. 공백기가 좀 있어도 괜찮아. 충실한 독자는 널 버리지 않아!"

의외라는 듯, 즈이는 집주인을 똑바로 바라보았다.

늘 대충대충 사는 술고래가 갑자기 정신이 맑아진 모양으로 한

마디를 하니, 하늘에 이변이라도 생겼나 싶을 정도였다. 한 번 웃고는 집주인은 손을 휘저었다. 바로 건들건들한 평소 모습대로 돌아왔다.

"신선이 인간 세상에 내려오기 힘들어. 이왕 내려왔으니 인간 세상 풍경이나 실컷 구경해. 지금 봄 햇살이 좋잖아!"

"지금 장마철이에요."

"헉!"

커피가 다 내려오자, 즈이는 설탕 두 스푼을 더 넣고 고개를 젖히며 한 번에 다 마셨다. 뜨거운 커피가 배로 내려가면서 가슴을 압박했다. 가슴에 묵직한 무언가가 맺힌 것 같았다.

알 수 없는 어떤 슬픔이 밀려왔다.

주방을 정리한 뒤, 빈지문이 걸린 복도를 두 바퀴 걸었다. 마지막에는 주인 언니가 시끄럽다며 쫓아냈다.

우산을 들고 산책하러 나갔다. 쓰웨이가에서 우랑(五廊)까지 갔다 돌아왔다. 삼십 분 정도 걸었는데 신발과 양말이 다 젖었다. 감기에 걸리지 않으려고, 작전상 후퇴한 것이다.

막 현관에 들어서다가, 마침 구두를 벗고 있는 샤오펑과 마주쳤다.

즈이는 현관 벽에 걸린 시계를 쳐다보았다. 이제 겨우 10시였다. 한 시간 반 만에 데이트가 끝났다고?

"이 시간에 밖에 나갔었어?" 샤오펑이 놀란 표정으로 물었다.

좋은 질문이다. 즈이는 어떻게 대답해야 할지 몰라, 우산을 접는 척하며 질문을 두세 번 생각했다.

"연재소설을 곧 끝낼 수 있을 것 같아서, 그냥 좀 걸었어."

한참 생각 끝에 즈이는 이렇게 말하면서 바로 화제를 돌렸다.

"넌 어디 갔다 왔어?"

"논문 써야 해서, 도서관 문 닫기 전에 책 두 권 빌리러."

"아!" 샤오펑은 조용히 웃었다.

"원고가 곧 끝난다는 건 기분 좋은 일이지만, 비오는 밤에 산책은 하지 마. 연재 끝나면 같이 축하해."

"내가……, 그렇게 기분이 좋아 보여?"

즈이는 하마터면 현관 시계 밑에 있는 거울로 표정을 확인할 뻔했다. 하지만 굳이 거울이 필요 없었다. 입꼬리가 저절로 올라가는 것을 느낄 수 있었다.

이상하다. 너무 이상하다.

※

즈이가 씻고 방으로 돌아오니. 샤오펑은 101호에서 이미 따뜻한 차를 준비해두었다.

찻잔을 건네받자 바로 마셨다. 쓴맛 끝에 단맛이 감돌았고 온도도 딱 맞았다. 즈이는 몇 번이고 샤오펑의 눈을 바라다보았다. 즈이가 차를 다 마시자, 샤오펑은 자연스럽게 즈이를 의자에 앉히고 수건으로 머리를 닦아 주었다.

"차에 설탕 안 넣었어. 감초와 박하가 들어갔지. 비 맞았다길래 좀 따뜻한 거 마시라고. 요즘처럼 눅눅한 계절에는 감초나 박하처럼 차고 매운 것으로 습기를 가시게 해야 해. 맛없니?"

"좋아. 그냥, 미지근해서?"

"다시 데워줄까?"

즈이는 수건 아래에서 고개를 저으면서 말했다.

"그런 뜻이 아니야. 산책 나가기 전에 커피 내려 마셨거든. 마시면서 뜨겁다는 걸 알았어. 너무 당연한 이야기라 좀 바보 같긴 한데, 네가 준 차와 커피는 온도는 항상 딱 좋아."

"너, 평소 음료 마실 때 온도 안 보잖아. 그래서 좀 식혀서 줘. 어쩐 일이야? 오늘 갑자기 발견했어?"

"글쎄, 나도 모르겠어. 주인 언니가 나더러 속세로 내려온 신선 같대."

샤오펑은 그저 웃었다. 웃음소리는 가락처럼 끝이 살짝 올라갔다.

샤오펑이 덮어 준 수건 아래에서, 즈이는 그녀의 손길이 전보다 더 부드러워진 느낌을 받았다. 안마 같기도, 쓰다듬는 것 같기도 했다. 샤오펑은 손가락으로 분명히 머리를 누르고 있었는데, 움푹 들어가는 부분을 만질 때면 왠지 모르게 머리가 아니라 명치 같다는 생각이 들었다. 정말 이상했다. 즈이가 수건을 걷어냈다. 앞에 샤오펑이 서 있었다.

샤오펑은 평소 그대로였다. 깨끗한 상의, 잘 다려 입은 치마, 붓처럼 꼿꼿한 자세, 웃는 얼굴, 은은한 향기. 정말 아름다운 여인이었다. 그런데 샤오펑을 마치 처음 본 것 같은 느낌을 받은 즈이는 깊은 생각에 빠졌다.

"이야기 좀 할까?"

"무슨 이야기?"

"너, 오늘 좀 이상해. 샤워하기 전에 기분이 좋더니만, 지금 무슨 생각하는지 모르겠어."

샤오펑은 책 무더기에서 틈을 찾아 앉았다.

즈이는 다다미에 그냥 앉았고, 수건을 아무렇게나 내팽개쳤다.

샤오펑은 수건을 집어 반듯하게 접었다.

"소설을 다 써간다고 기분 좋았는데, 막상 글이 안 풀려서 답답한 거야?"

"확실하지 않아. 비슷하긴 해도."

즈이는 최근 몰입할 수 없는 이유를 어떻게 설명해야 할지 몰랐다. 왜 집중하지 못하는지 이야기하려면, 샤오펑의 동정이 자신에게 어떤 영향을 미치는지 설명해야만 했다. 샤오펑의 일상에 관해서 이야기하려면, 데이트 문제도 꺼내야 했다. 마음이 요동치는 것이 모두 샤오펑의 데이트 때문인지 아닌지 분명하지 않았다. 근데, 샤오펑의 데이트와 나랑 무슨 상관인가?

"아무래도 넌 너무 바쁜 것 같아. 연재소설이 이제 두 챕터밖에 안 남았더라도, 기말 논문 세 편도 써야 하잖아. 네 캘린더 보니까, 이번 여름방학 때 새 연재소설 줄거리를 제출해야 하더군. 그러다 과로사할까 걱정이야."

"사람은 그렇게 쉽게 죽질 않아."

"웩! 넌 어떤 때 정말, 정말이지. 으이구!"

격식 없는 말투가 오히려 즈이를 편안하게 했다.

"새 연재소설은 아직 계약 안 했어. 앞으로 한두 달 상황을 지켜봐야 해. 조금 쉴까도 생각 중이야. 다음 학기에 할 일이 진짜 많거든. 문화부 지원받은 것도 11월까지 끝내야 해. 석사 논문도 본격적으로 써야 하고."

즈이는 잠시 망설이다가 참고 있던 이야기를 꺼냈다.

"사실, 난 오늘 네가 데이트하러 간 줄 알았어."

화제가 갑자기 바뀐 탓일까, 당황한 표시가 확 났다.

"나 요즘 거의 데이트 안 해. 한 명은 정리했고, 또 한 명은 코로나 때문에 약속을 안 잡아."

"응. 그냥, 너라면 새 데이트 상대를 만나는 게 그리 어렵지 않을 것 같아서."

즈이는 샤오펑을, 샤오펑은 즈이를 바라보았다. 이 화제로 두 사람은 갑자기 편안해진 것 같았다.

"이런 얘기를 너랑 할 줄 몰랐네." 샤오펑이 말했다.

"나도 그래. 미안해. 네 기분 건드렸다면."

샤오펑은 고개를 흔들며 괜찮다고 하면서도, 아까 접어 둔 수건을 들고 자리에서 일어나려고 했다.

즈이는 바로 화제를 새로 꺼냈다.

"그러고 보니, 귀신이 무서워서 네가 외박한다는 이야기는 들은 것 같은데, 왜 귀신을 무서워하는지 안 물어보았네."

"귀신을 무서워하는 데 이유가 필요해?"

"그렇긴 하지. 그래도 모든 공포에는 어떤 발단이 있어."

이 화제는 매우 좋았다. 샤오펑은 진지한 표정으로 생각에 잠겼고, 그 사이 즈이는 수건을 멀리 던져버렸다.

"계기를 말하자면, 어릴 때 우리 포목점에서 겪은 사건일 거야."

"어릴 때라고 하면 시간의 범위가 너무 넓어!"

"궈즈이."

"네, 귀를 씻고 경청하겠습니다."

샤오펑은 화난 척하면서도 웃었다.

드디어 웃었네. 즈이도 살짝 미소를 지었다.

샤오펑은 손을 뻗어 즈이의 뺨을 만지고 싶지만, 대신 머리카락을 귀 뒤로 넘겨주었다.

"아마 열 살 무렵이었을 거야."

샤오펑 집안에 포목점 창고가 있었는데, 규칙적으로 점검했다. 샤오펑이 초등학교 3학년이 되자, 가족은 그녀를 데리고 다녔다. 어른들은 사업 이야기를 했고, 샤오펑은 또래 친척들과 놀고 있었다. 아이들은 딱히 할 이야기도 없으니, 자연스럽게 숨바꼭질을 하게 되었다. 포목점 재고는 팔레트에 쌓아 두는데, 물건이 너무 많아지면 마치 큰 블록처럼 보인다. 물건을 옮기는 통로는 넓적했지만, 블록과 블록 사이는 어른이 지나갈 수 없을 정도로 좁았다. 아이들은 틈새를 쉽게 뚫고 다닐 수 있으니, 숨바꼭질하기에 딱 맞은 공간이었다.

그날 샤오펑은 술래였다. 백까지 세고 눈을 뜬 순간, 창고의 큰 전등이 꺼지면서 모든 빛이 순식간에 사라졌다. 천은 햇볕을 받으면 안 되므로, 창고는 햇볕을 차단한다. 전등이 꺼지면 창고는 암흑천지로 변한다. 샤오펑은 아이들이 장난치는 줄 알았다. 샤오펑은 집안에서 눈에 띄는 존재여서 또래 사이에서 특히 미움을 받았다.

샤오펑은 울고 싶지 않았다. 칠흑 같은 창고 안에서 기억을 더듬으며 길을 애썼다. 아홉 번째 팔레트에 이르렀을 때, 어둠 속에서 누군가가 작게 웃었다. '히히.'

"그 순간, 심장이 터지는 줄 알았어." 샤오펑이 말했다.

"그 애들, 나중에 안 맞았어?"

"아니. 내가 창고에서 나오니까, 게네들은 식당에서 녹두탕(綠豆湯) 먹고 있더라. 어른들이 왜 샤오펑만 혼자 남겨두었냐고 물었는데, 애들은 나 혼자 창고에서 놀았다고 했어."

"너 혼자 남았다고?"

즈이가 듣고 있다가 문제를 제기했다.

"그럼 창고에서 몰래 웃었던 사람은 누구야?"

"맞아. 그게 제일 무서운 부분이야. 불이 꺼지면 창고는 진짜 어둡거든. 날 놀리려 해도, 굳이 거기에 숨을 필요도 없어. 게다가 웃던 그 애보다 내가 창고를 먼저 빠져나왔거든. 창고에서 식당 가는 길은 하나밖에 없어. 근데, 내가 식당에 도착하니, 다른 애들은 벌써 다 모여 있었어. 그러니까 그때 누가 웃었는지 도무지 알 수 없어."

지난 일을 털어낸 샤오펑은 마음이 풀린 듯 웃으면서 이야기했다.

"네 말이 맞아. 내가 귀신을 무서워하는데 계기가 된 사건이 있었어. 어디서 나는지 알 수 없는 소리, 아무도 없는 어두운 공간은 여전히 무서워. 아마 그때 생긴 트라우마 때문인 것 같아."

유래가 없는 소리에 대한 공포, 사람 그림자조차 보이지 않는 칠흑 같은 공간에 대한 공포.

즈이는 이제야 이해가 되기 시작했다. 만약 샤오펑의 팔자 무게가 여섯 냥 정도라면, 샤오펑과 벽을 사이에 두고 밤낮을 같이 생활해도 그녀의 공포심을 해소해 줄 길이 없었다. 환절기에 늘 이상한 소리가 나는 쓰웨이가 1번지. 그런 밤이면 샤오펑은 101호로 건너오거나, 아니면 데이트 상대를 찾아 외박했다.

"매일 내 방에서 자도 돼." 즈이가 결론을 내렸다.

도리어 샤오펑은 웃었다.

"매일 하우스메이트 방에 자는 사람이 어디 있어."

"확률적으론 그런 사건이 발생할 가능성이 있긴 해."

"보통 사람은 그렇게 하진 않아."

샤오펑은 이쯤에서 대화를 끝내려는 듯, 책을 밀치면서 자리에서 일어났다.

즈이도 따라 일어섰는데, 머릿속에 수많은 빛과 그림자가 지나가는 것 같기도, 텅 빈 것 같기도 했다.

"만약, 내가 보통 사람이 아니라면."

사실, 즈이는 자기가 무슨 말 하는 줄도 몰랐다. 작은 돌멩이가 하나둘 떨어져 잠항을 방해했고, 그때마다 흔들렸던 그녀는 마음의 파편을 겨우겨우 이어 붙였다.

"내가 괜찮다면, 다시는 다른 사람과 외박 안 할 거야?"

말을 마치고 즈이 자신도 깜짝 놀랐다. 이렇게 뜬금없는 말을 경솔하게 내뱉고 말았다.

샤오펑도 확실히 놀랐다. 등을 돌려 떠나려 했는데 온몸이 갑자기 굳는 것 같았다. 즈이가 몸을 약간 틀어 보니, 샤오펑 얼굴이 조금 붉어진 것 같았다. 눈살을 찌푸린 얼굴에서 어떤 무거움이 배어 나왔다. 즈이가 살며시 샤오펑의 팔꿈치를 잡자, 샤오펑은 고개를 돌려 진지한 눈빛으로 즈이를 찬찬히 살폈다.

즈이는 여태 이런 샤오펑 모습을 본 적이 없다. 그 표정에 형언할 수 없는 수많은 감정이 어려 있었다. 당당함, 수줍음, 쓰라림, 달콤함, 화남, 흐뭇함.

한 번에 이 모든 감정이 가능하단 말인가? 자기도 모르게, 즈이 얼굴도 화끈 달아올랐다.

"넌 왜 얼굴이 빨개지는데?"

"나도 몰라. 네 얼굴도 빨개." 즈이는 사실대로 말했다.

샤오펑은 어이가 없어 웃었다.

"네가 한 말이 무슨 의미인지는 알아?"

"그냥. 내 방에서 자도 된다고."

"아냐!"

"아니면 뭔데?"

"네 말은, 다른 사람 대신 바오요(炮友: 섹스파트너)가 되겠다는 것 아냐?"

"응. 맞아!"

"아니! 내 말은, 도대체 왜 그런 제안 하느냐고?"

"전에 네가 연애 대상을 그만 찾겠다고 했잖아."

"다시 연애 상대를 찾는다면 그렇지. 네가 내 여자친구라도 되겠다는 거야?"

즈이는 원래 '그래'라고 답하려 했으나, 샤오펑의 진지한 눈빛을 보자 바로 정답이 아니라는 걸 깨달았다. 한순간 말을 잇지 못했다.

"네가 제안한 게 이런 뜻이냐고 묻잖아, 그래?"

즈이가 대답했다. "응."

"설마, 날 사랑해서 그런 건 아니겠지?"

샤오펑은 또박또박 말했지만, 목소리는 떨렸다.

이 떨림은 즈이에게 고스란히 전달되었다.

이런 걸, 정작 몰랐던가? 즈이는 당황했다.

"나는 당연히 널 사랑하지?"

샤오펑은 잠시 즈이를 흘겨보다가 말을 이었다.

"그건, 내가 원하는 답이 아니야."

✵

그렇다면 네가 원하는 답은 뭐야?

그날 밤늦도록 즈이는 수없이 이렇게 되물었다.

즈이는 101호, 샤오펑은 102호에서 잠을 청했다. 101호에서 즈이는 102호에서 나는 소리를 또렷하게 들었다. 샤오펑이 뒤척이거나 일어나 침대 주위를 서성이는 소리를 들었다. 밤새 귀 기울이다 동이 트고서야 잠들었다.

점심때 식당에서 샤오펑을 만났는데, 그녀는 이미 점심을 차리고 있었다.

파스타, 반찬, 샐러드, 국.

여느 때와 다르지 않은 점심이었다. 같이 먹고, 같이 설거지했다. 함께 주방을 정리하고서, 샤오펑은 커피 한 잔하겠냐고 물었다. 즈이는 좋다고 했다.

즈이는 설탕 세 스푼을 더 넣었다.

샤오펑은 두 잔을 마셨다.

커피를 다 마시고 샤오펑이 어렵게 입을 뗐다.

"우리, 잠시, 거리를 두는 게 어때?"

몇 초간 할 말을 찾지 못하다가, 즈이는 목소리를 가다듬고 겨우 말을 꺼냈다.

"거리를 둔다는 게, 구체적으로 어떤 걸 말해?"

샤오펑은 늘 그랬던 것처럼 웃었다.

"구체적으로 말하자면, 따로 밥 먹고, 따로 자고, 보통 하우스메이트처럼."

"그럼 '잠시'는 정확하게 언제까지를 말하는 거야?"

"그걸 누가 정확히 말해!" 샤오펑은 쓴웃음을 지었다.

즈이는 그저 '응'이라고만 대답했다.

두 사람은 빈 커피잔을 사이에 두고 말없이 바라보고 있다.

"세 가지만 부탁할게."

샤오펑이 먼저 운을 떼더니 손가락을 하나씩 꼽았다.

"연재소설 다시 계약하지 말 것. 대타로 잡지 원고 쓰지 말 것. 맨빵만 먹지 말고 잘 먹을 것. 자, 대답해."

즈이는 고개를 끄덕이며 받아들였다. 하지만 내심 의문투성이였다. 말로 표현할 수 없는 답답함이 가슴을 짓눌렀다. 머릿속에 딱히 떠오르는 말도 없었다.

"즈이!"

"응."

"왜 아무것도 안 물어?"

"네가 그냥 말해."

"네게 손댈 수 있을 것 같아서."

"날 때리겠다는 말이야?"

"맙소사! 하긴 진짜 때리고 싶긴 했어." 샤오펑이 웃었다.

이후, 즈이는 다시 혼자 살아가기 시작했다.

자고, 먹고, 수업 가고, 글을 썼다. 어렵지 않았다. 비가 오지 않는 날, 미닫이문을 열고 마당 건너편 식당에서 혼자 밥을 먹는 샤오펑을 넋 놓고 바라보았다. 저녁에는 일손을 멈추고 샤오펑이 논문 쓰는 소리를 듣기도 했다. 연재소설을 마지막 챕터를 넘기고 나니, 벌써 6월이었다.

아직 장마철이 끝나지 않았다. 즈이는 한참 빗소리를 듣고 있다가 먹을 것을 적극적으로 찾을 생각으로 밖으로 나갔다. 한동안 즈이는 간단히 배만 채울 수 있은 배달 음식만 먹었고, 뜨거운 물만 부으면 바로 마실 수 있는 3-in-1 인스턴트커피만 마셨다. 4개월을 끌어온 연재가 끝났으니 오늘은 제대로 갖춰 먹어야겠다고 생각했다.

해 질 무렵 빗줄기가 잦아들었고, 즈이는 속으로 하나 둘 셋을 대여섯 번 반복해서 세다가 마침내 자리에서 일어났다.

고인 빗물을 피해 문을 나섰다. 쓰웨이가 부근은 전통 시장으로 아침 장사 위주로 했다. 대개 일찍 장사를 마친다. 불 켜진 몇몇 식당 간판을 하나씩 살펴보았다. 갈비탕면(排骨酥麵), 토란쌀국수(芋頭米粉), 굴죽(蚵仔粥), 샤차오징어국(沙茶魷魚羹)이 보였다. 결국 즈이는 편의점에서 커피와 도시락을 사서 집으로 돌아왔다.

식당에서 말소리가 나서 가 보니 자자와 나이윈이 있었다.

식탁 중앙에 맑은국과 각종 반찬이 놓여 있었고, 한 사람이 한 그릇씩 뜨거운 국수를 먹고 있었다.

"즈이 언니, 오랜만이에요. 하마터면 언니 방 앞에서 춤출 뻔했어요!"

자자가 큰소리로 말했다.

"그것 아마노이와토(あまのいわと=天岩戸) 이야기 아냐?"

나이윈이 목소리를 낮춰 속삭였다.

'아마노이와토' 이야기란 일본 신화를 말한다. 아마테라오미카미(天照大神=あまてらすおおみかみ)가 '아마노이와토' 산의 동굴에 숨어버려서, 세상에 빛이 사라졌다. 신들이 모여 아마테라오미카미를 불러낼 묘책을 궁리했다. 결국 어떤 여신이 동굴 앞에서 나체로 춤을 추었다고 한다.

"네 나체 안 보고 싶어!" 즈이가 말했다.

자자가 '깔깔' 웃었다.

도리어 나이윈이 부끄러워했다.

즈이는 젓가락을 챙겨 자리에 앉았다. 도시락에서 잡히는 대로 집어서 입안으로 쑤셔 넣고 씹었다.

"즈이 언니, 뭐 하나 물어봐도 돼요?"

"좋아."

"두 분 싸웠어요?"

즈이는 젓가락을 멈추고, 머리를 들어 나이원과 자자를 번갈아 쳐다보았다. 자자가 실명을 거론하지 않았지만, 굳이 말 안 해도 누구인지 다 알았다.

"싸운 것처럼 보여?"

"냉전!"

"냉전 역시 싸운 것이나 진배없으니."

"잘 모르지만, 낌새가 그래서, 이렇게 말했어요."

말을 마치고 잠시 머뭇거리더니 자자가 다시 말했다.

"헉! 아직도 그래요?" 자자 목소리가 높아졌다.

"그렇다면, 물어봐도 돼요. 왜……요?" 나이원이 나직이 물었다.

즈이가 머리를 저었다.

나이원이 평소보다 더 조그맣게 말했다. "죄송합니다."

"괜찮아. 샤오펑이 잠시 거리를 두고 싶다고 해서. 근데, 난 왜 그런지 몰라."

자자와 나이원은 얼굴을 마주보고 시선을 마주쳤다.

마침내 두 사람은 큰 접시 즈이 쪽으로 밀었다.

"즈이 언니, 괜찮으시다면, 이것 좀 드세요."
"제철 죽순, 가지, 오크라에요. 마요네즈에 찍어 먹으면 완벽해요."
즈이는 눈을 동그랗게 떴다.
"이게, 뭐야?"
자자가 코를 훌쩍거렸다.
"엉엉, 언니 차인 거예요!"
나이원은 황급히 자자 소매를 끌면서 '쉬, 쉬, 쉬'라고 말했다.
"우린 사귄 적 없어. 전에 자자 너에게 말했었잖아. 샤오펑은 내 여친이 아니라고."
"이전은 이전이에요." 자자가 답답해했다.
"지금은 확실히 아니란 말이에요." 나이원도 거들었다.
두 사람이 소리 지르자 즈이는 머리가 아팠다. 간단명료하게 지령을 내렸다. "조용! 그냥 밥 먹어."
두 동생은 동시에 '네'라고 대답했다. 자자는 죽순을, 나이원은 아스파라거스를 즈이 도시락에 넣어주었다. 즈이는 대꾸하지 않고, 묵묵히 도시락을 비웠다.
침묵 속에서 식사가 끝나고, 자자가 갑자기 말문을 열었다.
"근데, 샤오펑 언니는 여전히 언니 좋아해요."
나이원도 덩달아 나섰다.
"저도, 그렇게 생각해요."
즈이는 '샤오펑이 날 좋아하는 것과 거리를 두자는 건 서로 모순이 아닌가'라고 침착하게 말하고 싶었으나, 자기도 모르게 마음이 놓이면서 맥이 풀렸다.

"그런가?" 즈이는 결국 이 말밖에 하지 못했다.

그런가? 즈이 자신부터가 무슨 의미로 말했는지 알지 못했다. 자신을 다스릴 여유가 없었다.

즈이는 어릴 적부터 스도쿠 게임과 낱말 퍼즐을 좋아했다. 좀 더 커서는 십자말풀이에 빠졌다. 단어도 숫자처럼 규칙이 있었다. 종이 한 장이 곧 게임의 세계였다. 아무런 행동 규칙이 없는 또래보다, 게임에서 더 확실한 지적 성취를 얻었다. 인터넷이 일반화된 중학생 때, 즈이는 처음 접한 소설 장르가 BL이었다. BL은 남자와 남자 사이의 연정을 다루며, 대등한 두 주인공이 세상과 대면하면서 진정한 사랑이 승리한다는 내용을 주로 다룬다. 유토피아 색채가 강한 BL 소설은 그녀에게 아름다운 문자로 표현된 세계를 열어주었다. 실제 인간에는 흥미를 잃었고 오히려 허구적 유토피아에 관심이 더 갔다. 추천 목록에 따라 사오백 만자 정도 장편을 읽고, BL 소설에도 일정한 논리적 구조가 있다는 것을 발견했다. 즈이는 BL 소설이 매우 큰 퍼즐이라고 생각했고, 이후 점점 더 이야기 구성 자체에 빠져들었다.

고등학교 때 처음 온라인 문학 플랫폼에 투고했다. 열일곱 살부터 연재를 시작했고, 이후 글쓰기라는 고독한 전쟁에 참전했다. 늘 40센티 앞의 공간만 바라보며 살았다. 부모님은 모두 고학력 공무원이었는데, 처음에 딸이 꿈을 좇는 모습을 좋아하더니, 해가 지날수록 걱정만 늘어갔다.

학부 4학년, 추석 연휴 때 즈이는 고향으로 돌아왔다. 매일 8시간씩 소설을 썼다. 어느 날 저녁 식탁에서 아버지가 말씀하셨다.

"종일 컴퓨터만 들여다보지 말고, 친구도 좀 사귀어라. 세상 물정 몰라서 나중에 어떻게 사회생활 할래."

어머니도 한 말씀 하셨다.

"소설가는 자폐증에 걸려 결국 자살한다더라. 다른 데도 취미를 좀 가져 봐. 사람들하고 좀 어울리고."

즈이는 소설가랑 자살은 털끝만큼도 상관이 없다고 말하려는데, 여동생이 치고 나왔다.

"언니가 걱정할 게 뭐 있어요. 작가라고 해서 세상 물정을 다 알아야 하는 건 아니에요."

아버지가 말씀하셨다.

"언니가 평생 작가로 살지 네가 어떻게 알아?"

동생이 팔짝 뛰었다.

"언니는 제일여중을 졸업했고, 명문 대학에 다니고 있어요. 언니가 마음만 먹으며 학자도 될 수 있어요."

즈이는 동생이 정곡을 찔렀다고 생각했다. 자신에게 새 임무를 부여했다. 수업도 듣고, 책도 읽으며, 소설도 연재하면서 부족한 학과 과목을 보충해 대학원에 진학하기로 했다. 석사 입학 필기시험은 내년 2월 초에 있었다. 결심한 날짜에서 시험까지 채 녁 달도 남지 않았다. 겨울방학 내내 원룸 안에서 문 빗장을 걸어버렸다. 20일 동안 앱으로 음식을 배달해 먹었다. 종일 한마디도 안 하다 보니, 나중엔 목이 막힐 지경이었다.

학부 졸업 날 저녁, 두 곳에서 합격 소식을 받았다. 학부는 타이난에서, 고등학교는 타이베이에서 다녔다. 대학원 시험은 타이중과 화롄 소재 학교에 지원했었다. 결국 이사 부담이 적은 서부 도시로 결정했다. 합격 소식을 이란에 전하자, 가족은 차를 몰고 남쪽으로 내려와 저녁 식사를 같이했다. 자기가 했던 공언을 지키려고 겨울방학 내내 얼마나 노력했는지 가족에게 쉰 목소리로 설명했다. 아버지는 칭찬하지 않았고, 어머니는 도리어 딸을 나무랐다.

"어째, 제 몸 하나도 못 챙겨! 타이중 가면 룸메이트랑 같이 살 수 있는 집을 찾아."

그 순간 즈이 머릿속에 오만 생각이 다 지나갔다. 도대체 자기가 어떤 감정인지도 몰랐다. 마지막으로 한마디 내뱉었다.

"그런가?"

석사 과정 내내 왼손으로 논문을, 오른손으로 소설을 썼다. 박사 과정에도 진학할 예정이어서 학술 논문도 계속 썼다. 석사 2년 차에 대학 학술지에 논문 한 편 발표했고, 전국 규모의 연구회와 국제 연구회에서도 논문을 발표했다. 학술 연구 주제는 BL이 중심이었으며, 석사 논문 제목을 『사랑의 유토피아 속에서의 젠더 권력 퍼

포먼스: 중국과 타이완 BL 소설 비교 연구』로 정했다.

즈이는 지칠 때도 있었지만 달리는 호랑이 등에서 내릴 수도 없다고 생각했다. 즈이는 평소 욕심을 줄여 물건이나 사람을 탐하지 않았다. 단지 '성취욕'이라는 호랑이가 그녀를 태우고 달리고 있을 뿐이었다. 자아실현이라는 이상을 추구하며, 이를 위해 전문 기술을 정밀하게 익히고 필수 지식을 갖추려고 노력했다. 이러한 인생의 모든 욕망이 어릴 적부터 시작한 글쓰기로 모여들었다. 그래서 즈이는 호랑이 등에서 내릴 수가 없었다.

연재 중이었던 소설은 완결했고, 연재를 새로 시작하지는 않았다. 석사 논문 목차는 대강 잡았고, 선수 과목을 수강하면 소논문 세 편을 제출해야 하는데, 아직 시간은 충분하다. 마침 편집자에게 전화가 왔다. 여름방학 만화 박람회에 맞춰 내려던 책을 유명 작가의 사정으로 출간할 수 없게 되었다고 했다. 막 끝낸 연재소설을 윤문해서 출판할 의향이 있는지 물었다. 즈이는 샤오펑과 한 약속을 한 번 더 생각하고, 전화상으로 승낙했다.

해야 할 일이 갑자기 늘어나면서, 즈이는 집중해서 책상에 파묻혔던 시절로 되돌아왔다. 이처럼 잠항이 순조롭자, 단오절 연휴가 언제 지나갔는지도 몰랐다. 지금 유일한 문제라면 원고 윤문을 끝내도 소논문 쓸 시간이 열흘밖에 남지 않았다는 것이다.

그 열흘 동안 즈이는 최고조로 집중해서 글을 썼다. 시간 개념을 완전히 잊어버렸다. 배달 음식 도착 시각을 알람으로 맞춰 놓지 않으면, 대문에 몇 시간 그대로 방치해 두기 일쑤였다. 한 번 앉으면 네 시간 동안 일어나지 않았는데, 일어나서야 다리에 마비가 온 상태라는 걸 느낄 정도였다. 몇 번이나 눈앞이 갑자기 아찔했는데, 다행히 대학 시절에 종종 이런 경험이 있어서 그때마다 책상을 붙들고 무사히 넘길 수 있었다.

논문 두 편은 여드레 만에 끝냈고, 마지막 한 편을 완성하는 이틀 동안 단 두 시간밖에 자지 못했다. 어쨌든 학기 마지막 정오까지 기말 보고서를 제출할 수 있었다. 머릿속을 커피 그라인더로 갈아버린 듯한 상태였다. 인터넷에 제대로 올라갔는지 두세 번 확인하고, 책이 점령한 침대를 정리도 하지 않고 잠들어 버렸다.

한참 잤더니 밖은 이미 깜깜했다.

배가 고파서 즈이는 눈을 떴다.

시간을 보니 이미 11시 반이었다. 점심에 시켰던 음식은 어디로 갔는지 보이지 않았다. 방문을 열었더니, 정원 너머 식당에 불이 켜져 있었다. 건조한 공기를 타고 음식 냄새가 흘러들어왔다.

즈이가 식당에 도착해 보니, 샤오펑이 있었다. 늘 걸치던 앞치마를 벗고 있었다. 쓰웨이가 1번지 복도는 걸으면 소리가 난다. 같이 오래 지내다 보면 누구 발소리인지 금방 알 수 있다. 샤오펑은 돌아보지 않았다.

즈이는 식탁 가운데 점심때 시킨 음식 봉투를 발견하고, 말없이 손을 뻗었다.

"잘 챙겨 먹겠다고 약속했잖아!"

백 년이나 듣지 못했던 것 같은 샤오펑의 목소리였다. 즈이는 명치를 누군가가 푹 누르는 것 같았다.

반 박자 늦게 즈이가 말했다.

"밥 챙겨 먹었어. 오늘은 좀 오래 자서 그래."

샤오펑은 감정을 억누르면서 말했다. "제대로 먹는다는 게, 며칠째 맥도날드였어!"

즈이는 생각이 나질 않는다. "토스트 빵은 안 먹었어. 햄버거랑 닭튀김은 먹었지만."

결국 샤오펑이 돌아섰다.

이 표정은 무엇을 의미할까? 즈이는 여전히 정확한 형용사를 찾지 못했다. 샤오펑의 이 복잡하고 말로 다 표현할 수 없는 표정은 즈이를 송두리째 흔들었다. 마치 전류처럼 심장을 타고 들어왔고, 즈이는 마음이 저리고 아팠다.

이 순간 어떻게 해야 할까? 이번에도 전혀 실마리를 찾지 못했다. 초조하면서도 어쩌지 못하는 자신에게 분노가 치밀었다.

샤오펑은 입술을 꾹 다물고, 짧게 한숨을 쉬더니 즈이 옆을 그냥 지나가 버렸다.

결국 즈이는 목이 메었다.

그런데 샤오펑 발소리가 식당 문 근처에서 멈췄다.

"가스레인지 위에 삼계탕 있어. 좀 식혀서 먹어. 열 시간도 더 지난 맥도날드를 먹기만 해 봐라. 오늘 잘 때 가서 꼭 때려줄 거야!"

※

처음 만났을 때, 즈이는 샤오펑이 공주 같다는 생각을 했다.

쓰웨이가 1번지로 온 지 얼마 지나지 않아, 102호로 이사하는 소리가 들려 즈이는 방문을 열고 밖으로 나왔다. 여름 햇살은 눈부셨고, 시간이 좀 지나서야 적응할 수 있었다. 눈에 초점이 잡히고 가장 선명하게 들어왔던 것은 낯선 아름다운 여인이었다. 햇살을 받아 더욱 빛났다. 화장, 옷, 자태, 아니면 다른 무언가가 있는지 몰랐지만, 정말 예쁜 여인이 서 있었다.

얼마 지난 어떤 밤, 즈이는 원고를 쓰고 있었다. 창밖에서 남녀가 다투는 소리 때문에 즈이의 잠항은 끊겼다. 여인은 분명하게 거절 의사를 밝혔다. "이러지 마." 목소리는 맑고 단호했으며, 두려운 기색은 조금도 없었다. 차라리 범접할 수 없는 자존심과 자긍심이 서려 있었다. 즈이는 창을 열고 끼어들었는데, 순간 여인과 눈이 마주쳤다. 금방 말을 끝낸 이 여인은 새로 온 하우스메이트였다.

'이 여인은 고고하고 도도한 공주다.'

며칠 지나, 즈이는 그녀에 대한 첫인상을 수정해야 했다.

샤오펑은 보통 사람 이상으로 사교성이 좋았으며, 다른 사람과 신체가 닿는 것도 마다하지 않았다. 이건 즈이를 혼란스럽게 만들었다. 즈이는 샤오펑과 비교할 만한 사람을 만난 적이 없기 때문이었다.

  즈이는 사교성이 부족하지도 않았고, 학창 시절 친구가 없었던 것도 아니었다. 하지만 인연을 오래 맺지는 못했다. 연애는 한 번 했었는데, 상대는 적극적으로 고백한 학부 남자 후배였다. 남부에 좀처럼 내리지 않던 비가 내리던 날 밤, 후배는 패딩을 벗어 즈이에게 쏟아지는 비를 막아주었다. 즈이는 이 후배가 괜찮은 사람 같다고 생각했다. 연애는 두 달이 채 못가서 끝났다. 후배는 울면서 즈이더러 혹시 아스퍼거 증후군이나 무성애자가 아니냐고 따져 물었다. 즈이는 연구한 적이 없어 "잘 모르겠다"라고 했다. 후배는 울음을 그치고 말했다. "그저 날 사랑하지 않았구나." 대학 졸업식 하는 날, 후배는 꽃을 들고 찾아왔다. 의미심장하게 앞으로 다시 못 볼 것 같다고 했다. 친구 사귀는 법에 대해서 진심 어린 충고를 했다. "다른 사람이 선배에 잘해 주면, 선배도 그만큼 돌려주어야 해요. 그래야 관계가 오래가요."

  즈이는 마음에 새겼다. 그래서 샤오펑이 주는 만큼 돌려주었다.

  하지만 즈이가 샤오펑의 행동에 전혀 의문을 품지 않은 것은 아니다. 샤오펑이 앞으로 밥해 주겠다고 제의했을 때, 즈이는 샤오펑에게 "왜 이렇게 잘 해 주냐"라고 물은 적이 있다. 그때 샤오펑이 "널 좋아하니까"라고 대답했다. 그 모습이 너무 자연스럽고 솔직해서, 설득력이 충분했다. 즈이도 동의했다. "나도 너 좋아해."

쓰웨이가 1번지에 두 사람만 살 때, 즈이는 샤오펑과 비교할 대상이 없어서, 그냥 그렇게 일 년을 보냈다. 뒤에 자자와 나이위안이 들어왔을 때, 샤오펑이 둘에 대해서는 거리를 두고 대한다는 것을 그제야 발견했다.

즈이는 혼란스러웠다.

이 혼란은 뒤에도 좀처럼 사라지지 않았다.

지난겨울, 일전에 후배가 씌워주었던 패딩을 자자에게 주려고 할 때 자자가 물은 적이 있다.

"남친은 과거이고, 샤오펑 언니는 현재인가요?"

당시 즈이는 당황했었다. 그 일이 있고 나서, 즈이는 인터넷에서 샤오펑이 오래 만났다는 데이트 상대 두 명을 찾아보았다. 왜 자신이 그랬는지조차도 몰랐다.

샤오펑의 데이트 상대가 한낮에 숙소로 찾아왔을 때, 세 사람은 마치 직각 삼각형처럼 자리 잡고 서 있었다. 이 상황에 즈이는 더 의아했다. 또 알 수 없는 어떤 것이 가슴에서 꿈틀거렸다. 그날 밤, 101호에서 게임을 하다가 샤오펑은 잠시 멈추었다. 얼굴을 붉히면서 슬픈 표정을 지었다. 즈이는 이 모습이 의외로 마음에 걸렸다. 시간이 좀 지나, 102호로 가서 샤오펑과 즈이는 침대 반씩 차지하고 누웠다. 샤오펑이 늘 정리해 두어서 침대는 깨끗했다. 샤오펑은 졸린 눈을 하면서, 즈이의 머리카락을 부드럽게 만졌다.

"머리가 이렇게 꼬인 걸 보니, 오늘 쓴 챕터가 많이 힘들었나 봐."

당시 즈이는 이해할 수 없었다. 왜 전기가 흐르는 것처럼, 마음이 저리고 뜨거우면서 아프고 가려운지 도무지 알 수 없었다.

즈이가 혼란스러운 대상은 자기 자신이었다. 그날 밤 이후, 즈이는 샤오펑의 데이트 동향에 자연스럽게 신경이 갔다. 자신이 왜 이 이상한 행동을 하는지 의문만 깊어 갔다.

✽

샤오펑이 가스레인지에 올려 두었다던 삼계탕은 정말 맛있었다.

약간 덜 말린 무와 검은색에 가깝게 말린 무를 바닥에 깔고, 생강 조각과 닭 반 마리를 푹 삶았다. 미주(米酒)는 은은한 잔향이 남았고, 조개는 알알이 속이 꽉 찼다. 할머니는 말려 묵힌 무를 마치 인삼처럼 여기셨고, 계절을 가리지 않고 건강식으로 자주 끓여 주셨다. 즈이는 샤오펑에게 할머니 삼계탕이 일품이었다고 말한 적이 있다. 오늘 삼계탕은 할머니 삼계탕과 맛은 조금 달랐지만, 속이 따뜻해지는 것은 똑같았다.

연재가 끝나면 같이 축하하자고 샤오펑이 분명히 말했었다. 지난 며칠 즈이는 이 말을 속으로 되새겼다. 지금 이 삼계탕을 마주하고 있으니 섭섭한 마음은 사라지고, 대신 다른 감정이 솟아올랐다. 당장은 이 마음을 표현하기에 적당한 형용사를 찾지 못했다. 아마도 샤오펑도 같이 있으면 좋았을 텐데 정도인 것 같았다.

지난 연재가 끝난 건 반년 전이었다. 정확히 말하면 신정과 구정 사이로, 샤오펑은 고깃집을 예약하고 축하해 주었다. 즈이는 일본 와규를 특별히 좋아하진 않지만, 그날 나온 디저트는 진짜 맛있었다. 식사를 끝나고 마위안터우시(麻園頭溪) 공원까지 산책했다가 집으로 돌아왔다. 어깨를 나란히 하고 두 시간 정도, 저녁 10시에서 자정까지 걸었다. 보름달이 밤하늘을 밝히고 있었다. 그날 저녁은 마치 작은 의식 같았다. 마치 두 사람이 손을 잡고 일 하나에 마침표를 찍은 것 같았다. 따지고 보면 샤오펑이 자신을 위해 그렇게까지 할 필요는 없었다.

즈이는 윤곽조차 흐릿한 이 감정을 가늠하려고 무진 애를 썼다. 혼자 먹는 삼계탕 그릇 안에서 적절한 단어를 찾으려고도 했다. '고독'인가? 즈이는 머릿속에 비슷한 단어를 떠올려 보았다. 고독, 외로움, 적막, 쓸쓸함, 실망, 냉담, 소외, 고립, 혈혈단신, 외로운 그림자, 그림자와 서로 위로하는 사람, 온 산에 새의 자취는 사라지고, 모든 길에 인적도 끊기네(千山鳥飛絶, 萬徑人蹤滅)……. 삼계탕을 다 먹고, 설거지하고선 걸어 놓은 그릇 하나에서 물이 빠지는 것을 지켜보았다. 즈이는 마음 한 칸에 도사린 이 감정이 '외로움'인 것 같다는 생각을 했다.

배가 불렀지만 잠이 오지 않았다. 낮에 많이 잤으니 당연했다. 침대에서 뒤척이다 책 모서리에 찔리기도 했다. 결국 한밤중에 벌떡 일어나 산책을 나섰다. 비는 며칠째 오지 않았다. 멀리서 해오라기 소리가 들려왔고, 차 없는 골목길에 월귤과 재스민 향이 은은하게 흘렀다. 곳곳에 울리는 실외기 소리가 초여름이라는 걸 알려주었다. 장마가 진작 끝났지만, 방에 틀어박혀 있었던 즈이는 그 사실조차 몰랐다.

아니다. 단지 칩거만이 문제가 아니다. 샤오펑은 음식 하나하나에도 세심했고, 제철 재료와 체질에 맞는 약선을 골랐다. 샤오펑이 준비한 차를 마시고 밥을 먹기만 해도, 오늘이 더운지 추운지 가늠할 수 있었다. 즈이는 자신에게 물었다. 만약 샤오펑이 없었다면, 쓰웨이가 1번지에서 지낸 2년은 어떤 삶이었을까?

외로움이 뼛속까지 파고들었다.

하늘이 희끄무레 밝아오는 새벽 4시, 비로소 즈이는 피로가 몰려왔다. 방으로 돌아와 비몽사몽 간에 잠이 들었는데, 밖에서 노크하는 소리에 잠에서 깼다.

"즈이 언니." 문밖에서 자자가 불렀다.

"문 안 잠갔어."

힘이 하나도 없는 목소리로 즈이가 대답했다.

자자는 문을 열고 상체를 살짝 들이밀고 말했다.

"보고할 일이 세 가지 있습니다. 첫째, 배달 음식 먹지 말고 반드시 식당에서 점심 드시라고 해요. 둘째, 모르실 것 같은데, 주인 언니 여행 갔습니다. 마지막으로 저와 나이원은 가오메이(高美) 습지로 갯벌 보러 가요."

"그 세 가지가 어떻게 연결돼?"

"당연합니다. 어제 두 분이 안 싸웠지만, 오늘 싸우지 말란 법은 없지 않습니까? 두 분이 혹시 우리 눈치 보는 건 아닐까 나이원이 걱정하더라고요. 그래서 두 분에게 공간을 내드리자고 제가 제안했습니다. 서로 속 터놓고 이야기 좀 나누세요. 모두 진심으로 바라고 있어요. 그렇지 않으면 쓰웨이가 1번가는 사분오열 찢어질 거에요."

말을 마치고 자자는 총총 사라졌다. 문 너머에서 다시 소리가 들렸다. "꼭 식당에서 식사하세요!"

쓰웨이가 1번지가 다른 숙소나 셰어하우스보다 장점을 꼽으라면, 하우스메이트끼리 사이가 좋다는 것이다. 장점이 있다면 반드시 단점도 있기 마련이다. 무엇을 하든, 모두 보고 모두 알고 있다.

즈이는 본래 타인의 시선을 의식하지 않았다. 이 집에 살면서 하루하루가 자유롭고 편안했다. 굳이 다른 사람과 맞출 필요도 없었다. 근데 후배까지 걱정하게 만들다니, 즈이는 변명의 여지가 없었다. 샤오펑과 왜 이야기를 하고 싶지 않겠는가! 어제 밤새 걸으면서 생각하고 생각했지만, 도대체 첫마디를 어떻게 꺼내야 할지 떠오르지 않는 것이 문제라면 문제였다.

현실이란! 참 어렵다. BL 소설을 여덟 편이나 썼어도, 당장 아무 쓸모가 없었다.

즈이는 맥이 풀렸다.

안경을 쓰지 않아, 책상 위의 시계가 흐릿하게 보였다. 곧 12시 반. 초침이 천천히 한 바퀴가 돌아갔다. 두 바퀴만 더 돌면 일어나야겠다고 즈이는 생각했다.

두 바퀴 돌았다. 좋아, 두 바퀴만 더. 이후 또 두 바퀴 더 돌았다.

밖에서 익숙한 발소리가 들려왔다.

즈이는 발소리가 곧바로 102호로 향할 줄 알았다. 뜻밖에 자기 방 미닫이문이 열리는 것이 아닌가?

그리고 바로 문이 닫혔다. 샤오펑이 앞에 서 있다.

근시라 샤오펑의 표정을 정확히 읽을 수 없다. 즈이는 순간 얼어붙어 미동도 할 수 없었다.

뭔가 말하려 했지만, 머릿속에 단 한 글자도 떠오르지 않았다. 이상한 건, 샤오펑도 말없이 우두커니 서 있다. 두 사람 다 말이 없자, 방 안 분위기는 적과 대치하는 것처럼 팽팽한 긴장감이 감돈다.

시선마저 흐릿한 세계에서, 오직 숨소리만 깨끗하게 들렸다.

잠시 후, 딸깍 문이 잠기는 소리가 났다.

응?

"진짜 너 때리고 싶어." 샤오펑이 말을 꺼냈다.

당황한 즈이가 침대에서 일어났다.

"나, 어제 맥도날드 안 먹었어. 네가 때릴 이유가 없잖아?"

샤오펑이 다가와서 즈이를 밀어서 침대에 눕혔다.

"너의 적극적 동의가 필요해!"

"무슨 뜻이야?"

"말하자면, 난 지금 대성왕(大聖王)께 맹세하고 너와 자려고 해. 괜찮아?"

즈이는 입이 벌어졌으나 혀는 꼬였다.

"난, 난 아직 준비가 안 됐어."

"그럼, 키스만 해도 괜찮아."

"지금, 괜찮긴 한데, 지금 키스하기에 좋은 타이밍이라고 생각해? 아직 난 양치질도 안 했단 말이야? 게다가 우리 집은 객가 출신이야. 카이장(開漳)대성왕 안 모셔!"

"입술 닫아."

즈이는 순순히 따랐다.

샤오펑이 바로 키스를 했다.

부드러웠다. 내음도 좋았다.

머릿속이 가물가물했다.

"입술 벌려!" 샤오펑이 즈이 입술 사이에서 말했다.

금방 입술 닫으라고 하더니. 즈이는 첫 글자를 뱉기도 전에, 숨결이 섞은 깊은 입맞춤 속에서 말을 잃어버렸다.

그들이 침대를 누르자, 책 몇 권이 침대에서 떨어져 나갔다.

즈이는 자연스럽게 샤오펑을 껴안았는데, 순간 샤오펑은 모든 동작을 멈추었다.

이 짧은 순간, 즈이는 숨이 가빠졌고, 발끝에서 머리까지 온몸이 뜨거워졌다. 숨소리 같은 샤오펑의 신음도 귓전에 맴돌았다. 즈이는 심장이 터질 것 같았다.

"넌 도대체 이해하기는 한 거야!"

"뭘 이해해?"

"넌 정말 돼지야!"

"그 말 거절할게. 인신공격이야!"

"궈즈이."

샤오펑은 상체를 세우고 즈이 뺨을 꼬집으면서 말을 이어갔다.

"나, 너 사랑해!"

즈이는 자신을 내려다보는 샤오펑을 처음 보았다. 샤오펑 얼굴은 홍조를 띠었으나, 눈은 오만함으로 가득했다. 이 역시 여태 보지 못했던 샤오펑이다. 자신을 위에서 누르고 있는 아주 낯선 여인, 평생 이런 말을 처음 듣는 것처럼 즈이는 정신이 아찔했고, 눈앞에 무수한 별이 반짝였다.

반짝이는 별들 사이에서 샤오펑이 말했다.

"내가 다른 사람 만난 걸 네가 싫어하는 건. 네가 날 사랑하기 때문이야!"

'그렇구나! 이게 진짜 답이었어.'

하늘이 무너지고 땅이 뒤집히고, 시간과 공간이 뒤바뀌며, 혼돈이 가라앉듯, 모든 의문이 한번에 사라졌다. 즈이는 이제 모든 것을 이해했다. 벌써 몇 번이라도 같은 대화를 나눈 적이 있었지만,

그때는 도무지 알 수 없었다. "너를 사랑하니까!" 샤오펑이 말했었고, 즈이는 "나도 너 사랑해"라고 말한 적이 있었다. 하지만, 본래 그건 아니었다.

'그건 아니었다'라는 건, 도대체 무슨 의미일까?

즈이는 '맞아'라고 중얼거리더니 말했다.

"원래 이런 방향으로 널 좋아했구나!"

샤오펑은 금세 눈가를 붉히더니, 긴장이 풀린 듯, 다리에 힘에 빠진 듯 풀썩 주저앉았다. 즈이는 손을 뻗어, 샤오펑의 뺨에서 흘러내리는 눈물을 세심하게 닦아주었다.

방 안의 숨소리가 잦아들었다.

"이제 어떻게 해야 해?"

"뭘 어떻게 해?"

"모르겠어. BL 소설에선 고백 다음엔 바로 침대로 가거든. 물론 현실 세계에선 그렇게 흘러가지 않겠지?"

"참나, 넌 아직 나에게 고백조차 하지 않았어."

"나 너 사랑해."

"뭐야! 그렇게 대충하지 마."

"미안." 즈이가 풀이 죽어서 말했다. 바로 말을 이어갔다.

"이런 방향에서 널 좋아하는지 몰랐어. 넌 연애가 싫다고도 했고, 연애 상대가 선을 넘는 것도 싫다고 했어. 그러니 내가 널 짝사랑할 수밖에……."

샤오펑이 말을 받았다. "왜 그런 결론이 나오지."

한동안 침묵하다가 샤오펑은 천천히 한숨을 내쉬었다.

"짝사랑이라면, 내가 너보다 더 오래 했거든!"

즈이는 물음표가 떠올랐다.

샤오펑은 가만히 즈이를 바라본다. 얼굴에는 눈물 자국이 남아 있다.

"그렇구나." 즈이는 얼굴이 달아올랐다. 샤오펑에게 다시 말을 건넸다. "내가 이해한 의미가 맞아?"

"그 의미가 맞아."

즈이는 '아' 하고 작게 말했다.

"그럼 이제 어떻게 해?"

"또, 뭘 어떻게 해."

"말하자면, BL 세계에선, 고백 다음 단계가 바로……."

즈이는 결정적인 말은 건너뛰고 다음으로 넘어갔다.

"매우 거칠어. 소설은 역시 현실과 달라."

"꼭 BL을 갖다 붙여야 해? BL 세계대로라면, 쓰웨이가 1번가에 사는 전부가 동성연애자인걸."

"맞아. 적어도 자자와 나이원이 정체성을 깨닫도록 도와주어야 하지 않을까?"

주제가 옆길로 새자, 샤오펑은 이마를 찌푸렸다 웃기 시작했다.

샤오펑이 웃는 모습을 참으로 오랜만에 본다. 즈이가 나직이 "샤오펑"이라고 불렀다. 샤오펑은 "응"이라고 대답했다.

"너 없이 사는 동안, 나 정말 외로웠어!"

"나도 많이 외로웠어. 솔직히 말하면 나중에 화가 다 났더라." 샤오펑이 말했다.

"그렇다면, 좀 더 일찍 내가 알도록 해 주었으면 좋았을 텐데." 즈이가 말했다.

"넌 가볍게 말하네. 나는 참고 또 참았어, 참고 또 참았단 말이야." 샤오펑이 말했다.

"참지 않았으면 어떻게 되었을까?" 즈이가 말했다.

"넌 알려고도 하지 않았을걸." 샤오펑이 말했다.

"그렇구나!" 즈이가 말했다.

샤오펑이 다시 말을 받았다. "나도 네가 알든 말든 상관하지 않으려 했는데, 언젠가 알겠지 싶었거든. 근데……."

즈이가 말했다. "근데?"

"근데 내 자존심이 허락하지 않았어." 샤오펑이 말했다.

"그렇다며 지금은 왜……." 즈이가 물었다.

"나중에 깨달았거든." 샤오펑이 말했다. "네 감정을 자극해 너를 이해할 수 있게끔 만드는 것과 내 자존심을 지키는 것, 이 둘은 충돌하지 않았어!"

이것이 결론이었다. 즈이는 저절로 입꼬리가 올라갔다.

※

101호에서 나와 식당으로 가니, 이미 점심상이 잘 차려져 있었다. 샐러드 한 접시, 반찬 세 개, 죽 한 그릇.

시계를 보니, 막 1시 반이 지났다. 식사 시간이 그렇게 늦지도 않았다.

샤오펑은 냉장고에서 찬 음료를 꺼내, 각자 한 잔씩 따랐다.

즈이는 죽을 그릇에 가득 담고, 손으로 그릇을 만지며 뜨거운지 아닌지 확인했다. 오늘처럼 더운 날 딱 먹기 좋은 온도였다.

"2인분이네." 즈이가 핵심을 짚었다.

"오늘 아침에 일어났을 때, 너에게 문명인답게 굴어야겠다 다짐했거든." 샤오펑은 살짝 웃었다.

"이해 못 하겠어. 예를 들자면?"

"예를 들자면, 밥 같이 먹으면서, 너에게 정식으로 사귀자고 말한다든가! 근데 자자가 너 보고 밥 먹으라고 불렀는데, 넌 10분이 지나도록 나오지 않았어. 그때 갑자기 이런 생각이 들었어. 인간은 이성대로 행동해서는 안 되겠구나!"

즈이는 머리가 다시 뜨거워졌다.

"그건 깨달음이 아니지. 이성의 끈이 끊긴 게 아닐까?"

"전에 열흘이나 널 기다렸는데, 정작 오늘 점심은 단 10분도 못 기다리겠더라고."

샤오펑은 짧게 탄식했다. 다시 말을 이어나갔다.

"그 순간, 임맥과 독맥이 갑자기 확 뚫리면서, 신세계가 보이는 거야."

"대협, 잘 부탁드립니다." 즈이가 두 손을 모아 읍하는 시늉을 했다.

식탁에 둘이 나란히 앉았다. 샤오펑은 습관대로 채소부터 먹었다. 즈이는 장아찌를 먼저 먹었다. 늘 그랬던 것 같은 모습이다.

"죽 끓일 때 파 기름 넣었어? 넌 본래 샬롯 안 좋아하잖아?"

"밥 못 해준지 오래되었어. 네가 좋아하는걸로 했어."

"어제 삼계탕, 나도 좋았어." 즈이는 잠시 머뭇거리더니 다시 말을 이었다. "다음엔, 내가 너를 위해서 밥할게."

"네가 요리했단 소리 처음 듣는다!"

"학부 때 살았던 집에 주방이 있었어."

"그럼, 뭐 할 줄 알아?"

즈이는 '좋은 질문이야'라고 말하면서, 죽 두 숟가락 먹을 동안 여전히 답을 떠올리지 못했다.

샤오펑은 헛웃음이 나왔다. 젓가락을 내려놓고, 즈이 머리를 부드럽게 쓰다듬었다. 즈이는 습관대로 반응했다.

샤오펑은 즈이 손을 잡아 자기 쪽으로 끌어왔다. 그리고 조용히 자기 손을 포개었다.

"둘이 같이 밥 먹으니 훨씬 좋아."

즈이도 고개를 끄덕이며 동의했다.

"지금 이렇게 말하는 걸 보면, 예전이랑 크게 달라진 것도 없기는 해."

샤오펑은 '응'을 약간 길게 말했다.

"내 방에 고양이 보러 갈래?"

"고양이 어디에서 데려왔어?"

즈이가 이렇게 말하자, 샤오펑은 웃음을 참느라 눈물이 날 지경이었다.

"믿을 수가 없어. 도대체 어떻게 BL 소설을 쓰는 거야!"

"장르 소설은 서사 공식이 있어. 그 비법만 알면 누구나 쓸 수 있어. 이게 고양이랑 무슨 상관이야?"

샤오펑은 즈이 귓전에서 속삭였다. '같이 자잔 이야기야!'

즈이는 당황해서 한동안 입만 벌리고 있다가 겨우 말을 꺼냈다.

"아! 난 모르는 게 너무 많아. 가르쳐 줘!"

"서두르지 마. 천천히 가면 돼. 밥 먹고 영화 보러 갈래?"

"좋아."

"석 달이면 마음의 준비는 충분하겠지."

"나는 몰라. 그럼 진도 계획표 짜볼까?"

"그럼. 침대로 가서 토마토 시계 켤까?"

"원래, 25분이면 충분해?"

"궈즈이!"

"미안. 농담이야!"

샤오펑은 뿌루퉁한 표정으로 즈이 어깨를 가볍게 쳤다. 그러곤 바로 웃었다.

평소 샤오펑이 웃는 얼굴이었다.

세상에 어쩜 저렇게 아름다운 미소가 있을까! 즈이는 이 생에서 다시 얻을 수 없는 행복감이 밀려왔다.

얼마나 운이 좋았는지, 즈이는 쓰웨이가 1번지에 살게 된 것이다.

＊

이날 오후, 즈이와 샤오펑은 영화 보러 나가지 않았다.

점심시간 동안, 장마철 내내 나누지 못한 이야기를 끝낼 수 없었다. 커피를 내려 마시고, 과일도 두 종류를 먹으면서 애프터눈 티도 마셨다.

저녁 무렵, 산민로(三民路) 골목에 있는 노포 카페까지 걸어갔다.

저녁 먹고는 류촨(柳川)을 따라 산책했고, 느긋하게 돌아서 쓰웨이가 1번지로 돌아왔다.

현관에 들어서자 식탁 쪽 응접실에서 소리가 들려왔다. 은은한 백열등을 보면서 이 집의 중심이 어디인지 즈이는 금세 파악했다. 열두 평 남짓 작은 식당, 그 안에 여덟 명이 앉을 수 있은 식탁이 중심이었다. 종일 책상에서 원고도 쓰고 밥도 먹던 며칠 동안은 마치 대학 시절 원룸으로 되돌아간 것 같았다. 자자와 나이원이 '아마노이와토에서 폐관 수련하는 것'이라고 한 것도 이상하지 않았다. 몸보다 발소리가 먼저 식당에 도착했다. 즈이와 샤오펑이 식당 입구에 이르자, 어째선지 자자와 나이원은 이미 일어서 있었고, 두 사람을 일제히 바라보았다.

자자와 나이원은 소위 '찰언관색(察言觀色)*'과 어울리는 표정을 짓고 있었다.

샤오펑이 먼저 웃었다.

"뭐 이렇게까지 정중하게 환영을, 오래 기다렸어?"

즈이는 잠시 생각하다가 말했다. "우린 괜찮아!"

자자와 나이원은 동시에 안도의 한숨을 몰아쉬었다.

"진짜 궁금했어요! 아무 일 없다니 이젠 마음이 놓여요."

자자가 말했다.

나이원은 식탁 위 쇼핑백에서 뭔가를 주섬주섬 꺼냈다. 나가사키(長崎) 케이크랑 레몬 팬케이크. 쇼핑 백은 시내에 있는 노포 상점의 상호가 적혀 있었다.

"저희가 선물 사 왔어요." 나이원이 말했다.

"칭수이(清水)까지 가서 타이중 주성취(臺中舊城區)에서 파는 선물을 사 왔단 말이야?" 즈이는 이해가 가진 않는다는 듯 물었다.

---

* 말을 살피고 얼굴빛을 관찰한다는 뜻으로 소통에 관한 교훈을 담은 속담이다.

"가오메이 습지에 파는 레몬 팬케이크 꽤 유명하지 않습니까? 레몬 팬케이크 본점이 우리 숙소 부근에 있어요. 타이중으로 돌아오는 길에 샀죠. 사고 난 뒤 생각해 보니, 언니들 기분이 어떤지 몰라서, 레몬 팬케이크보다 좀 더 달달한 게 필요할 것 같더라구요. 그래서 내친김에 나가사키 케이크 하나 더 샀죠. 가게 사장이 우리보고 운이 참 좋다고 했어요. 마지막 남은 하나라고. 이거 좋은 징조가 아닐까 생각했어요. 역시! 아미타불, 할렐루야!"

자자가 거침없이 쏟아냈다. 말은 많고 길었지만, 그 마음은 따뜻했다. 즈이와 샤오펑은 서로 바라보며 웃었다. 진심으로 감사의 마음을 전했다.

각자 그릇에다 케이크를 나누어 담았고, 차를 뜨겁게 우려냈다.

식탁을 정리하고, 각자 자리에 앉았다. 모두 자리에 앉자, 자자는 동작을 크게 하며 주변을 둘러보면서 말했다.

"엄마 아빠가 화해한 것 같아. 눈물 나려고 해."

나이원은 고개를 힘차게 끄덕였다. "완전 동의."

"아무리 그래도 난 아빠가 아니야!"

즈이는 순순히 동의하지 않았다.

"맞아. 우리 사이에 아빠가 꼭 한 명 있어야 한다면, 내가 먼저 그 역할 할게!" 샤오펑이 웃으면서 말했다.

즈이는 궁색했다.

"후배들 앞에서 그런 말은 좀……."

"게임에 너무 빠지지 마세요!" 자자가 바로 태클을 걸어왔다.

자자는 달아오는 얼굴을 비볐지만, 왠지 마음 한구석이 녹는 것 같았다.

"지난 청명절에 못 찾았던 『타이완 요리 지침서』나 다시 찾아보는 거 어때?"

"즈이 언니 가끔 너무 뜬금없다니까!"

"저번에 샤오펑한테 우리가 같이 저녁 한번 해 주자고 한 적 있잖아. 근데, 결국 룬빙 못 만들었잖아. 나 지난 며칠 방에 틀어박혀 있으면서 식탁에서 같이 밥 먹던 생각이 자꾸 나더라고. 북적북적하는 분위기가 그리웠어. 너희들이 그 책대로 요리 한 번 했으니, 이번엔 내가 도전해볼게."

"즈이 언니가 이렇게 감정 표현 많이 하는 건 처음 들어 봐."

자자가 나이원을 보고 말했다.

"나, 나도 그래"

나이원이 자자에게 대답했다.

"근데, 난 늘 궁금한 게 하나 있어. 왜 옛 책을 보고 요리하려고 해?"

샤오펑이 문제를 제기하자, 『타이완 요리 지침서』를 참고해 요리하자고 한 주범이 나이원이라는 걸 모두 떠올렸다.

모두의 시선이 나이원 얼굴로 쏠리자, 나이원은 고개를 푹 숙이고 버티고 있었다.

"내 나름대로, 의식(儀式)이라고 할까요?" 나이원이 말했다.

자자가 손들면서 말했다.

"뭐, 거창하고 대단한 느낌, 난 아주 맘에 들어!"

"의식과 거창한 것이라. 말하자면 같은 뜻이네. 정성을 다하겠다는 마음이겠지."

즈이가 샤오펑을 바라보며 말했다.

"난 그렇게 생각해!" 즈이가 덧붙였다.

샤오펑은 "응"이라고 말을 받았다.

"저희가 아직 여기 있다는 걸 언니들도 알고는 있죠." 자자.

"나, 청력 좋아." 즈이.

"그 책 찾아서 밥해 먹자." 샤오펑.

"좋아요." 자자와 나이원.

즈이는 '이런 게' 정말 좋았다. 즈이는 마음이 가벼워졌고 입꼬리가 저절로 올라갔다. '이런 게'가 도대체 무슨 말인지 알 수 없었지만, 지금은 '이런 게' 너무 좋았다.

그리고 이 좋은 밤은 식탁에서 끝나지 않았다.

2층 응접실로 이어졌다. 『타이완 요리 지침서』를 결국 찾았다. 언제 청소했는지 모르겠지만, 주방 한구석이 비어 있었고, 거기에 책, 양철 장난감, 가죽 구두와 문패가 처박혀 있었다.

문패에는 한자로 '幸町四丁目一番地'라고 쓰여 있었다.

5막
안슈이(安修儀)

※

안슈이는 쓰웨이가 1번지 주인이 될 줄 자신도 몰랐다. 작은고모가 갑자기 세상을 떠나면서, 이 집을 포함한 모든 유산을 그녀에게 남겼다. 안씨 집안사람은 모두 미국에 이민 갔는데, 안슈이는 학업을 중단하고 로스앤젤레스에서 타이완으로 돌아왔다. 낡은 현관을 들어서자, 그녀를 맞이한 것은 폐허였다. 아니, 차라리 귀신이 나올 법한 흉가였다. 바닥은 먼지가 차지하고 있었고, 페인트는 너덜너덜했다. 미닫이문은 부서졌으며, 유리창에는 금이 가 있었다. 정원에는 잡초가 무성했고, 집은 온통 쥐 죽은 듯한 적막에 휩싸여 있었다. 안슈이는 그 자리에서 죽은 고모에게 욕을 퍼부었다. 안씨 집안 18대손은 모두 미국에 이민 가서 잘만 살고 있는데, 왜 혼자 남아 이 골칫덩어리를 남겨두냐며 온갖 욕을 쏟아냈다.

　당시 안슈이는 이 집이 10년 만에 이렇게 발전할 줄 아예 생각하지도 못했다. 저축한 돈을 다 써서 귀신 나올 것 같은 집을 수리한 후에, 이 집에서 살았다.

　안슈이는 며칠 만에 집으로 돌아왔을 때, 식당에서 떠들썩한 소리가 들렸다.

궈즈이랑 루샤오펑이 냉전을 풀었고, 덕분에 쉬자화와 샤오나이윈은 아주 좋아했다. 이 젊은 친구 넷이 오늘을 축하하려고 왜 고서대로 요리하는지 알 수 없었지만, 안슈이는 입주자끼리 잘 지내는 모습을 보니 흐뭇했다.

그녀들은 '춘빙(春餠)'을 '부치고[煎]' 있었다.

백 년도 넘은 고서와 지금은 시대와 언어가 많이 다르다. 옛날에 '춘빙을 부친다'라고 했지만 지금은 '춘쥐안(春捲)을 튀긴다[炸]'라고 한다. 그녀들은 고서 몇 페이지를 사진 찍어서 숙소 단톡방에 올렸다. '돼지고기, 죽순, 표고버섯, 새우살 다진 것을 간장과 소금으로 간을 맞추고, 춘쥐안 피로 싸서 기름에 튀긴다'라고 고서에 쓰여 있다고 했다. 이름은 다르지만, 백 년이 지나도 요리법은 크게 달라지지 않았다. 그녀들이 개량한 방법은 '돼지껍질, 올방개(荸薺), 백색 후추, 가자미 육수(扁魚高湯)'를 더 넣은 것으로, 확실히 풍미가 더 깊을 것 같았다.

'이 더운 날씨에 춘쥐안이라니, 도대체 무슨 괴벽인가?'

안슈이는 이런 생각이 먼저 들었다.

불행 중 다행인 것은 이들 틈에 루샤오펑이 끼어 있었다. 평범한 20대 대학원생이라면, '흰쌀밥, 피자, 감자튀김, 치킨'으로 춘쥐안을 만드는 소위 '학생식 저녁'을 대충 때웠을 것이다. 루샤오펑이 쓰웨이가 1번지로 오고부터는 그런 비극은 발생하지 않았다.

식당에 들어서니, 과연 식재료를 식탁에 잔뜩 늘어놓고 있었다.

두부 채, 계란프라이 채, 그린빈 채(四季豆絲), 맑은 물에 데친 양배추 채, 콩나물, 볶은 표고버섯 채, 데친 새우살, 명란, 홍조육(紅糟肉)*이 있었다. 양념으로는 향채와 마늘종, 각종 장아찌, 무순, 메밀가루, 땅콩가루를 준비했고, 큰 접시에는 룬빙 피가 담겨 있었다.

풍성하고 푸짐했다. 안슈이는 머릿속으로 아까 의문을 무한 반복하고 있었다.

"말하자면, 길어요!" 쉬자화.

"본래 청명절 연휴 때 하려고 했는데, 오늘에서야 겨우 하는 거죠." 궈즈이.

"여름에는 황제콩도 없고 완두콩도 제철이 아니라서, 대신 그린빈을 썼어요. 옛날 사람들이 왜 봄에 룬빙을 먹었는지 이제 좀 알 것 같아요." 루샤오펑.

"근데, 날씨가 더울 때 찬 룬빙에 사 먹는 것도 괜찮을 것 같아요." 샤오나이윈.

춘쥐안에다 룬빙쥐안이라니, 안슈이는 항복하고 말았다.

춘쥐안 앙꼬는 하루 전에 만들어 얼려 놓아야 한다. 돼지고기 젤라틴이 굳어야 피를 말기도 튀기기도 쉽다. 그녀들은 안슈이가 등장하자, 비로소 프라이팬에 튀기기 시작했다. 하나는 저온, 또 하

---

*   붉은 찹쌀술에 절인 돼지고기 요리.

나는 고온이다. 춘쥐안 열 개 다 튀겨야 정식으로 시작할 모양이다. 룬빙 재료를 담은 접시를 보니, 족히 반나절은 공력이 들어간 것 같다.

이렇게 복잡한 요리를 루샤오펑 혼자서 준비했을 리 없다. 이 차림은 하우스메이트 네 명이 합심한 결과일 것이다. 안슈이는 오늘 저녁을 이렇게 정성 들여 차릴지 예상 못 했고, 캔 콜라 두 팩만 달랑 손에 들고 왔다.

넷이서 임무를 분담했다. 식기를 준비하는 사람, 주방을 지켜보는 사람, 냉장고에서 차가운 차를 꺼내 컵에 따르는 사람, 모두 분주하게 움직였다.

안슈이는 각자 자리에 콜라 한 캔씩 놓고 딱히 할 일도 없어 그냥 자리에 앉았다. 콜라 캔을 치이익 따고, 거품이 올라오는 검은 설탕물을 유유히 마셨다.

"언니 오늘 술 안 마셔요?"

샤오펑의 눈은 예리하다. 역시 주방을 지배할 만하다.

"오늘 술은 이미 다 마셨어."

"콜라 사느라, 술은 못 샀다는 뜻인가요?"

궈즈이는 여전히 한 대 때려주고 싶은 얄미운 말투다.

"논리가 짱짱하다고 칭찬해 주길 바래!"

"언니, 오늘 좀 날카로워요." 쉬자화는 오늘도 웃는 얼굴이다.

굳이 말할 필요가 없겠지만, 샤오나이윈은 평소처럼 그저 웃고만 있다. 그런 샤오나이윈이 이번엔 말을 다 한다.

"언니, 기분이 좋아 보여요."

"어머나! 나이윈도 이제 변했어." 누군가 한마디 거들었다.

하나둘씩 자리에 앉았고, 이제 준비가 끝났다.

"진실은 오직 하나. 범인은 이 안에 있어!" 쉬자화가 말했다.

"『명탐정 코난』을 너무 많이 봤어." 궈즈이가 받았다.

"핵심만 묻겠습니다. 요즘 잇달아 등장하는 옛 물건들······, 언니가 일부러 숨긴 거 맞죠?" 샤오펑이 질문했다.

"주인 언니, 뭐라고 하실 건가요?" 샤오나이윈이 물었다.

"나 어릴 때 『킨다이치 소년의 사건부』 봤거든."

안슈이가 잘 받아 준다.

입주자들은 약속이나 한 듯 일제히 '우우'하고 야유를 보냈다.

"누가 그걸 물었나요?"

"게다가, 서른일곱 살 먹은 킨다이치가 뭔 재미가 있어?"

"자자, 킨다이치 본 적 있어?"

"나, 나도 보았어. 엄마가 세트로 전권 사주셨거든."

식탁 위는 왁자지껄 사람 소리가 넘쳐 흘렀다. 토닥거리는 와중에도 룬빙을 마는 손길이 바쁘다. 이때는 질서가 잡힌다.

"메밀이 들어가니, 배가 든든할 것 같아. 최고!"

"완두콩은 없지만, 그린빈도 그런대로 괜찮은데."

"내가 제일 좋아하는 건, 땅콩가루······."

"짠 음식에 단맛이 나는 건 좀 별로야. 장아찌가 딱 좋아."

"누가 룬빙에 장아찌 넣자고 했어. 샤오펑이 너희들을 물들인 거야?"

"여러분, 여러분. 이제 주제를 바꿉시다."

"내 생각엔, 군기 반장이 필요해. 한 명 추천해 봐!"

"군기 반장은 무슨, 탐정이 필요해요!" 쉬자화.

"아휴. 다행히도 일상 추리물에선 사람이 안 죽어." 루샤오펑.

"근데, 우리가 왜 꼭 추리해야 하나요?" 샤오나이윈.

"특정 물건을 특정 장소에 둘 수 있는 사람은 언니밖에 없어. 이 사실은 변하지 않아. 범인을 찾는 건, 이 추리에서 핵심은 아냐! 범인의 동기를 파악해야 해!" 궈즈이.

안슈이는 저절로 입꼬리가 올라가면서 웃었다.

"그렇다면, 누가 탐정이냐?"

넷은 서로 쳐다보다가, 일제히 안슈이 쪽으로 시선이 쏠렸다.

"범인과 탐정이 같은 사람이라니, 말이 돼?"

"우리 중에 추리를 잘하는 사람이 없잖아요." 궈즈이는 역시 현실에 밝다.

"나는 그냥 대사만 할래. 범인은 이 안에 있다!" 하하 웃는 쉬자화.

"역시, 현실 세계에서 바로 본론으로 들어가는 게 효율적이야!" 샤오펑의 만면에 웃음꽃이 피었다.

"그렇다면 주인 언니께서 수수께끼를 풀어주시죠!" 샤오나이윈은 물이 들어오자 노를 젓기 시작했다.

"아니 잠깐만. 너네들이 원했던 건 탐정 추리 아니었어? 이건 범인이 자백하는 거잖아."

네 사람은 각자 한마디씩 했다. "맞아요." "그래요." "아무렴 어때요."

안슈이는 "좋아"라고 하면서 칙 두 번째 콜라 캔을 땄다.

식탁이 조용해졌다.

"첫 번째 나온 것이 『타이완 요리 지침서』야. 그때 당신들은 무슨 생각을 했지?" 안슈이는 대답하지 말라며 손을 휘저었다. 바로 말을 이어갔다. "두 번째가 양철 장난감, 세 번째가 작은 가죽 구두, 네 번째가 문패야. 순서는 안 중요해. 특별한 의미가 없어. 첫 번째에서 마지막까지 대략 열 달 정도 걸렸지. 그 사이에 당신들은 어떤 생각을 했어? 이 내막을 파악한다면. 내 동기를 알 수 있어!"

"헉!"

쉬자화는 입이 딱 벌어졌다.

샤오나이윈은 '헉' 소리조차 내지 못하고, 그저 입만 벌어졌다.

"유쾌범(愉快犯=ゆかいはん)*이란 뜻인가요? 만약 소동을 벌이는 게 언니의 동기라면, 우리가 여기 사는 게 좀 걱정되는데요."

샤오펑이 말했다.

---

* 악의 없이 단순히 재미로 범죄를 저지르는 사람. 관종을 뜻하기도 한다.

안슈이는 콜라를 마시다 사레가 들렸다.

"그 해석은 도대체 또 뭐야?"

"난 언니가 유쾌범이라고 생각 안 해. 그 기간 과도하게 반응한 사람은 없어. 기껏해야 혼란스러웠을 뿐이야. 소동을 노린 게 아냐! 같은 이유로, 언니가 우리 반응을 보고 싶었다는 것도 표면적 이유일 뿐이야. 절대 핵심이 아냐. 언니가 왜 우리의 반응을 보고 싶었을까? 문제의 관건은 진짜 여기에 있어." 귀즈이가 말했다.

"흐음! BL 소설 쓰더니. 추리는 좀 하는군."

안슈이는 승복하고서, 고개를 살짝 비틀며 말을 이어갔다.

"이야기하려면 좀 길어."

"듣고 싶지만, 제발 짧게!" 쉬자화.

"밥과 잘 어울렸으면." 루샤오펑.

"난 믿음이 안 가." 귀즈이.

"할아버지 이름을 걸고." 안슈이.

"할아버지 존함을 우리가 어떻게 알아요!"

"이건 킨다이치의 명대사잖아!"

"요점만!"

식탁은 점점 더 소란해졌다.

※

타이완 전통 언어로 말하면, 쓰웨이가 1번지는 안씨 집안은 '키케추(起家厝)'인 셈이다. (굳이 풀이하자면 '집안을 일으킨 내력이나 흔적' 정도가 되겠다.)

안슈이 조부는 1949년 대륙에서 군대를 따라 타이완으로 들어왔다. 여기저기를 전전하다, 이곳에서 아내를 만나고 아이를 낳았다. 10여 년 뒤 8·23 포격전*에 공을 세워 육군 소장으로 진급했다. 20년 후에는 중장 계급으로 국방부 참모본부 부참모장이라는 요직을 맡았다. 안슈이의 조모는 이 집에서 2대를 낳았고, 이 2대가 또 3대를 낳았다.

쓰웨이가 1번지에서 안씨 집안이 삼 대에 걸쳐 산 것이다. 하지만 안슈이는 여기서 태어나지 않았다.

조부가 승진하면서 타이베이로 이사했고, 양민산(陽明山) 아래 대저택에서 함께 살았다. 유독 할머니만 온 가족이 반대해도 쓰웨이가 1번지에 혼자 살겠다고 고집을 피웠다. 안슈이는 타이베이에서 태어났다. 취학 전에 부모가 별거하다 이혼했고, 홀아비는 어린 딸을 어떻게 돌보아야 할지 전혀 몰랐다. 대저택에서 가족회의 끝에 안슈이를 타이중으로 보내기로 결정했다. 그때 안슈이 나이 여섯 살이었다. 이때 '키케추'라는 말을 처음 들었는데, 평생 지워지

---

* 제2차 타이완 해협 위기 또는 진먼(金門) 포격전. 1958년 8월 23일부터 10월 5일까지 진먼섬에 주둔하고 있던 중화민국 국군에 대해 중국 인민해방군이 무려 47만발에 이르는 포탄을 포격한 사건이다.

지 않았다. 홀아비는 딸에게 이렇게 말했다. "나도 이러고 싶지 않아. 너를 우리 집안에서 가장 중요한 곳으로 보내려고 해. 그 집이 우리 집안 키케추야."

당시 부친이 왜 쓰웨이가 1번지를 이 말로 표현했는지, 안슈이는 성년이 되어서야 이상하다고 생각했다. '키케추'는 타이완 원주민 말이다.

안씨의 본적은 저장(江浙)이고, 안슈의 조부는 저장성 닝보에서 태어났다. 조모는 본적이 닝보이고 상하이 사람이다. 안슈이는 조부를 '아예(阿爺)', 조모를 '아나이(阿奶)'라고 부른다. 안슈이가 쓸 줄 아는 닝보 말은 이 두 단어뿐이다. 안씨 집안 전체에서, '아예'와 '아나이'끼리만 닝보 말로 대화한다. 성인이 된 안슈이는 결론을 내렸다. 부친이 타이완에서 태어나서 '키케추'라는 말은 알지만, 타이완 사람이 아니라, 결국 대륙 이주민의 2세였다.

어릴 때 안슈이는 이런 배경을 당연히 몰랐다. '엄마 곁에 언제 돌아갈 수 있을까, 다시 타이베이로 돌아가 집 지키던 큰 개 두 마리를 볼 수 있을까'만을 그녀는 생각했다. 안슈이는 매일 솜이불 속에서 울다가 잠들었고, 베개를 적시며 울면서 깨어났다.

눈물투성이였던 그녀의 어린 시절은 반년 후 또 한 명의 소녀가 쓰웨이가 1번지로 오면서 끝났다.

그녀는 안슈셴(安修賢)이다.

안슈이 항렬은 '슈(修)'를 돌림자로 썼는데, 사촌 오빠와 언니 이름이 슈거(修格), 슈지(修稷), 슈팡(修方), 슈야(修雅) 등등이었다. 안슈셴은 안슈이보다 두 달 늦게 태어난 사촌 동생이었다.

안슈이 자신이 부모가 이혼한 탓에, 이 집으로 왔듯이, 아이의 직감으로 안슈셴 집에도 분명 문제가 있을 거라고 단정해버렸다. 처음 함께 침대에 누운 날, 그녀는 안슈셴에게 부모님이 이혼했냐고 물었다. 종일 말 한마디 없던 안슈셴이 갑자기 돌변할 줄 누가 알았겠는가! 두 사람은 당장 이불 속에서 뒤엉켰다.

안슈이는 자기 딴에 배려한 것인데, 호의가 복수로 돌아온 줄 꿈에도 생각하지 못했다. 이후 둘은 완전히 틀어졌다. 눈을 뜨면 싸우기 시작해서 잘 때가 되어야 그쳤다. 심지어 이불 속에서 싸우다 울지 않는 날이 없을 정도였다.

같이 살면 살수록, 성격 차이가 더 두드러졌다.

할머니가 민물고기나 바닷고기 모두 좋아해서, 식탁에 졸인 새우가 자주 올라왔다. 같은 새우라도, 안슈이는 새우껍질까지 씹어 먹었지만, 안슈셴은 꼬리에 붙은 작은 살점까지 발라 먹어야 만족했다.

먹는 습관이 다른 것 자체는 본래 문제가 되지 않는다. 하지만 할머니가 모든 사람이 같이 먹고 같이 일어나야 한다는 규칙을 정한 것이 문제였다. 어느 날 참다못한 안슈이가 안슈셴 접시에서 새우 몇 마리를 집어 후다닥 껍질을 벗기고 넘겨주었다. 꼬리가 잘린 새우를 보더니, 숨결이 거칠어지면서 얼굴과 귀가 모두 빨개졌다. 소리도 내지도 않고 진주 구슬 같은 눈물을 흘리는 것이었다. 호의가 또 악의로 둔갑하자, 화가 난 안슈이는 탁자를 내리쳤다. 결국 할머니의 명령으로 15분간 벌서기를 해야 했다.

안슈이는 잔뜩 부은 얼굴로 벌을 서면서, 현관 시계 초침이 15바퀴 도는 것을 확인하고 할머니 서재로 갔다. 할머니 무릎에 얼굴을 묻고 울었다.

"안슈셴을 도와주려고 새우껍질을 까줬는데, 제가 왜 벌 받아야 해요. 할머니는 걔만 좋아해요!"

"그건 슈셴 새우잖아. 주인 허락 없이 함부로 남의 물건 손대면 안 돼. 같은 이치로, 슈셴이 네 물건 함부로 만진 적 있어? 그랬다면, 그때 슈셴도 벌 받았을 거야!"

"슈셴도 제 것 뺏아간 적이 있어요. 할머니 뺏아갔잖아요."

"할머니는 네 할머니기도 하지만, 슈셴 할머니이기도 해."

안슈이는 마치 통곡하듯 더 거세게 울면서 말했다.

"아니에요. 슈셴이 어디서 굴러온 아이인지 어떻게 알아요. 작은삼촌이 기생이랑 자서, 기생이 낳은 자식이 슈셴이라고 사람들이 수군댔어요. 안씨 집안 손녀인지 아닌지 어떻게 알아요."

할머니는 안슈이 어깨를 누르면서 말했다.

"누가 너에게 그런 말을 했어?"

할머니 말투는 차분했지만, 안슈이는 겁이 나서 울음을 뚝 그쳤다. 그날 이후, 쓰웨이가 1번지의 요리사가 바뀌었다.

원래 요리사는 이웃에 사는 주씨 할아버지였다. 주씨 할아버지도 8·23 포격전에 참전했고, 퇴역 후 이곳에서 주방 일을 맡았다. 할머니는 주씨 할아버지가 연세가 많으셔서 주방 일에서 명예롭게 은퇴할 때가 되었다고 하셨다.

새로 온 요리사는 대륙에서 온 할머니였다.

새로운 할머니와 친할머니는 여러 측면에서 판이했다. 새로운 할머니가 말랐다면, 친할머니는 풍채가 좋았다. 새 할머니는 성격이 급하고 늘 바빴고, 친할머니는 천하태평이었다. 친할머니는 사촌 자매 머리를 곱게 땋아주었지만, 새 할머니는 대충대충 말총머리로 묶어주었다. 친할머니가 홍사오티티(揚州獅子)*나 양저우스쯔(揚州獅子) 같은 장향이 짙은 고기 요리를 좋아한다면, 새 할머니는 아이는 푸른 채소를 많이 먹어야 변비나 열병이 생기지 않는다고 생각했다. 친할머니는 닭튀김이나 콜라를 사주었지만, 새 할머니는 그런 음식은 영양가가 없다고 매우 싫어했다. 친할머니는 젓가락으로 마오타이주**를 조금 찍어 먹으면서 술을 가르쳤지만, 새 할머니는 혼비백산하며 아이들이 술을 마시면 키가 크지 않는다고 걱정이 태산이었다.

쓰웨이의 안씨 집안에서 대륙 요리가 식탁에 자주 올라왔는데, 아마도 주씨 할아버지가 취사병 출신이라 그랬을 것이다. 할아버

---

* 양쯔 지방에서 유명한 큼직한 돼지고기 완자 요리.
** 수수(고량)를 주 원료로 하는 중국 구이저우성의 특산 증류주.

지는 군대에서 대량으로 하는 고구마 요리나 볶음국수를 자주 했는데, 대개 너무 물러서 맛이 나질 않았다. 달걀부침도 태우거나 모양을 자주 망가뜨렸다. 맛있는 건 그나마 두부미소국 정도였다. 새 할머니는 거친 요리를 싫어했다. 옛일을 추억하거나 고생을 되새길 때 그런 요리를 식탁에 올렸다. 새 할머니도 주씨 할아버지가 했던 요리를 올리긴 했다. 하지만 같은 고구마 요리라도, 새 할머니가 하신 것은 우윳빛이 감돌았고 더 달았다. 고기향이 밴 국수도 가닥가닥이 엉키지 않았다. 달걀부침도 겉은 바싹하고 속은 부드러웠다. 심지어 미소국에도 생선 말린 것이나 닭 뼈를 넣어 감칠맛을 냈다. 친할머니가 가르쳐 준 '카오푸(烤麩), 쭈이지(醉雞), 유먼쑨(油燜筍), 후저우더우샤쫑(湖州豆沙粽)'도 친할머니와 가깝게 맛을 냈다. 친할머니도 한 잔 드시면, 새 할머니를 두고 수다스럽지만, 손맛만큼은 입 댈 게 없다고 했다.

  요리 솜씨와 관계없이, 안슈이는 새로운 할머니가 좋았다.

  하루는, 새 할머니는 안슈이에게 먹고 싶은 게 뭔지 물었다. 저녁에 그 요리가 나왔다. 나중에 발견했지만, 새 할머니는 안슈셴에게도 뭘 먹고 싶은 것 물었고, 슈셴이 먹고 싶어 하는 요리가 그날 저녁에 나왔다. 새 할머니는 사촌 자매를 똑같이 대해서, 안슈셴도 새 할머니를 좋아했다. 새 할머니는 매우 섬세했는데, 어느 날 너희 자매는 진짜 재미있다고 했다. 안슈이는 홍사오위(紅燒魚)를, 안슈셴은 홍사오시아(紅燒蝦)를 좋아한다고 했다.

이게 왜 재미있을까?

새 할머니가 말씀하셨다.

"안슈이(安修儀)는 타이완 말로 읽으면 '紅燒魚(âng sio hî)'와 비슷하고, 안슈셴(安修賢)은 '紅燒蝦(âng sio hê)'와 비슷하잖아. 슈이는 이름대로 생선을 좋아하고, 슈셴은 이름대로 새우를 좋아하지."

안슈이는 듣고 보니 진짜 그런 것 같았다. 그 말대로 하면, 안씨 집안에 '홍시아지(紅燒雞)'와 '홍사오야(紅燒鴨)'가 있는 셈이 된다.

언젠가 새 할머니가 안슈셴에게 동요를 가르치면서, 홍샤위와 홍샤샤라는 별명으로 가사를 바꿔 버렸다.

> ももたろうさん　ももたろうさん (모모타로상, 모모타로상)
> おこしにつけた　キビダンゴ (당신 허리에 찬 키비당고*를)
> ひとつわたしに　くださいな (저에게 하나 주세요)

새 할머니는 'キビダンゴ' 5음절을 '紅燒魚, 紅燒蝦' 3음절 장음으로 바꾸고, 두 이름이 다 들어가게 노래를 불렀다. '모모타로상, 모모타로상, 당신 허리에 찬 홍샤위(紅燒魚), 저에게 하나 주세요. 모모타로상, 모로타로상, 당신 허리에 찬 홍샤샤(紅燒蝦), 저에게

---

*　오코야마 지역의 명물로 수수(키비)로 만든 경단(당고).

하나 주세요.' 안슈이와 안슈셴은 서로 먼저 부르려고 다투었고, 자기 이름에 나오는 마디에서 '훙샤위', '훙샤샤'를 더 크게 불렀다.

친할머니는 이런 일본 동요를 부를 줄 몰랐지만, 육아 수단으로 활용했다. 안슈이와 안슈셴이 싸워서 말도 안 할 때면, 할머니는 동요를 불렀다. "모모타로상, 모모타로상, 당신 허리에 찬……." 할머니는 여기까지만 부르고 멈췄다. 안슈이와 안슈셴은 앞다투어 다음 음절을 부르려고 했다. 노래가 끝나면 서로 째려보는데 일단 그걸로 화해하는 셈이었다.

하지만 안 맞는 건 끝까지 안 맞았다.

초등학교 고학년으로 올라갔을 때, 안슈셴은 전교 20등이었고, 안슈이는 반에서 12등을 오르락내리락했다.

6학년 첫 월말고사 성적이 나왔는데, 안슈셴은 성적표를 보더니 그저 눈물만 뚝뚝 흘리는 것이었다. 안슈이가 곁에서 보니 분명 반에서 2등이었다.

"왜 울고불고 난리야! 난 반에서 12등인데."

"안슈이. 니가 멀 알아." "너 안슈셴이 완전 백치라는 걸 안다 왜! 2등이라고 울면, 3등은 자살해야겠네."

"누가 백치야. 넌 입이 거칠어! 이 왕바단(王八蛋)아!"

"완전 백치 안슈셴, 너도 날 욕하면서 더러운 말 하는구나. 난 욕 안 했어!"

"왕바단이란 말이 어떻게 더러운 말이야. 왕바(王八=wangba)

는 '예의염치효제충신(禮義廉恥孝悌忠信)', 이 여덟 개 모른다[忘八=wangba]는 뜻이야. 알긴 알어?"

"와! 너는 다 아는구나! 2등도 부족해. 뱀이 코끼리 삼키려고 한다더니만, 넌 완전 욕심 대장이야!"

"넌 완전히 겉만 번드르르하고 속은 완전 깡통[金玉其外敗絮其內]이야."

"니, 니, 니. 니 진짜 고사성어 잘 갖다 붙이는구나? 니가 쉐바오차이(薛寶釵)*야!"

"쉐바오차이가 어때서? 넌 자바오위(賈寶玉)야!"

"시끄러워 죽겠다."아래층에서 친할머니 목소리가 들려왔다.

"여자애 둘이 말이야!"

새 할머니도 한마디 거들었다.

안슈셴이 먼저 일어나 복도로 뛰쳐나갔다.

"남자애면 싸워도 돼요? 그럼 오늘부터 우리도 남자애 할래!"

안슈이도 따라 나오며 대거리했다.

"그러니까! 할머니들은 모두 남존여비야!"

이럴 때만큼은, 안슈이도 늘 으르렁거리는 안수셴과 공동전선을 형성했다.

친할머니는 당나귀 같은 아이들을 귀찮아했지만, 새 할머니는 아

---

*   쉐바오차이와 자바오위는 각각 『홍루몽』의 여주인공과 남주인공의 이름이다.

이들을 능숙하게 다뤘다.

"애들아, 홍더우빙(紅豆餠)* 먹을래? 지금 막 사러 가려거든."

싸움에서 이겨야 하고, 자존심도 중요하지만, 간식이라면 둘 다 포기할 수 있었다.

열두 살 동갑내기, 안슈이와 안슈셴이 휴전하는 데에는 홍더우빙 네 개면 충분했다.

✳

하지만 둘이 나이가 들면서 상황이 그리 간단하지만 않았다.

1996년은 안씨 집안에 전환점이 되는 해였다. 1년 전에 총통 이덩후이(李登輝)가 방미하자, 안씨 집안 내부에서 이민 이야기가 나오기 시작했다. 96년 타이완 해협에서 미사일 위기가 발발하자, 안씨 집안 이민 계획은 속도가 붙기 시작했다. 이덩후이가 국민이 직접 뽑은 총통이 되자, 할머니 다섯 아들 중 셋은 이미 온 가족을 데리고 미국으로 날아갔다. 안슈이 부친은 공적, 사적 일을 처리하느라 조금 늦어졌다. 안슈이가 중학교를 졸업하고 고등학교에 진학할 무렵 모두 같이 이민 갈 작정이었다.

열다섯 안슈이가 안슈셴에게 물었다. "넌 어쩔래?"

---

* 팥소가 들어간 일종의 붕어빵. 현대에는 아이스크림, 슈크림 등 다양한 소를 넣어 만든다.

열다섯 안슈셴이 대답했다. "외성인*들은 무슨 일만 생기면 도망가려고 해!"

"너는 백치야? 이게 외성인과 무슨 상관있는데."

"봐봐. 본성인 중에 이민 가는 사람 몇이나 있어."

"왜 없어. 저번에 밴쿠버에서 홈스테이했던 장씨 아저씨네도 본성인이잖아."

"장씨 아버지 부친이 '블랙리스트'에 올라 있었어. 그 집안은 쫓겨난 거야."

안슈이는 말문이 막히자, 고개를 휙 돌리고 쿵쿵 발소리를 내며 자리를 떴다.

주방에서 새 할머니가 위로 보고 소리쳤다.

"애들아. 샤오메이 아이스크림 먹을래?"

두 소녀는 동시에 소리쳤다.

"안 먹어요."

"누가 백치하고 같이 먹겠어요."

"누가 왕바단하고 같이 먹겠어요."

하지만 안슈이가 이상하게 고집을 부렸다. 아버지를 먼저 미국으로 보내고, 자신은 쓰웨이가 1번지에 남아 고등학교에 다녔다. 쓰웨이 근처 쥐안춘(眷村)에 살고 또 같은 학교에 다니는 마오궈후이

---

* 외성인(外省人)은 일본 패전부터 1949년까지 중국 대륙에서 타이완으로 건너온 사람들을 의미한다.

(毛國惠)가 이들 사이에 윤활제 역할은 했다. 마오궈후이는 그들의 청매죽마(靑梅竹馬)였다.

사촌 자매가 같은 학교에 다녔지만, 입학하자마자 바로 냉전이었다. 자매는 평소 꼭 필요한 말만 했고, 마오궈후이가 있어야, 비로소 한 다리 건너서 대화를 할 수 있었고 그 와중에도 계속 다투었다.

타이완에서 첫 정권이 교체되던 2000년, 그들은 열여섯이었다. 선거 개표 저녁, 마오궈후이는 쓰웨이가 1번지로 와서 같이 TV를 보았다. 타이완의 중화민국에서 국민당이 아닌 다른 정당 후보가 총통에 당선된 것은 처음이었다. 위성 SNG로 중계하는 현장을 보면, 마치 끓은 기름에 찬물을 부은 듯 들끓는 것 같았다. 안슈이는 감정이 여러모로 복잡했다. 작년에 호상이었던 할아버지 장례식을 작년에 치러서 그나마 다행이라고 생각했다. 평생 공산당과 타이완 독립파를 때려잡으려던 할아버지가, 민진당이 정권을 잡는 것은 보았더라면 피를 토했을 것이다.

TV에서 군중의 함성이 흘러나왔다. 여기 저기에서 '타이완 독립 만세!'를 외치고 있었다.

안슈이는 저도 모르게 "저 독립파 놈들"이라고 혼잣말했다.

마오궈후이가 "그래도, 우리나라에는 언론의 자유가 있어."라고 말했다.

안슈셴은 단호하게 말했다. "나는 타이완 독립을 지지해."

순간 안슈이는 벙쪘다. 한동안 쳐다보지도 않던 안슈셴을 마오궈후이를 사이에 두고 노려보았다.

"안슈셴, 너 타이완 독립이 뭔지 알기나 해! 너 언제부터 독립파였어?"

"안슈이, 넌 타이완 쌀 먹고, 타이완 물 마셔. 너도 타이완 사람이야. 뭘 믿고 타이완 독립을 지지 안 해!"

"난 타이완 사람이면서 중국 사람이기도 해. 너 안슈셴, 외성 3세이면서 뭘 믿고 다른 사람처럼 타이완 독립을 주장해."

안슈셴은 차갑게 웃었다.

"넌 진짜 왕바단이야!" 안슈이는 화가 머리끝까지 나서, 바로 험한 말을 내뱉었다.

"나는 죽을 때까지 절대 너랑 말 안 해!"

고등학교 졸업하는 날 저녁, 열여덟 살 안슈이는 결국 말을 걸었다.

"안수셴, 나랑 미국 갈 거야 말 거야?"

열여덟 살, 안슈셴은 여태 한 번도 본 적 없는 눈으로 안슈이를 쳐다보았다. 이전의 안슈셴의 눈은 숯불처럼 이글거렸지만, 지금은 고요한 깊은 바다처럼 깊고 어둡다. 한 처마 아래 살면서, 언제, 무슨 사연이 있어 안슈셴이 자신이 이해할 수 없을 정도로 바뀌었는지 안슈이는 알지 못했다. 안슈셴이 자신을 바라보는 눈빛은 다가갈 수 없는 거리에 있는 어른 같았다.

"보긴 뭘 봐. 사람 말로 좀 해라."

"안리자(安禮嘉)는 아직 이민 안 갔어."

"네 아빠는 네 아빠고, 너는 너야. 그가 언제 너를 신경 쓴 적 있어."

안슈셴은 잠시 말이 없다.

"맞아. 안리자는 안리자이고, 나는 나야. 그가 이민 가든 말든, 나는 안 갈 거야."

"고집부리지 말고. 아빠 것 마음대로 써도 돼. 그건 너에게 빚진 거니까?"

안슈셴은 입술을 달싹거리면서도 끝내 말을 하지 않고, 고개를 가로 흔들었다.

"그렇게 째려만 보지 말고, 사람 알아듣게 말로 좀 해라."

"안슈이. 정말 니 무지가 부러워!"

"뭐. 너 말 다 했어. 참는 데 한계가 있어."

"고집 피우는 것도, 널 화나게 하려는 것도 아냐. 나는 다만 내가 누군지 스스로 결정하고 싶어."

안슈이는 멍하게 듣고만 있다가 말을 건넸다.

"도대체 무슨 말이야? 타이완에 남아 있든, 미국을 가든, 세계 어디로 가든, 너 안슈셴은 어디로 가든 안슈셴이지!"

"그렇지 않아. 어떤 사람은 어딜 가든 정체성을 유지할 수 있지만, 안 그런 사람도 있어."

"어이, 어이! 또 무슨 『뿌리 잘린 난초(失根的蘭花)』 타령이야.

그런 엉터리 글 쓴 천즈판(陳之藩), 그 늙다리는 나라가 망했니 집이 망했니 울고불고하더니만, 결국 미국 가서 잘만 살다 갔잖아."

"네가 틀렸어. 완전히 반대야. 천즈판은 평생 뿌리 잘린 난초처럼 살겠다고 스스로 선택한 거야. 근데 난 싫어. 혈연에 엮이고 싶지도 않고, 풍파에 이리저리 흔들리기도 싫어. 삶의 의미를 내 힘으로 찾고 싶어. 이해하겠니? 미국이든 우주든 다 갈 수 있어. 근데, 달나라나 화성에 간다고 해서 자기 삶을 안착시킬 순 없어."

"안슈셴, 너 도대체 무슨 지랄이야! 나는 그저 생활을 말하는 거야."

"내가 지금 말하는 것도, 생활의 문제야. 만약 입신양명해야 할 이유를 못 찾는다면, 살아서 도대체 뭐 해?"

안슈셴의 말투는 잔잔했지만, 힘이 실려 있었다. 인생에서 절대 넘을 수 없는 과제를 마주한 것 같았다.

안슈이는 아무 말도 못 했다.

안슈이는 일찍부터 안슈셴과 자신 사이에 결코 건널 수 없는 무언가가 있다는 것을 알고 있었다. 하지만 그것이 마리아나 해구보다 크고 깊은 줄을 오늘에서야 확인했다.

고등학교를 졸업한 여름, 안슈이는 혼자 로스앤젤레스로 날아갔다.

친할머니와 새 할머니는 그녀를 위해 송별식을 열어주었는데, 친위안춘(沁園春)에는 일부러 가지 않았다. 안슈이가 집밥을 먹고 싶어 했기 때문이다. '밀기울 찐 것(烤麩), 연근조림(糖藕), 고기 속을 넣은 가지 요리(茄子鑲肉), 찐 조기(紅燒黃魚), 기름에 졸인 새우(油燜蝦), 달걀부침(菜脯蛋), 훈제 패딩이 들어간 샌드위치(蜜汁火腿三明治), 계란볶음밥(火腿蛋炒飯)'을 밥과 반찬으로 준비했고, 새 할머니가 주방을 맡고부터, 안슈이가 제일 좋아하는 국이 나왔다. 절인 배추를 넣고 돼지선지탕을 준비한 것이다. 안슈이는 새우 몇 마리의 껍질을 깠는데, 꼬리 부분까지 조심하게 발라냈다. 그러고는 안슈셴 접시에 올려주었다.

안슈셴은 놀란 척하면서도 살짝 미소지었다.

안슈이는 속으로 욕했다. 십여 년 같이 살면서도 웃는 걸 한 번도 못 봤는데, 헤어질 무렵에서야 웃긴 왜 웃어!

안슈셴은 안슈이가 속으로 뭐라고 하는지 눈치채지 못한 듯, 식사 내내 웃는 얼굴이었다.

친할머니는 이미 이가 좋지 않아, 부드럽거나 잘게 썬 것만 먹었다. 나이 들어 살찐 이후 무릎까지 안 좋아졌다. 할머니는 거동도 불편해서, 안슈셴이 공항까지 배웅 나왔다. 출국 게이트를 빠져나오기 전, 안슈셴이 안슈이를 살짝 안아주면서 말했다.

"할머니는 내가 돌볼 테니, 넌 미국에서 잘 살아."

"이제부터 네 혼자 할머니 차지하겠네."

"이 왕바단. 싫으면 가지 마."

안슈이는 말이 막혔다.

안슈셴은 웃으며, 가볍게 말했다.

"잘 가."

비행기에 오른 안슈이는 말할 수 없을 정도로 감정이 복잡했다. 열몇 시간 비행 동안, 마음이 조금씩 가라앉았다. 예전에 할머니를 뺏아간 안슈셴이 미웠지만, 지금은 안슈셴에게 할머니를 맡기고 떠난 셈이었다. 쓰웨이가 1번지에서 그래도 할머니와 안슈셴은 서로 의지하며 지낼 것이다. 최악의 선택만은 아니었다.

그런데 이듬해 할머니가 세상을 떠났다.

2003년 봄이었다. 사스(SARS, 중증 급성 호흡기 증후군)가 타이완을 휩쓸기 직전이었다. 할머니는 전염병이 창궐하기 전에 돌아가셨고, 얼마 지나지 않아 바로 사회 전체가 뒤숭숭하고 살벌했다. 사람들은 모두 제 목숨은 아끼는 터라, 안씨 집안 삼 대를 통틀어 타이완으로 장례를 모시러 온 자손은 안슈이뿐이었다.

할머니는 고혈압성 뇌출혈로 돌아가셨다. 한순간에 세상과 작별한 것이다. 향년 75세. 장수했다고 할 수 없겠지만, 평생 병으로 몸져누운 적이 없었으니 복 많은 인생이었다. 안슈이는 머리로는 이해했지만, 마음이 도저히 따라 주지 않았다. 울며불며 미국에서 타이완으로 돌아왔다.

안씨 집안의 남자와 여자는 모두 장례 기간 내내 호텔에 머물렀다. 조용하고 편안하다는 변명을 달았다. 안슈이는 공항에서 바로 쓰웨이가 1번지로 향했다. 안슈셴만 식당에 앉아 집을 지키고 있었다. 안슈셴은 울지도 않았고 말도 거의 없었다. 안슈이가 곡을 할 때도, 안슈셴은 어릴 적처럼 얼굴과 귀가 벌겋게 달아오를 때까지 숨을 참고 또 참았다. 안슈이는 그녀가 몰래 얼마나 애처롭게 울었는지 잘 알고 있었다. 안슈셴의 얼굴이 소금기에 절어 퉁퉁 부어오른 것을 자주 보았기 때문이다.

칠일 초제, 49제, 출빈(出殯), 납골당 안치.

타이완에서 안씨 가문 사업을 관리하던 안리자는 모든 절차를 마무리하고, 변호사를 대동하여 할머니 유산 정리를 했다. 안씨 2세들은 이의를 제기하지 않았고, 각자 서명하고서 바삐 제 갈 길을 떠났다. 아시아 지역은 전염병이 더 심각해져, 안리자 역시 한동안 미국에서 머물겠다고 이야기했다.

안슈이가 안슈셴에게 "미국 갈 거야, 말 거야?"라고 물었다.

안슈셴이 말했다. "안리자가 유일하게 처분 안 한 부동산이 쓰웨이가 1번지야. 할머니가 생전에 변호사 입회 아래 내게 물려줬거든."

"네 아빠가 널 이렇게 버리려는 거야?"

"안리자가 이 집을 순순히 준 것만으로도, 할 도리는 다한 셈이지."

"도리는 무슨 도리! 너 혼자 여기 사는데."

안슈이는 잠시 혀가 꼬였고, 생각은 분명한데 어떻게 말해야 좋을지 몰라 말을 제대로 하지 못했다.

어쨌든 안슈이는 기분이 나빴고, 기도 막혔으며, 화가 잔뜩 났다.

"너, 귀신 같은 표정 좀 짓지 마. 우리가 오기 전에도 할머니 혼자 여기 사셨어."

"너, 미쳤어? 그땐 서쪽 곁채에 주씨 할아버지랑 장 기사님도 사셨고, 또 매일 청소하러 오시는 분도 계셨잖아."

"새 할머니는 퇴직하셨지만, 청소하는 아주머니가 매일 오셔."

"그건 다르지. 너랑 같이 사는 사람이 없으니까!"

"사람 구하는 것 그렇게 간단하지 않아. 내가 집주인이 되어 세입자 구하면 괜찮지 않을까?"

"안슈셴, 너 아직 대학도 졸업 못 했잖아."

"그럼, 대학 졸업하고 집주인이 되지 뭐!"

안슈이는 말로 못 당하자, 팔짝팔짝 뒷면서 세 번 욕을 했다.

'빌어먹을, 빌어먹을, 빌어먹을.'

"진짜 나랑 같이 안 갈래?"

"너랑 같이 안 가려는 게 아냐. 못 가는 이유가 있어."

"안슈셴, 이번에도 나랑 안 가면, 나 진짜, 진짜, 진짜 너랑 평생 말 안 할 거야!"

한이 맺힌 듯, 사나운 말을 쏟았던 안슈이는 안슈셴이 먼저 손을 내밀기를 이틀 동안 기다렸지만, 소식이 없었다. 안슈이는 그녀와 다른 길로 가기로 마음먹었다. 타이완에서 로스앤젤레스까지 거리는 약 만 킬로미터이고, 시차는 열다섯 시간이다. 냉전까지 가지 않아도 원래 말 한마디라도 쉽게 할 수 있는 사이도 아니었다. 이제 자매 사이도 파탄 난 마당에 더할 말이 무엇 있겠는가? 만약 쓰웨이가 1번지가 없었더라면, 안슈이와 안슈셴은 혈연이라도 만날 일이 없었을 것이다. 안슈이에게 안슈셴은 슈거, 슈지, 슈팡, 수야나 간장에 졸린 생선, 새우, 닭, 오리와 다를 바 없다.

MSN 메신저로 마오궈후이가 안슈이에게 소식을 보내왔다. '안슈셴이 난소암 3기라는 걸 알아?'

안슈이는 노트북의 작은 모니터를 넋이 나간 채 바라보았다.

그녀는 학부를 졸업하고 경영학 박사 과정에 들어갔다. 가을이 시작되자마자 눈코 뜰 새 없이 바빠, 하루가 36시간이었으면 하는 생각이 들 정도였다. 섬나라 타이완에서 삶은 마치 전쟁 같았고, 마찬가지로 안슈셴 역시 전생의 악연처럼 느껴졌다.

안슈이는 다시 MSN 창을 열고, 대화를 시작했다.

> 홍사오위 : 지금은 못 가. 나 대신 안슈셴이 뭐가 필요한지 봐 줘. 돈은 내가 보낼게.
> AMAO : 안슈셴이 항암치료 시작했어. 내가 병간호하려 해도, 허락 안 해.
> 홍사오위 : 진짜 화나. 안슈셴에게 전해 줘. 당장 미국 와서 치료받으라고!
> AMAO : 나도 얘기했어. 타이완 의료보험도 있고, 의학 수준

도 미국 못지않다고 하더라.

홍사오위 : 쳇! 안슈셴은 민진당한테 세뇌당한 것 같아. 안 그래?

AMAO : 어쨌든 난 너에게 소식 전했어. 시간 있으면 한 번 보러 와.

홍사오위 : 아이고! 무슨 일 생기면 바로 나에게 연락해 줘. 정말 고마워.

AMAO : 당연하지!

  타이완은 이미 자정이 지나서, 마오궈휘이는 '잘 자'라고 마지막 메시지를 남기고 로그아웃했다.

  안슈이는 머리를 움켜쥐고 또 움켜쥐었고, 시간이 임박해서야 수업을 들으러 나섰다. 차 안에서 이번 학기가 끝나면 타이완으로 가야겠다고 생각했다. 학기가 끝나고 방학 기간에는 인턴을 해야 했기에 매우 지쳤다. 마오궈후이가 더 나쁜 소식은 전하지 않아서, 안슈이는 치료가 순조로운가 보다 생각했다. 바쁘게 살다 보니, 눈 깜짝할 사이, 한 학기가 지나고 또 한 한기가 지나갔다.

  박사 과정 2학년 2학기, 마오궈후이가 MSN 메신저로 다시 소식을 전해왔다. 반년 전, 안슈셴은 집에서 넘어져 뼈가 부러졌고, 그때 암세포가 뼈까지 전이된 것을 발견했다고 했다. 혼자 쓰웨이가 1번지에 사는 것이 무리라서, 안슈셴은 승강기가 딸린 작은 아파트로 이사했고 다시 항암치료를 시작해서 최근 차도를 보인다고 했다.

> 훙사오위 : 곤란한 일이 끝나고, 이제야 말하니?
> AMAO　　: 안슈셴이 네가 걱정하는 것 바라지 않아.
> 훙사오위 : 너희들이 사실대로 말 안 해 주면, 걱정되는 건 마
> 　　　　　찬가지야.

이번엔 마오궈후이가 답이 늦었다. 반나절이 지나서야 메시지가 도착했다. 너 어차피 타이완으로 못 오잖아!

몹시 화가 난 안슈이가 벌떡 일어서자, 사무실 의자는 그 반동으로 뒤로 넘어갔고 쿵 소리가 났다.

안슈이는 바로 타이완행 표를 사야겠다고 생각했다.

끝내 그러지 못했다. 안슈이는 팽이처럼 돌기만 할 뿐, 스스로 멈출 수 없었다.

초여름, 마오궈후이가 블로그 링크와 BBS 링크를 하나씩 보내왔다. 블로그 주인은 폐허 마니아로, 몰래 담을 넘어 쓰웨이가 1번지로 들어갔다고 했다. 현관에서 2층 모든 방을 찍었고, 화산재가 덮친 고대 폼페이 같다는 글도 덧붙였다. 모든 공간을 잘 정리되어 있었고, 주인이 막 외출한 것 같았다. 평소와 다른 점이 있다면, 모든 물건에 먼지가 두껍게 덮여 있다는 것이었다. 달력은 마지막에

찢긴 그대로 멈춰 있었는데, 일 년 전 어느 순간에 시간이 멈춘 것 같았다. 주방 싱크대 안에 찻잎이 담긴 머그잔이 방치되어 있었고, 창틀에 있던 인형 모양 탁상시계는 건전지가 남았던지, 초침이 또각또각 전진하고 있었다.

BBS 글은 쓰웨이가 1번지를 탐방했던 폐허 마니아의 후기와 그에 대한 댓글이었다. 무슨 미학적 원칙이라도 있었는지, 주소를 확실하게 밝히지는 않았다. 하지만 블로그와 같이 보면 어딘지 금방 알 수 있었다. 원 작성자의 글에 따르면, 그는 방 한 간을 잡아 하룻밤 보내려고 했다. 한밤중에 텅 빈 집에서 갑자기 발소리가 났다. 겁이 나 밤새 한숨도 못 자고 동이 트고서야 몰래 도망쳐 나왔다고 한다.

홍사오위 : 저런 백치 같은 놈들, 그냥 뒈지지. 우리 집에 귀신이 나왔다면 내가 몰랐을까?

AMAO : 그 발소리, 안슈셴 거였어. 나도 얼마 전에 알았는데, 가끔 집 둘러보러 간대.

홍사오위 : 진짜 위험해. 안슈셴한테 24시간 보안시스템 설치하라고 해!

AMAO : 최근 설치했다더라. 안슈셴이 보안업체를 불러 집 지키게 했는데, 밤에는 아무도 근무하지 않으려고 한대.

홍사오위 : 바나나, 구아바 같은 놈들! 대대로 부귀영화 누려라! 이 xx야!

한바탕 욕을 퍼붓고, 안슈이와 마오궈후이 모두 잠잠했다.

안슈이는 마오궈후이 쪽은 무슨 사정이 있는지 알 수 없었다. 안슈이는 파란 MSN 창을 한창 바라보았다. 언제 학위를 끝낼 수 있을까 생각했다.

그날 밤, 안슈이는 안슈센에게 메일을 보냈다. 단 한 문장만 썼다. '네가 정말 로스앤젤레스로 왔으면 좋겠어.'

이튿날, 잠이 깨서 컴퓨터를 켜고 메일을 확인했다. 안슈센의 답장도 딱 한 줄이었다. '네가 정말 쓰웨이가 1번지로 왔으면 좋겠어.'

안슈이는 얼굴이 파랗게 질리면서 굳어졌다. 속이 타는 듯했는데 왜 그런지는 알 수 없었다.

그날 바로 지도 교수와 연구 일정을 조정했다. 박사 후 과정을 응시하려고 논문 발표를 서두르기로 했다. 그녀는 차를 몰고 집에 도착하자마자 인터넷 선을 뽑아버렸다. 냉동고에 치즈버거를 가득 채웠다. 하루 세끼 다 햄버거를 먹으면서 논문에 몰두했다. 냉동고가 바닥이 보이는 어느 저녁, 핸드폰이 울렸다. 오랫동안 연락하지 않았던 작은 삼촌 안리자였다.

"안슈센이 너에게 쓰웨이가 1번지 남겼어?"

"뭐래요. 안슈센은 멀쩡한데, 무슨 유산은."

"너 몰랐나? 그녀는 갔어."

"가긴 어딜 가요?"

"한참 중국어를 안 쓰더니, 못 알아듣냐? 안슈셴이 죽었다고!"

안슈이는 분명히 들었다. 하지만 제대로 들은 것 같지 않았다.

마음을 다스리는 짧은 순간, 핸드폰 너머로 파도 소리, 세찬 바람 소리가 들려왔고 매우 시끄러웠다. 안슈이는 '안리자, 너 xx야! 지금 도대체 어디 있는 거야!'라고 욕하고 싶었으나, 입이 떨어지지 않았다.

"안슈셴의 유산은 복잡하지 않아. 타이완 류 변호사가 아직 퇴직 안 했어. 널 도와 처리해 줄 거야. 안슈셴은 명의상 자식이 없어. 장례식도 간단하게 치를 거야. 이틀 안에 타이완으로 와! 한번에 다 처리하자."

안리자는 자기 할 말만 했다. 말투가 고향의 이웃집 개가 죽었다는 소식을 전하는 것 같았다.

"안리자, 너 왕바단. 네 딸이 죽었어!"

"너 말조심해. 어쨌든 나는 네 삼촌이야?"

"삼촌은 무슨 삼촌. 넌 인두겁을 쓴 짐승이야! 피도 눈물도 없어. 너 xx야, 한 번이라도 안슈셴 아버지 노릇을 한 적 있어?"

"입 다물어, 난 안 억울하지 알아?"

"씨발, 지랄염병하네. 기생집 드나들면서 딸은 인정 안 해!"

이 말은 안리자의 아픈 곳을 찔렀다. 핸드폰 너머로 그 역시 온

갖 욕을 다 퍼부었다. 한참 그러다 조용해졌다. 철썩철썩 파도 소리가 들여왔다. 파도도 바람도 시끄러웠다. 이 소리에 안슈이는 머리가 터질 것 같았다.

안리자가 마침내 입을 열었다.

"안슈셴은 내 딸 아니야!"

안슈셴은 할아버지 딸이었다. 족보를 따지면, 안슈셴은 안슈이에게 작은고모가 된다. 당시에 할아버지가 애첩을 숨겨두었다는 걸 모두 몰랐다. 환갑이 넘은 안 장군이 아이를 생산할 줄 누가 생각이라도 했겠는가? 안슈셴이 태어나자 할아버지는 친자 확인을 했고, 혈연이 확실하자 그때야 작은할머니에게 밖에서 딸을 키우게 했다. 본래 안슈셴은 호적이 '부친 불명'이라고 적혀 있었다. 안리자가 불륜 현장에서 잡히고, 그 소문이 할아버지 귀에 들어가기 전까지 안슈셴 호적은 그대로였다.

안리자는 대학 시절 교수와 같이 잤는데, 그 교수는 심지어 아내도 있었다. 안 장군은 아들이 사제 간에 연애를, 그것도 동성연애를 한다는 사실을 알고 노발대발했다. 그리고 아예 부자의 연을 끊으려고 했다. 안 장군 수하에서 묘책을 내놓았다. 당시 안리자 나이가 스물다섯이라서 여섯 살 딸이 있다는 것은 말이 안 되지만, 안슈셴을 안리자 호적에 올리면 안씨 핏줄을 잇는 셈이고, 안리자에 후사도 생긴 게 된다. 당시 안리자는 기생과 딸을 낳았다는 오명이 싫다며 한사코 거부했지만, 안 장군은 동성애가 기생 연애보다 더

혹독한 지옥에 간다며, 자기 딸을 아들의 딸로 둔갑시켰다. 여섯 살 진리셴(金禮賢)은 안슈셴으로 이름이 바뀌게 되었다. 안 장군의 애첩은 죽어도 그렇게 못하겠다고 버텼는데, 그 결과 안슈셴은 정실 부인의 손에 자라게 되었다.

이런 음모를 어떻게 십 년, 이십 년을 은폐할 수 있었던가? 당사자 모두 입을 꾹 다물었다. 이 사실은 아는 사람은 안슈셴 생모, 할아버지, 할머니, 안리자 단 네 명뿐이었다. 안리자는 이 사실을 아는 사람이 살아 있는 한 절대 발설하지 않겠다고 맹세했다고 했다. 이제 이제 안리자를 제외하고, 아는 사람은 모두 세상을 떠났다.

안슈이는 화가 머리끝까지 치밀어 올랐고 편두통도 발작했다. 상대가 전화를 끊은 것을 확인하고, 더는 참지 못하고 책상을 주먹으로 몇 번이나 내려쳤다. 주먹에 힘이 빠질 때까지, 팔이 마비될 까지.

＊

쓰웨이가 1번지를 포함한 모든 재산을 작은고모는 안슈이에게 남겼다.

비행기는 정오를 막 지나서 타이완에 떨어졌다. 안슈이는 버스, 고속철도, 버스를 갈아타면서 해가 떨어지기 전에 쓰웨이가 1번지 담장 안으로 들어갈 수 있었다.

보안은 신분을 확인하고 대문을 열어주었다.

현관을 몇 걸음 들어서자, 집에서 귀신이 나올 것 같았다. 정원에는 잡초가 무성했고, 기둥과 난간의 페인트는 색이 바랬거나 벗겨져 있었다. 창호지는 찢겨 나간듯이 보였고 미닫이문 종이는 누군가 일부러 구멍을 뚫어 놓은 것 같았다. 비막이 나무문은 오랫동안 사용하지 않은 것 같았고, 나무 복도를 밟으면 이상하게도 푹신한 느낌이 들었다. 끝 여름의 석양이 집 안에 깃들자 더욱 황량해 보였다.

예전에 보았던 블로그 글 그대로, 각 방은 정리가 잘 되어 있었다. 서양식 응접실을 원래 귀빈용이라 실제는 거의 사용하지 않았다. 화병에 꽂힌 조화처럼, 응접실은 생기가 사라져 더 적막하게 느껴졌다. 식당에는 와인장에 와인을 잘 정리해 두었는데, 와인 라벨은 모두 같은 방향을 향하고 있었다. 주방 찬장을 열어 보니, 그릇과 접시, 저분이 종류별로 가지런히 제 자리에 놓아두었다. 싱크대 위에 머그잔 하나만이 주인의 손길을 기다리고 있었다.

서채에서 나가면, 현관 북채에 일본식 응접실이 있다. 새해나 명절에 손님이 끊이지 않았고, 얀슈이와 안슈셴은 쉬지 않고 차와 물을 날랐다. 북채와 서채가 만나는 모퉁이에 공용 저장고, 보일러실, 욕실이 모여 있다. 안슈이는 스치듯 한 번 바라보았는데, 어릴 때 욕조를 먼저 쓰려고 가위바위보를 했던 기억이 선명하게 떠올랐다.

북채를 돌아 나오면, 바로 방이 두 개 있는 서채가 나온다. 예전에는 주씨 할아버지와 장 기사님이 썼고, 두 노인이 퇴직하고는 손님방이나 휴게실로 썼다. 주방을 봐 주었던 새 할머니는 출퇴근했지만, 휴게실에서 잠시 쉬시기도 했다. 어떤 때는 어린 손녀를 데리고 와서, 서채에서 놀게 했다. 안슈이와 안슈셴은 아기를 본 적이 거의 없어서, 젖병 꼭지를 물고 있는 아기에 붙어 한 사람이 한 갈래씩 머리를 땋아주곤 했다.

서채에서 꺾어 돌아서면 2층으로 올라가는 계단이 나온다. 2층에 올라오면, 왼쪽 동채에 2층 첫 번째 방이 나온다. 작은 현관으로 들어가면 다다미가 16첩인 큰방이 있고, 방에는 'L'자형으로 창문이 두 개 나 있다. 오른쪽에는 8첩 다다미방이 있다. 예전에 할머니가 두 방을 모두 사용했다. 16첩 다다미방은 서재로, 8첩 다다미방은 침실로 사용했다. 안슈셴도 할머니처럼 한 방을 서재로, 한 방은 침실로 쓴 것 같았다. 큰방 책상에 컴퓨터, 모니터, 키보드, 마우스가 그대로 있었다. 작은방에는 서양식 1인 침대가 있었다.

조금 더 앞으로 가면, 동채 마지막 방이 나온다. 어린 안슈이 쓰웨이가 1번지로 먼저 왔고, 그다음 안슈셴이 왔는데, 둘은 몇 년간 이 방을 같이 썼다. 지금은 텅 비어 있다. 중학교에 올라가면서 사춘기가 오자 함께 살기 싫어서, 2층 서채 손님방을 두 칸으로 나눠 하나씩 썼다.

2층 북채는 응접실이었다. 할머니가 방에서 텔레비전을 보셨고,

응접실 텔레비전은 안슈이와 안슈셴 것이었다. 둘은 응접실에서 비디오 게임을 하기도 하고, 텔레비전을 보면서 숙제하기도 했다. 어떤 때 친구를 초대해 놀기도 했다. 새 천년에 정권이 교체될 때, 응접실에서 텔레비전을 보면서 언쟁을 벌인 적도 있었다.

조금 더 가면 2층 서채다. 중학교에 들어가면서 서채 첫 간은 안슈셴이, 둘째 간은 안슈이가 썼다. 지금 문을 열고 보니 두 방 모두 텅 비어 있다. 아무것도 없었다. 기억 속 풍경을 그려보니 한바탕 꿈을 꾼 것 같았다.

이게 전부인가?

안슈이는 동채로 향했다. 어릴 때 썼던 방 역시 텅 비어 있었다. 8첩 다다미방이 이렇게 작았던가? 안슈셴과 둘이 자면서 요를 깔 때 어떻게든 멀리 떨어지려고 다투기도 했다. 떨어지려고 해도 떨어질 수 없는 공간인데도 말이다. 지금 생각해 보니, 바보처럼 굴던 두 꼬마가 매우 귀엽게 느껴졌다. 안슈이는 웃고 싶었지만, 어딘가 마음이 저려 웃을 수가 없었다.

해는 떨어졌고, 저녁노을만 조금 남았다. 가로등이 노랗게 불을 밝히고 있었지만, 집 안은 등잔 밑처럼 오히려 더 어두웠다. 결계가 쳐진 것처럼 안팎으로 완전히 두 세계로 갈라놓았다. 밖은 차 지나다니는 소리로 소란했지만, 안은 오히려 더 조용했다. 고요한 방에서 규칙적으로 반복되는 미세한 소리가 들렸다.

소리가 나는 쪽으로 고개를 돌리자, 창틀에 인형 모양의 시계가 있었다. 초침이 째깍째깍 가고 있었다. 시계 위에는 흰 두건을 쓴 귀여운 남자아이가 있었고, 두건 중앙에 복숭아 문양이 그려져 있었다. 허리에는 무사도를 찼다. 6시 반으로 알람 설정이 되어 있었다. 초침은 계속 돌고 있었고 초침이 4분 1바퀴만 더 돌면 6시 반이다.

안슈이는 알람 버튼을 눌렀다. 그런데 갑자기 알람 소리가 울려 깜짝 놀라고 말았다. 황급히 버튼을 다시 눌렀다.

근데, 알람 소리가 좀 이상했다.

안슈이는 알람 버튼을 다시 눌렀다. 알람 소리는 기계음으로 옛날 동요가 나왔다. "젠장, 젠장, 젠장……" 욕하는 소리처럼 들렸다. 폐허가 된 집에서 알람 시계가 동요를 부른다고 마치 공포 영화 같다는 생각을 했다.

안슈이는 자세히 들어보았다. 얀슈이는 이 알람시계를 엉망이라고 욕을 했다. 동요 중 첫 구절만 반복했고, 끝까지 부르지도 않았다. 영원히 끝나지 않는 노래, 공포 영화보다 더 무서웠다.

안슈이는 알람 버튼을 눌렀다. 다시 켜도 알람 시간이 이미 지나서, 울리지 않았다. 안슈이는 시곗바늘을 돌려 알람 시간에 맞추고, 다시 알람 버튼을 눌렀다. 예상대로, 같은 노래 같은 소절만 울렸다.

ももたろうさん　ももたろうさん (모모타로상, 모모타로상)

おこしにつけた　キビダンゴ (당신 허리에 찬 키비당고를)
ひとつわたしに　くださいな (저에게 하나 주세요)

안슈이는 이제 자신이 아주 무뎌졌다고 생각했다. 죽어도 미국에 안 가겠다던 안슈셴, 늘 자신을 미치게 화를 돋웠던 안슈셴, 결국 갈라서고 말았던 안슈셴, 전생의 악연 같았던 안슈셴, 천하제일 백치 안슈셴. 지난 5년 반 동안 말 한마디 나누지 않았는데, 안슈이는 여전히 안슈셴을 가슴에 품고 있었다.
　이 노랫소리에 안슈이는 갑자기 울음을 터뜨리고 말았다. 심장이 터질 때까지 울었다. 눈물이 얼굴을 뒤덮었다.

※

　안슈셴은 여섯 살 때 알게 된 비밀을 단 한 글자도 안슈이에 털어놓지 않았다. 나중에 안슈이가 쓰웨이가 1번지에 살았던 시절을 한 조각씩 떠올리면서, 당시 안슈셴이 왜 그렇게 모가 났는지 조각이 맞춰지기 시작했다. 어쩐지 자기 일은 자기가 결정한다고 했고, 또 자신을 연민 어린 눈으로 바라보면서 어쩔 수 없다는 듯한 투로 말하곤 했었다. "나는 정말 네 무지가 부러워!"
　안슈이는 미국에서 타이완으로 돌아와서, 쓰웨이가 1번지에 들어서는 순간, 안슈셴을 비롯한 18대 조상까지 깡그리 욕했다. 그러면서 자신이 여기에 살게 될 줄은 몰랐다.

안슈셴 방에 낡은 물건, 고서, 옛 장난감, 옛 가죽 구두, 옛 문패가 남아 있었다.

『타이완 요리 지침서』는 일제 강점기 요리책이었다. 안슈이는 일본어를 할 줄 아는 마오궈후이에게 들고 갔다. 마오궈후이는 안슈셴이 병으로 세상을 떠난 이후 안슈이와 거리를 두었었다. 안슈이가 안슈셴의 유품을 갖고 오자 감정이 좀 누그러 들었다. 몇 해 전 마오궈후이는 안슈셴과 같이 조사를 한 적이 있다고 했다. '幸町四丁目一番地'라는 문패는 일제 강점기 쓰웨이가 1번지 주소였다. 1938년, 총독부 초대소로 신축했고, 이후에는 타이중 주청에 근무하는 직원 기숙사로 사용했다. 처음에는 독신자 기숙사였지만, 나중에 가족 사택으로도 사용했다.

따라서 주부와 아이들이 함께 살게 되었다. 전쟁이 끝나고 일본인이 환국할 때 갖고 갈 수 있는 물품이 제한되어 있어서, 잡동사니는 이 집에 고스란히 두고 떠났다고 했다.

전쟁이 끝나고, 중화민국 정부는 일본제국 재산을 몰수했다. 이 건물도 중화민국 국군이 접수해 장교 기숙사로 사용했다. 1950년 후반, 장교 숙소를 군우사(軍友社)에게 양도했고, 곧바로 안씨 집안에서 매입했다. 쓰웨이가 1번지가 안씨 집안의 사유 재산이 된 때와 안허우더(安厚德)가 소장으로 진급하던 시기가 겹친다. 할아버지가 결국 국가 재산을 사유화한 것이었다. 안슈이는 말문이 막

했다.

마오궈후이는 안슈이에게 어쩔 거냐고 물었다.

안슈이가 나라에 돌려줘야 하냐고 되물었다.

마오궈후이는 고개를 저었다.

"안슈셴의 계획은, 이 집을 세놓으려던 것이었어."

"그럼, 나도 그 계획대로 숙소로 세놓을게."

"그럼, 박사 학위는 어쩌고?"

안슈이는 마음을 가라앉히고, 잠시 생각하다가 말했다.

"그런 것, 별로 안 중요해!"

정말 이상했다. 이런 결정을 이렇게 쉽게 내릴 수 있다니! 안슈셴은 노트북에 숙소 리빌딩 계획을 남겨 두었다. 층별 평면도, 방마다 부여한 번호, 그리고 간단한 메모도 있었다. 번호는 여섯 개, 서채에 방 네 개, 동채에 방 두 개에 호실 번호를 매겨 두었다. 서채 2층 201호실에 "옛 모습 그대로 보존"이라고 메모해 두었는데, 일종의 문물 보존인 셈이었다. 동채 2층의 16첩 다다미방과 1층 서채 정사각형 응접실은 모두 '서재'라고 써놓았다. 2층에 있는 8첩 다다미방, 203호와 205호에는 각기 다른 이름이 적혀 있었다. "안슈셴", "안슈이" 평면도를 보면서 안슈이는 말을 잃었다.

쓰웨이가 1번지를 리모델링하고 정식으로 세놓은 것은 2012년이었다. 돈이 목적이 아니었기에, 집을 소중히 여기지 않은 임차인을 몇 번 쫓아냈다. 안슈이는 집주인으로서 처신을 익혀가면서, 안슈셴이 집주인이었다면 어떻게 했을까 생각해 보기도 했다.

안슈이는 심지어 마오궈후이보다 이 집에 관한 단서를 더 많이 찾아냈다. 옛 구두 디자인과 201호 기둥에 새겨진 키 잰 흔적을 살펴보고 이 집에 소녀가 살았을 거라는 가설을 세웠다. 대략 1930년 후반에 태어났을 것이다. 내친김에 그녀는 일본 쪽을 조사했다. 2차 대전 전에 타이중시 '幸町四丁目一番'에 살았던 할머니를 찾을 생각이었다. 바다에서 바늘 찾는 격이랄까? 바다 밑에서 달에 건지려 한다고 할까?

시간이 흘러 2018년이 되었다. 안슈셴이 떠난 지 벌써 10년이 흘렀다. 일본 쪽 조사는 여전히 결과가 없다. 마오궈후이가 '그 할머니는 찾아서 뭘 어쩔 건데'라고 물었다. 안슈이도 분명한 답을 몰랐다.

"넌 그 할머니가 아니라 안슈셴을 신경 쓰는 거겠지. 떠난 지 10년이 지났어. 너도 할 만큼 했어."

10년, 충분한 시간이었다. 안슈이도 받아들였다. 넘을 수 없었던 난제. 이제 퇴장할 계기가 필요하다.

응접실 찬장에는 술이 가지런히 정리되어 있었다. 마오타이 12병은, 안슈이와 안슈셴이 열 살을 꽉 채웠다고 할머니가 기분이 좋아 선물한 뉘얼훙(女兒紅)*으로, 결혼식 날 열어서 마시자고 했다.

---

* 중국과 타이완에는 딸이 태어나면 술을 담가서 항아리에 담아 땅에 묻어 두었다가, 딸이 혼인할 때 그 술(女兒紅)을 꺼내 마시는 풍습이 있다.

안슈이는 기억을 더듬어 보니, 미국 갈 때 한 다스를 갖고 갔는데, 나중에 흔적도 없이 사라졌다. 안슈셴의 몫은 여전히 찬장에 줄 맞춰 서 있었다. 이외에도 고량주 5병이 있었는데, 레벨 위에 안슈셴이 표시를 해두었다. '19세 생일 기념', '20세 생일 기념.' 이 표시는 23세까지 적혀 있었다. 24세 세상을 떠난 안슈셴은, 그해에는 생일 술을 준비할 여력이 없었던 것 같다. 세월이 흐른 지금, 안슈이는 할머니에게 요즘 누가 딸 결혼식 때 뉘얼훙(女兒紅)으로 마오타이주를 마시느냐고 따질 수도 없었다. 안슈셴은 왜 생일 기념으로 고량주를 준비했을까? 딸 혹은 손녀 결혼식 축하주로 준비한 마오타이주 12병, 고량주 5병은 지금은 이 이별을 위한 고급술이 되고 말았다.

안슈이는 속으로 결심했다. 저 술 17병을 다 마시면, 안슈셴을 마음에서 놓아주고 쓰웨이가 1번지도 지방 정부에 기증하기로 마음먹었다.

혼자 술 마신 지 2년, 샤오나이원이 새 입주자로 들어왔다.

쓰웨이가 1번지를 세놓은 이래, 샤오나이원 만큼 집 구조를 잘 파악하는 사람은 없었다. 또 샤오나이원은 호기심도 넘쳤다. 안슈셴이 남긴 책은 모두 응접실 벽장에 정리해 두었는데, 지금은 아무도 관심을 가지지 않았다. 안슈이는 샤오나이원이 벽장에서 『(재판) 타이완 요리 지침서』를 찾아낼 줄 꿈에도 생각 못 했고, 샤오나이원이 엉뚱하게 책을 보고 요리를 복원할 줄은 더더욱 생각도 못 했다.

샤오나이윈이 복원한 위니겅 한 숟가락 떠먹으면서, 안슈이는 안슈셴도 이렇게 했을까 생각했다.

그날 저녁 식탁에서, 안슈이는 새로 들어온 입주자 네 명을 다시 찬찬히 살펴보았다.

궈즈이. 최선을 다해 자아실현을 추구하고, 현실 세계 어떤 부분에 대해선 전혀 관심이 없음.

류샤오핑. 겉으로는 섬세하고 부드러우나, 그것은 그녀의 절반일 뿐 나머지 절반은 강골이며 자기와 타인의 경계가 분명함.

쉬자화. 겉으로 보면 총명하고 명랑하나, 보통 사람 이상으로 자존심이 강함.

샤오나이윈. 내향적이나 용감한 편이고, 고집 센 바보 같은 측면이 있음.

안슈이는 이 넷에게서 자신을 본다. 때론 자기중심적이고, 때론 자긍심이 강하면서 오만하기도 하고, 때론 자존심이 지나치게 세고, 때론 고집 센 바보 같다고 말이다.

게다가 안슈셴이 세상을 떠났을 때 나이랑 지금 이들 나이와 엇비슷했다. 만약 이들이 이 집에서 사용했던 옛 물건을 발견하면 어떤 반응을 보일까? 이들처럼 그때 안슈셴도 반응했을까?

✻

그렇다면, 왜 옛 물건들을 이상한 데 두고서 세입자들이 발견하도록 만들었을까?

춘쥐안과 룬빙을 식탁 위에 늘어놓고, 안슈이는 사촌 동생이 작은고모가 된 사연을 풀어 놓았다.

"이 이야기는 진짜 너무 무거워요." 루샤오펑이 제일 먼저 입을 열었다.

"이렇게 슬픈 이야기를 들을 줄 생각도 못 했어요. 확실히 칸다이치 스타일이라니까!"

쉬자화는 콧물을 훔치고 울먹이면서 말했다.

"근데, 다 들어도, 미스테리가 풀린 것 같지 않아요. 마오궈후이가 이야기한 대로, 주인 언니가 일본 할머니를 찾았다고 한들 무엇이 달라지나요. 같은 맥락에서, 저희들 반응이 안슈셴과 비슷하고, 그래서 안슈셴의 반응을 추측한다 해도 무엇이 달라지나요. 설령 고인에 대한 집착이라고 해도, 이 두 가지 행동은 시간도 에너지도 굉장히 많이 들어가는 일이에요. 저는 뭔가 더 핵심적인 동기가 있지 않을까 생각해요."

귀즈이는 추리에 완전히 몰입한 것 같았다.

샤오나이윈은 콧물을 훌쩍거리면 말했다.

"저, 저도 즈이 언니 논점에 동의해요."

네 명의 시선이 동시에 안슈이에게 쏠렸다.

안슈이는 웃으면서 일어났다.

올해 봄, 안슈이는 마지막 고량주를 땄다.

일본에서 갑자기 소식을 전해왔다. 사야마치(幸町) 4가 1번지 살았던 할머니가 진짜 있었던 것이다.

할머니는 이미 돌아가셨지만, 할머니 아들인 다카하시(高橋) 선생이 영문으로 메일을 보내왔다. 메일에 따르면, 안슈셴은 할머니와 두 차례 편지를 주고받았고, 그 편지를 다카하시 선생이 아직도 보관하고 있다고 했다. 안슈이는 비행기를 타고 바로 야마구치현으로 날아갈까 생각했다. 하지만 마침 세계적으로 유행했던 역병 탓에 일본 정부는 국경을 봉쇄했다. 예순이 넘은 다카하시 선생이 핸드폰으로 편지를 찍어 보냈지만 어두워서 잘 보이지 않았고 팩스로 보낸 문건도 선명하게 보이지는 않았다. 결국 안슈이는 항공우편을 기다리기로 했다.

안슈셴이 다카하시 할머니에게 보냈던 편지가 얼마 전에 도착했다. 안슈셴은 일본어로 편지를 썼다. 안슈이는 일본어를 할 줄 몰랐다. 편지를 들고 승강기가 있는 아파트의 작은 사무실에 틀어박혔다. 일본어 50음을 하나하나 읽히고 자판 치는 법도 공부했다. 한 글자 한 글자 모두 번역기에 넣기 시작했고, 며칠 후 안슈셴이 보낸 편지 두 통을 모두 해석할 수 있었다.

다카하시 할머니를 찾았다고 해서 뭐가 달라질까? 안슈셴의 반응을 안다고 해서 뭐가 해결될까?

확실히 안슈이에겐 애초부터 핵심적인 동기가 있었다.

초등학교 4, 5학년 되었을 무렵. 할머니는 저녁 먹으면서 안슈셴과 안슈이에게 처음으로 마오타이를 조금 마시게 했다. 안슈이는 체질상 술이 맞지 않아 그날 밤 병 난 것처럼 아팠다. 이불을 뒤집어쓰고 약속을 어기고 오랜만에 몰래 울었다. 방이 몹시 작아서, 가까이 붙어서 누워 있던 얀슈셴이 물었다.

"지금 우는 건, 엄마 아빠가 널 버려서 그래?"

안슈이는 울면서 반격했다.

"너도 엄마 아빠가 버렸잖아!"

근데, 그때 안슈셴은 아무 대꾸도 하지 않았다. 대신 부드러운 손을 안슈이 머리 위에 가만히 올려놓았다.

아홉 살 안슈셴이 말했다.

"너랑 나랑 다 엄마 아빠가 없어. 혼자는 외롭지만, 둘은 안 외로워."

열아홉 살 안슈이와 열아홉 살 안슈셴이 각자 갈 길을 가기 전에, 안슈이는 할 말을 다 하지 못했다. 그녀가 안슈셴에게 진정으로 하고 싶은 말이 있었다.

"너 혼자 여기 사는 거, 내가 여기 없는 거, 그거 너무 외롭잖아."

안슈셴은 암세포가 척추까지 전이되었고, 그 영향으로 백혈구에 이상이 생겨 끝내 혈액암도 발병했다. 혈소판 수치가 많이 떨어져 마지막에는 뇌출혈로 이 세상과 이별했다. 할머니랑 진행 과정이 비슷했다. 고통이 가장 적은 죽음이었다. 할머니가 가실 땐 안슈셴이 같이 있었지만, 안슈셴 자신은 혼자였다. 마오궈후이가 안슈셴의 주검을 발견한 것은, 이미 열 시간이 지난 뒤였다.

안슈이는 안슈셴이 마지막을 보냈던 그 아파트를 샀다. 쓰웨이가 1번지를 리모델링할 동안 거기에 머물렀다. 아파트에서 산 지 두 달 지났을 무렵, 응접실 구석에서 이미 단종된 게임기를 발견했다. 바로 게임기의 전원을 켰다. 옛날 게임기라 사용 방법을 몰랐지만, 쓰면서 배워 나갔다. 점점 익숙해져 나중엔 모두 격파할 수 있었다. 시간은 그렇게 석 달이 흘러갔다. 쓰웨이가 1번지로 이사하면서 아파트를 작업실로 개조했다. 딱히 할 일은 없었지만, 매일 출근 도장을 찍었다. 가끔 기분이 내키면 그 게임을 다시 하곤 했다.

5년 반이라는 긴 냉전 기간 탓에, 안슈이는 안슈셴의 삶의 마지막에 대해서 아는 게 아무것도 없었다. 안슈이가 타이완으로 돌아오고 한 일은, 모두 어떤 답을 찾고 싶어서 그렇게 한 것이었다.

안슈셴은 잘 지냈을까?

삶에서 기쁨을 느꼈을까? 삶에 애착이 있었을까?

입신양명해야 할 이유를 발견했을까?

안슈셴이 혼자 타이완에서 지낼 동안, 절대 외롭지 않았기를.

안슈셴은 다카하시 할머니께 편지를 두 통 보냈는데, 첫 편지는 안부를 묻는 것이었다. 다카하시 할머니가 답장한 것 같은데, 안슈이는 그 답장은 찾지 못했다. 아마 쓰웨이가 1번지의 현 상태를 물었던 것 같다. 안슈셴은 두 번째 편지에서 쓰웨이가 1번지 건물에 대해서 상세하게 설명하고 있기 때문이다. 201호에 남아 있는 키를 잰 흔적, 전후 증설한 욕실 이야기를 했고, 나아가 뜰에 심은 망고나무가 매년 열매를 잘 맺는다는 이야기까지 했다. 1938년에서 2005년까지, 시간의 흔적이 편지지 다섯 장에 빼곡히 적혀 있었다. '백 년에 걸쳐 살다간 사람들을 이 건물은 기억하고 있어. 그 사람들과 같이 있는 것 같아. 지금 이 집은 대가족이 사는 것처럼 북적대고 있어.'

안슈셴은 편지를 이렇게 맺었다. '사야마치 4번가 1번지에서 사는 지금, 저는 매우 행복합니다.'

안슈이는 안슈셴의 쓴 편지를 읽으면서, 마지막 한 병을 다 비웠다. 술 한 방울이 마지막으로 잔에 떨어질 때, 마치 마침표를 찍는 것 같았다.

이것이 바로 모든 미스테리의 답이었다.

식탁에 앉은 사람은 모두 말이 없었다. 서로 바라볼 뿐이다.

안슈이만 느긋하게 룬빙 피 두 장에다 홍짜러우(紅糟肉)와 땅콩 가루를 싸고 있었다.

"…… 근데, 주인 언니 지금 행복하죠?"

제일 먼저 말을 꺼낸 건, 의외로 샤오나이원이었다.

안슈이는 고개를 끄덕이며, 방금 싼 룬빙을 두세 번 베어먹고, 숨을 크게 내쉬었다.

"아휴! 나도 이제 수수께끼에서 해방된 거겠지. 정말 이 세상에는 추리소설이 필요하다니까."

이 말은 마치 저주를 푸는 주문 같아서, 식탁에 앉은 네 사람은 각각 다른 반응을 보였다.

"아냐. 이건 추리로 수수께끼를 푼 거 아냐. 그냥 우연히 맞아떨어진 거지."

궈즈이가 말했다.

"넌 태클 안 걸면 죽어?" 쉬자화가 손을 번쩍 들었다.

"근데, 우리가 졸업하면 쓰웨이가 1번지는 세 안 놓아요?"

"응, 정부에 반환할까 해."

"정부, 믿을 수 있어요?" 뜻밖에도, 샤오나이원이 의문을 표했다.

"그 문제는 어려워. 다음 질문."

"듣고 보니, 쓰웨이가 1번지 귀신 이야기는 완전 거짓말이었네!" 루샤오펑이 말했다.

"샤오펑 언니, 제가 욕실에서 노래 부르는데 누가 화음 넣었던 거 잊었어요. 틀림없이 지박령일 거에요!"

"흐흐……."

"화음은 아마 린야팅(林雅婷)일 거야."

"헉, 지박령도 이름이 있어요?"

"흐흐흐."

"린야팅은 새 할머니 손녀야. 내가 말하지 않았나? 쓰웨이가 1번지 공사하는 동안, 린야팅이 대학 졸업하고 고향에 몇 번 놀러 왔어. 나중에 자기 할머니 장례식 때 안슈셴과도 잠깐 만났다는 이야기 들었어. 근데 둘이 그렇게 자주 만나고 하지는 않았나 봐. 그래서 아까 이야기에서 린야팅이 빠졌던 것 같아."

"등장인물이 너무 많아."

"지금 소설 쓰는 거 아니거든. 내 인생 이야기야! 어, 린야팅은 연주를 가르치기도 하고, 라이브로 노래하기도 해. 아마 직업병이겠지 뭐."

"그렇다고 해도, 그녀가 왜 숙소 밖에 나타났는지 설명이 안 돼요. 게다가 자자가 노래 부를 때 사흘 연속이나 화음을 넣어주고."

"내게 차가 없잖아. 린야팅이 가끔 날 데리러 오곤 해. 그래도 사흘 연속 나타난 건 좀 이상하긴 해. 아마도 자자가 노래를 잘 불러서 그런가?"

"그래서 린야팅이 정문으로 들어오지 않고, 욕실 밖에서 화음 넣은 변태인가요?"

"왜 그 방향으로 해석해. 린야팅은 내 아내야. 그럼 됐나?"

안슈이가 말을 채 끝내기도 전에, 식탁에 앉은 입주자 네 명은 '에?', '헐', '뭐라고요'라고 하는 반응을 보였다.

"다들 왜 그렇게 놀라. 동성혼인법이 이미 통과되지 않았나?"

"그런 문제가 아니잖아요."

"전개, 예상 밖임."

"반전인 셈인가요."

"저는 주인 언니가 모태솔로인 줄 알았어요."

식탁은 대혼란에 빠졌다.

정말 시끄럽다. 사람 소리는 바람 소리 같기도 하고 파도 소리 같기도 하다. 휙휙 울려 퍼져나간다. 안슈이는 웃기만 하다, 룬빙 피두 장에다 땅콩가루만 싸서 먹는다.

원래 쓰웨이가 1번지에서는 룬빙을 먹지 않았다. 추석이 가장 시끌벅적했는데, 그때 할머니는 미국식 바비큐를 만들었다. 지난 추석에 안슈이는 그냥 보내려고 했다. 린야팅과 마오궈후이가 풀이 죽은 안슈이를 보고, 야외에서 바비큐를 해 먹자며, 강제로 끌고 갔다. 두 여인은 재료를 미친 듯이 사더니만 결국 다 먹지도 못했다. 안슈이에게 남은 재료를 가고 가라고 했다. 그날 마침 태풍이 불었고, 안슈이는 '아마도'를 설치하느라 수고한 입주자들에게 라면을 끓여 주면서, 이때 남은 재료를 썼다.

안슈이는 본래 입주자와 적당한 거리를 두려고 했다. 식탁 위에서 펼쳐지는 수다의 향연을 들으면서, 끼어들기도 하고 섞여들기도 했다. 쓰웨이가 1번지에서 지난 2년은 정말 재미있었다. 이번 추석에 쓰웨이가 1번지에서 비비큐를 먹을 수 있을까?

작가 후기

만약 2020년에도 망고나무를 품은 일본식 옛집이 있다면

즙이 많은

망고를 먹으며

처마 위에서 나는

처음 듣는

아침 매미 우는 소리[*]

2차 대전 전, 타이완에 살았던 일본 시인 히라이지로(平井二郎)가 여름을 노래한 단가이다. 타이완의 망고와 일본 건축의 옌랑(簷廊)[**], 이 두 조합은 식민지 타이완의 특별한 여름 풍경이다. 전

---

[*] 平井二郎, 陳黎, 上田哲一譯, 收錄於《臺灣四季: 日據時期臺灣短歌選》(臺北: 二魚文化, 二〇〇八), 頁六一.
[**] 위안랑(緣廊) 혹은 위안처(緣側): 툇마루나 실내 복도를 뜻함-글쓴이 주.

쟁 전부터 지금까지 내려온 이 풍경은, 요즘 타이완 곳곳에서도 볼 수 있다. 정원에 망고나무를 심은 오래된 가옥을 어렵지 않게 만날 수 있다.

'타이중시 시취 쓰웨이가 1번지(臺中市西區四維街一號)'라는 주소에 소설에서 묘사한 일본식 옛집이 실제 존재한다. 지붕을 웃자란 늙은 망고나무가 한 그루 있다. 일제 강점기 시대인 1938년에 완공하고 사용하기 시작했으며, 처음에는 타이중주 토지정리조합 소유였다. 현재는 타이중시 지방세무국 소유이며 2016년 타이중시 역사 건축물로 지정되었다. 2010년 후반 실제 거주자가 이곳을 떠난 이후, 2020년대의 쓰웨이가 1번지는 이미 황량한 폐허가 되어 버렸다.

구글 지도에는 이 건물을 '四維街日式招待所'라고 표기했다. 실소를 금할 수 없는 것은 '일시 영업 정지'라는 표기이다. '일시 영업 정지'는 이 건물이 원래 영업하는 곳이라는 전제에서 성립한다. 이 건물은 공공 기관의 숙소로 한 번도 외부 영업을 한 적이 없다. 구글 지도에서 제멋대로 표기한 것은 웃어넘길 수 있다. 그렇지만 이 건물의 내력을 들여다보면, 미스테리한 부분이 없지는 않다.

타이중시 지방세무국은 국립 윈린(雲林) 과기대학 부속 타이완 문화자산복원 연구센터에 조사를 의뢰했다. 2020년에 『타이중시 역사 건축물 시취 쓰웨이가 일식 초대소 복원 및 이용 계획(臺中市歷史建築西區四維街日式招待所修復及再利用計畫)』이라는 결과물이 나왔다. 결과 보고서는 420쪽에 달한다. 보고서에 따르면, 이 건물의 최초의 용도는 명확하지 않다며 다음과 같이 말했다. "현재 연구로는 쓰웨이가 1번지 건물은 당시에 토지정리조합의 초대소였는지, 직원 숙소였는지, 아니면 사무실이었는지 확인할 길이 없다."* 이 사실은 조금 놀랍지 않은가! 건물이 완공된 지 채 100년도 지나지 않았다. 게다가 전문 연구소에서 심혈을 기울여 연구해도, 건물 한 채, 땅 한 평이 품은 기억을 풀지 못하고 역사의 미스테리로 남을 수 있다는 것이.

이런 역사적 불분명함이, 『쓰웨이가 1번지』의 출발점이다.

쓰웨이가 1번지 건물에 처음 흥미가 생긴 것은 그리 먼 과거도 아닌 2015년이었다. 일본식 이층 목조 건물은 쓰웨이가와 시청로가 'T'자형으로 만나는 지점에 있었다. 쓰웨이가는 도로 폭이 좁고, 시청로는 일방통행이었다. 조용한 학교 거리에 세상과 동떨어진 채 홀로 우뚝 서 있는 건물은 사람에게 호기심을 생기게 했다. 그해에는 문헌 자료도 부족했고, 공식 사진도 거의 없었다. 폐허 탐방 마니아의 블로그가 찍은 사진으로 내부 전경을 엿볼 수 있었다. 그 후 쓰웨이가 1번지 담장을 몇 차례 돌며, 안쪽 풍경을 혼자 마음대로 상상하곤 했다. 건물이 품은 사연도 모른 채, 깨진 창 너머로 보이는 쇠락한 풍경에 이끌려, 속으로 어떤 결심을 했다.

---

* 計畫主持人李謁政,『臺中市歷史建築西區四維街日式招待所修復及再利用計畫成果報告書』, (雲林 : 雲林科技大學臺灣文化資產修復與研究中心 , 二〇二〇), 頁四一.

'쓰웨이가 1번지를 소재로 소설 한 편 쓰자. 이 건물을 위해 더 많은 관심을 유도하자.'

바로 그 2015년, 공식 자료도 부족한 상황에서 쓰웨이가 1번지 평면도를 그렸고, 이야기의 구도를 짰다. 2019년, '장편소설『쓰웨이가 1번지』창작 계획'으로 문화부 청년 창작 장려금을 받았고, 본격적으로 소설 초고를 쓰기 시작했다. 그때 만약 『타이중시 역사 건축물 시취 쓰웨이가 일식 초대소 복원 및 이용 계획 성과 보고서 **(臺中市歷史建築西區四維街日式招待所修復及再利用計畫成果報告書)**』가 나올 줄 알았다면, 『쓰웨이가 1번지』는 역사적 사실에 근거해 이야기를 전했을 것이다. 현실이라는 시간적 한계 안에서 "쓰웨이가 일식 초대소"라는 일본식 옛집을 모델로 허구적인 『쓰웨이가 1번지』를 빚어냈다. 여기서 전후에 일본 재산에서 사유 재산이 되는 과정과 현재 여성에게만 세놓은 집으로 묘사했다.

허구 소설이 실제 자료를 훼손하는 것을 막고 또 실존하는 '쓰웨이가 일식 초대소'를 존중하려고, 소설 『쓰웨이가 1번지』에서 묘사한 소유권 이전은 사실과 부합하지 않음을 밝혀둔다. 한편, 일본식 옛집의 외관부터 실내까지 모두 1939년 완성 당시의 일본식 전통 건축 양식을 따라 충실히 재현하고자 노력했다. 책에서 건물 공간을 재구성할 때, 특히 감사의 말씀을 전하고 싶은 분들이 있다. 타이중 문사부흥조합의 거루커(格魯克) 선생님, 차이청윈(蔡承允) 선생님, 타이중시 문화자산처와, 중싱대학 타이완 문학 및 비교문화 연구소에 일했던 시절에 만났던 후배 우샤오톈(吳曉恬), 삽화가 정페이저(鄭培哲) 선생님, 춘산(春山) 출판사 편집장 장루린(莊瑞琳) 선생님과 공동 책임편집자 린웨셴(林月先) 선생님께 깊은 감사를 드린다.

1938년에 지은 일본 건물에 현대 여성이 산다면 어떤 이야기가 펼쳐질까?

공간은 권력이고, 젠더이며, 공간은 상상력이다*. 한편 나는 공간을 역사라고도 생각한다. 물질적 요소 하나하나가 인간의 기억을 새기고 있기 때문이다. 공간은 어떻게 시대를 기록하는가? 공간은 어떻게 독특한 인간관계를 구성하는가? 이런 생각에서, 당대 여성의 '신체'가 일본식 옛집이라는 역사적 건물인 '공간'에서 어떤 '경험'을 하는지 탐색하고자 했다. 한 걸음 더 나가자면, 식탁은 시대의 축소판으로, 현재라는 시공간에서 사람과 문화가 교류하는 장으로서 기능한다. 그렇다면 현대에서 이 건물의 식탁은 어떤 시대적 풍경을 표현하는가? 오랫동안 역사 소설을 썼던 작가로서, 현대를 배경으로 한 허구적 소설을 통해 진실한 역사란 무엇인가를 묻고자 했다.

식사와 같은 일상적 풍경은 우리가 무심코 지나가는 문화의 현장이다. 요리해서 밥 먹고, 평범한 이야기를 나누며, 사람끼리 정

---

* 비헝다(畢恆達) 교수의 공간 3부작을 참고. 『공간은 곧 권력(空間就是權力)』, 『공간은 곧 젠더(空間就是性別)』, 『공간은 상상력(空間就是想像力)』.

을 나누는 일상은 식탁에서 이루어지면서도 또 변화해 가기도 한다. 다이쇼 시대 요리책인 『타이완 요리 지침서』는 일본식 옛집과 현대 여성을 연결하는 매개이다. 그래서 『쓰웨이가 1번지』는 식탁을 기점으로 삼아 이 옛집에서 살아가는 여성들의 사소한 일상을 그렸다.

이 책은 소설이지, 기록물도 연구 논문도 아니다. 이야기의 구성과 전개가 무엇보다도 중요하다. 이런 점에서 일본 영화 감독인 고레에다 히로카즈(是枝裕和)의 〈마이코네 행복한 밥상(舞妓さんちのまかないさん)〉과 일본 만화가인 아오키 우메(蒼樹梅)의 『히다마리 스케이(ひだまりスケッチ)』를 많이 참고했다. 이 자리를 빌려 존경의 뜻을 전한다.

『쓰웨이가 1번지』는 2019년 창작 지원금을 받아서 시작한 작품으로, 그래서 이야기를 그해부터 시작했다. 2019년 초가을부터 2020년 한여름까지 이야기를 담았다. 2020년 초 COVID-19라는 뜻밖의 전염병이 폭주하면서, 이야기의 대강을 불가피하게 조정해야 했다. 계획을 수정하고 성과 제출을 늦추면서 원고를 수정했다. 마침내 2023년 상반기에 소설 초고를 완성했다. 세계 각국은 COVID-19와 공존하는 단계에 접어들었고, 2019년에서 2020년까지 시대적 편린을 이 소설에서 문자로 응축했다는 사실을 돌아보면서, 의도하지 않았지만 이 작품이 시대를 기록하는 보조 역할을 했다는 것을 실감한다.

만약 『쓰웨이가 1번지』를 반세기 지나서도 읽는 독자가 있다면, 이 소설은 자연히 역사적 단편이 될 것이다. 그때는 쓰웨이가 1번지를 복원해서 일반인에 문을 열 수 있을까?

시간만이 증명해 줄 것이다.

2023년 여름, 영허(永和)에서 양쐉쯔

역자 후기

기쁘다. 번역하는 내내 기뻤고, 아름다운 이 글을 한국에 소개할 수 있어 기뻤다. 붓끝에서 녹아나는 섬세한 필치, 참으로 오랜만에 만나는 명문이었다. '고요 속의 폭풍, 정중동(靜中動)' 혹은 '폭풍이 품은 고요, 동정중(動中靜)'. 이 패러독사(paradoxa)를 자연스럽게 성취한 저력은 어디서 오는 걸까? 글을 옮기고 다듬는 동안, 백거이(白居易), 유종원(柳宗元) 같은 시인들이 부상했던 것은 결코 우연이 아닐 것이다. 20자 혹은 28자에 정경, 심사, 사상을 천의무봉(天衣無縫)의 솜씨로 빚었던 장인들의 흔적을 이 글은 고스란히 담았다. "상선약수(上善若水)"라고 했던가! 스토리 전개와 표현 역시 군더더기도 없다. 또한 문득 숨을 멎게 하는 슬픔이 쾌활한 문장 아래에서 아우성치기도 했다. 먼저 간 쌍둥이 동생에 대한 상념(想念)일까? 또한, 대만이라는 특유의 공간에서 만끽할 수 있는, 이를테면 원주민, 외성인, 객가인, 중국 문화, 일제 잔재, 토착 문화가 어우러진 향연에 취할 수 있으리라.

역자는 베이징에서 한국과 대만 두 나라를 동시에 생각하면서, 디아스포라 같은 이질적 시선을 놓지 않으려고 애썼다. '제3의 눈'이 있어야 중국어와 한국어의 간격을 메울 수 있으리라! 번역을 읽고 꼼꼼히, 때론 신랄하게 비평해주신 고려대 중문과 차영익 박사께 감사의 말씀을 전한다. 아울러 기회를 주신 마르코폴로 김효진 편집장님께도 사의를 표한다. 무엇보다도, '대만과 여성, 여성성'에 대해서 다시 여백을 주신 작가 양쌍쯔 선생께 고마움을 전해야 할 것이다.

2025년 초여름, 베이징에서 윤지산

쓰웨이가 1번지

1판 1쇄   2025년 6월 20일

지은이   양쌍쯔
옮긴이   윤지산
편집   김효진
교열   이수정
디자인   최주호
펴낸곳   마르코폴로
등록   제2021-000005호
주소   세종시 다솜1로9
이메일   laissez@gmail.com
페이스북 www.facebook.com/marco.polo.livre

ISBN   979-11-92667-89-8 03820

책 값은 뒤표지에 있습니다. 잘못된 책은 교환하여 드립니다.